「天孫降臨」

安田靫彦画『瓊々杵尊降臨』
（「肇国創業絵巻」のうち。宮内庁三の丸尚蔵館蔵）

雲押し分けて威風堂々と天降る天孫ニニギノミコトの一団。前方で問答するのはアメノウズメとサルタビコ。ウズメの後方に宝冠を戴いたニニギが警護されている。

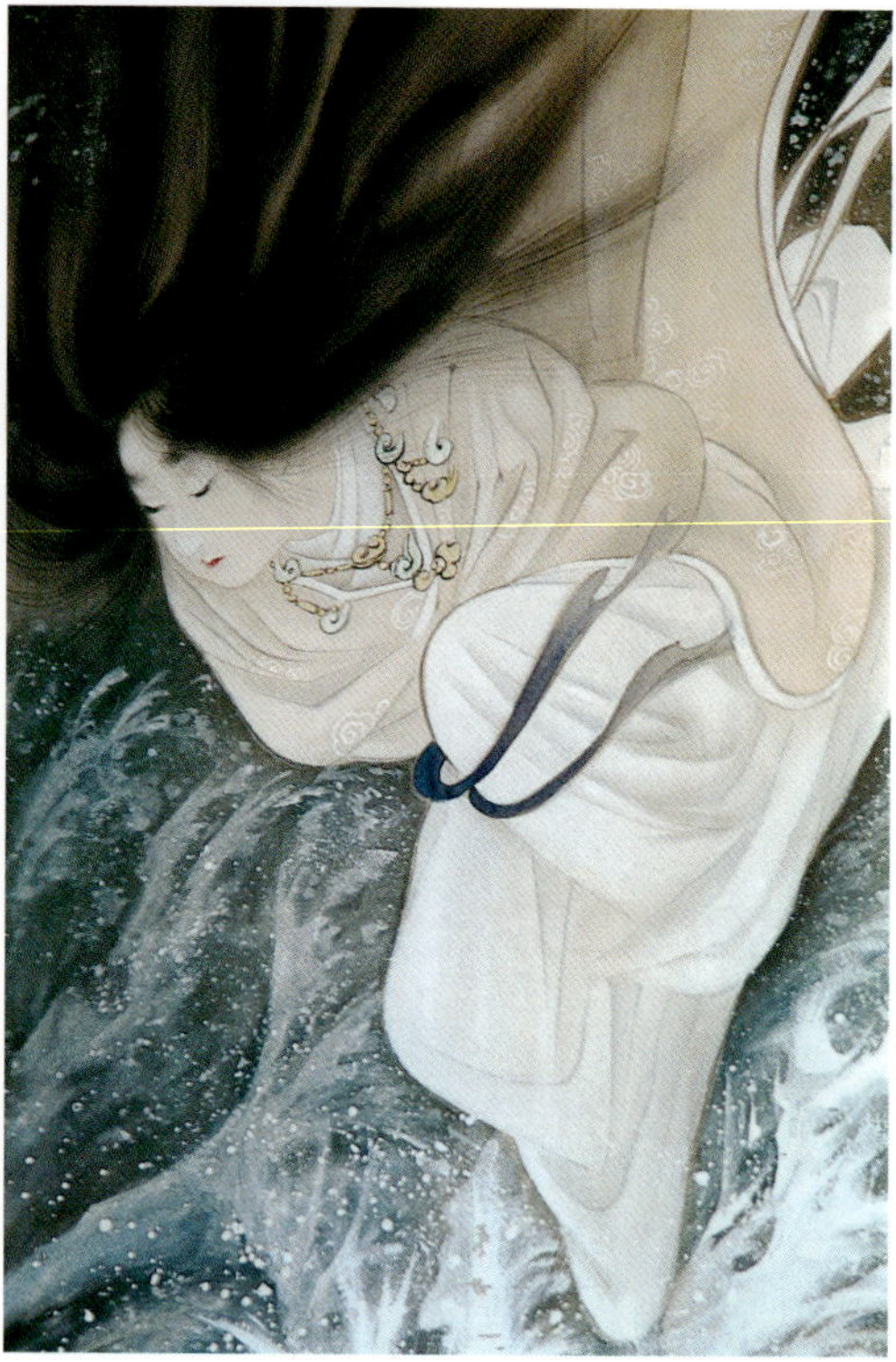

「オトタチバナヒメの入水」

大浦玉陽画『弟橘媛命入水之図』(部分。走水神社蔵)

海神の怒りを鎮めんと怒濤に身を投じた。ヤマトタケルの東国征伐を祈願して一命を捧げる姿には凄絶な迫力があふれる。

ビギナーズ・クラシックス 日本の古典

# 古事記

角川書店＝編

角川文庫
12586

# ◆はじめに◆

『古事記《こじき》』は日本最古の書という栄誉に輝いているので、書名はほとんどの人が知っています。けれども、中身は知らない人がほとんどです。アマテラス、スサノオ、オオクニヌシ、ヤマトタケルの名がすんなり出てくれば上々と言えるでしょう。

古文の標準とされる平安時代よりも古い奈良時代の言葉で、しかも全文が漢字で書かれているために、専門家でさえ何と読むのか、意見が分かれる場合があります。つまり、漢字の読みが完全に確定できないのです。

では、漢字《かんじ》仮名《かな》交《ま》じり文《ぶん》に直して、現代語訳すれば解決するでしょうか。いいえ、それでも読者が増えるとは思えません。どうしてでしょうか。

もともと『古事記』は天皇家の系譜を基盤にした書です。遠い皇室の祖先の系譜を柱に、たくさんの神話・伝説・歌謡などが組み込まれています。しかも、天皇政治の根本聖典とする目的が序文にはっきりと記《しる》されている書物なのです。

『古事記』は純然たる歴史書でも、神話・伝説を集めた文芸書でもありません。政治学・法学・宗教学・民俗学・民族学などにも深くかかわっています。

このとても扱いにくい『古事記』を、なんとか、私たちの日常語で、日常の生活感覚で読み味わうことができないものでしょうか。興味をひく神話や伝説だけをつまみ食いしないで、『古事記』の全体像を眺めることはできないものでしょうか。これまでの『古事記』の読み方は、一部の専門家を除けば、木を見て森を見ないたぐいといえるでしょう。

本書の念願は、『古事記』の全体像をつかむ機会を提供することにあります。ふつう採り上げない序文から始めたのも、こうした意図に基づくものです。

個々の語釈や歴史的な解釈は省きました。謎に包まれた部分の多い『古事記』の研究は、百花斉放《ひゃっかせいほう》とも百花繚乱《ひゃっかりょうらん》ともいえるような盛況を呈しています。けれども、私たちの日常語では理解できない内容が目立ちますし、とても紹介しきれるものではありません。

たしかに『古事記』の言葉も内容も、現代の私たち日本人には違和感があります。しかし、『古事記』がわかりにくく、おもしろくないというのは、『古事記』自身に原因があるというよりも、私たちの接し方に問題があるように思います。

そこで、思い切って、『古事記』の紹介のしかたを改めることにしました。まず、最初に掲げた現代語の「通釈」を読み通していただけば、おおよそのあらすじをつかむことができます。忠実な現代語訳ではありませんが、理解に必要なことがらを補い、独立した読み物にしてあります。通釈だけを、初めから終わりまで読み通すこともできます。その際には全巻の主要記事を表覧化した『古事記』通観（二五六〜二七四ページ）をぜひ活用してください。

本書が本文とした「原文（❖）」は、『古事記』の漢字だけの原文を訓読した、いわゆる書《か》き下《くだ》し文《ぶん》と呼ばれるものですが、音読すれば、やまとことばの香りを十分に味わうことができます。「寸評（✻）」は、最後にみなさん自身の『古事記』像をつくるために他山の石としてお役立てください。

これを機会に、『古事記』が親しみやすい古典の仲間入りができますよう、心から念願してやみません。

平成十四年七月

古典茶房　武田　友宏
協力・高野　良知

●本文は、角川文庫版『古事記』に従い、「日本古典文学大系」（岩波書店）・「日本古典文学全集」（小学館）を参考にして、適宜表記や読みを改めた。但し、歌謡部分は原表記のままとした。
●通釈・本文中の〔　〕は、原文の割注部分を示す。

（敬称略）

◇**編集協力**

・本文デザイン……代田　奨

・地図制作………オゾングラフィックス

◇**資料提供協力**

口絵・安田靫彦画『瓊々杵尊降臨』……宮内庁三の丸尚蔵館

（写真提供…藤田三男編集事務所）

・大浦玉陽画『弟橘媛命入水之図』……走水神社

本文・真福寺本『古事記』……宝生院（写真提供…東京国立博物館）

・埴輪（靫・武人・子持家・盛装の男性・盛装の女性）……東京国立博物館

・内行花文鏡・群馬県上野塚廻り古墳群出土埴輪……文化庁

（写真提供…東京国立博物館）

・出雲大社……出雲大社

・古代出雲大社復元図……張　仁誠（写真提供…（株）大林組）

・伊勢神宮内宮（皇大神宮）正殿……神宮司庁

・埴輪（琴をひく男子）……（財）相川考古館

・金銅雛形織機……宗像大社

# ◆目次◆

## ○上巻

解　説



付　録

# コラム　目次

## ◆天地《てんち》創造《そうぞう》よりこのかた――『古事記《こじき》』序文《じょぶん》

わたくし安万侶《やすまろ》が陛下《へいか》（元明天皇《げんめいてんのう》）に申《もう》し上《あ》げます。

宇宙《うちゅう》の中心《ちゅうしん》の浮遊《ふゆう》がおさまり、凝固《ぎょうこ》してきたものの、まだ生命《せいめい》の兆《きざ》しや物体《ぶったい》の形《かたち》がはっきりとは見《み》えません。何《なん》と名《な》づけたらよいのか、どんな活《かっ》動《どう》をしているのか、だれにもわかりませんでした。

けれども、そこから天《てん》と地《ち》が初《はじ》めて分《わ》かれ、三神《さんしん》（アメノミナカヌシ・タカミムスヒ・カミムスヒ）が現《あらわ》れて、世界《せかい》の創造《そうぞう》にとりかかりました。ついで、男女《だんじょ》という両性《りょうせい》がはっきりと分《わ》かれ、男女二神《だんじょにしん》（イザナキ・イザナミ）が現《あらわ》れて、万物《ばんぶつ》の生《う》みの親《おや》となったのです。

このイザナキが亡《な》き妻《つま》イザナミを慕《した》って死者《ししゃ》の国《くに》（黄泉《よみ》の国《くに》）を訪《おとず》れたあと、ふたたびこの国《くに》（葦原《あしはら》の中《なか》つ国《くに》）に戻《もど》って、死《し》の穢《けが》れを払《はら》う禊《みそぎ》をいたしました。清流《せいりゅう》で目《め》を洗《あら》うと日神《にっしん》アマテラス、月神《げっしん》ツクヨミが生《う》まれ、海水《かいすい》で身《み》を清《きよ》めるとたくさんの天《あま》つ神《かみ》・国《くに》つ神《かみ》が生《う》まれました。

このように、天地《てんち》創造《そうぞう》の時代《じだい》は、はるか遠《とお》くておぼろげですが、今《いま》に伝《つた》わる神話《しんわ》・伝説《でんせつ》によって、日本列島《にっぽんれっとう》の誕生《たんじょう》を知《し》ることができます。

また、原始《げんし》の時代《じだい》はよくわかりませんが、古代《こだい》の賢人《けんじん》のおかげで、神々《かみがみ》が生《う》まれ、人間《にんげん》の世界《せかい》が始《はじ》まるようすを知《し》ることができるのです。

❖臣安万侶《やつこやすまろ》言《まを》さく、夫《そ》れ混元既《こんげんすで》に凝《こ》りしかども、気象未《きしやういま》だ敦《あつ》くあらず、名《な》も無《な》く為《わざ》も無《な》く、誰《たれ》か其《そ》の形《かたち》を知《し》らむ。

然《しか》れども乾《けん》と坤《こん》と初《はじ》めて分《わ》かれて、参神造化《さんしんざうくわ》の首《はじめ》と作《な》り、陰《いん》と陽《やう》と斯《ここ》に開《ひら》けて、二霊群品《にれいぐんぴん》の祖《おや》と為《な》りたまひき。所以《このゆゑ》に幽《いう》と顕《けん》とに出《い》で入《い》りて、日《ひ》と月《つき》と目《め》を洗《あら》ふに彰《あらは》れたまひ、海水《うしほ》に浮《う》き沈《しづ》みて、神《かみ》と祇《かみ》と身《み》を滌《すす》ぐに呈《あらは》れたまひき。

故《かれ》、太素《たいそ》は杳冥《えうめい》なれども、本《もと》つ教《をしへ》に因《よ》りて、土《くに》を孕《はら》み嶋《しま》を産《う》みたまひし時《とき》を識《し》り、元始《げんし》は綿邈《めんばく》なれども、先《さき》の聖《ひじり》に頼《よ》りて、神《かみ》を生《う》み人《ひと》を立《た》てたまひし世《よ》を察《あき》らかにす。

　ほんとうに、神々《かみがみ》の教《おし》えや賢人《けんじん》のおかげで、はるか遠《とお》い時代《じだい》のすがたがはっきりと見《み》えてきます。天《あめ》の岩屋戸《いわやと》にこもるアマテラスを神々《かみがみ》が榊《さかき》の枝《えだ》に鏡《かがみ》をかけて招《まね》き迎《むか》え、アマテラスの珠《たま》をスサノオが嚙《か》んで吹《ふ》き出《だ》した息《いき》の霧《きり》から皇室《こうしつ》の祖神《そしん》が現《あらわ》れ、以来《いらい》、皇統《こうとう》は絶《た》えることなく続《つづ》いております。また、スサノオの剣《つるぎ》をアマテラスが嚙《か》んで吹《ふ》き出《だ》した息《いき》の霧《きり》から、さらにスサノオの大蛇退治《おろちたいじ》をきっかけに、子孫《しそん》の神々《かみがみ》が国中《くにじゅう》に増《ふ》え広《ひろ》がりました。

　そこで、天上《てんじょう》の神々《かみがみ》が天《あめ》の安《やす》の河《かわ》で会議《かいぎ》を開《ひら》き、国内《こくない》を平定《へいてい》するために、小浜《おばま》（島根県《しまねけん》）に使者《ししゃ》を派遣《はけん》して交渉《こうしょう》し、国土《こくど》を譲《ゆず》り受《う》けました。

　こうして、アマテラスの孫《まご》ニニギは高千穂《たかちほ》の峰《みね》（宮崎県《みやざきけん》）に降《くだ》り、ニニギの曾孫《そうそん》カムヤマトイワレビコ（神武天皇《じんむてんのう》）が大和《やまと》（奈良県《ならけん》）へ進軍《しんぐん》しました。途中《とちゅう》、熊《くま》の怪物《かいぶつ》と遭遇《そうぐう》し、それを退《しりぞ》ける神剣《しんけん》を高倉下《たかくらじ》（人名《じんめい》）から献上《けんじょう》されたり、尾《お》の生《は》えた怪人《かいじん》に出迎《でむか》えられたりしましたが、神《かみ》の化身《けしん》である大烏《おおがらす》（八咫烏《やたがらす》）の先導《せんどう》で、無事《ぶじ》に熊野《くまの》（和歌山県《わかやまけん》）から吉野《よしの》（奈良《なら》県《けん》）に入《はい》ることができました。また、歌舞《かぶ》を合図《あいず》に賊軍《ぞくぐん》を打《う》ち破《やぶ》ることもありました。

❖寔《まこと》に知《し》る、鏡《かがみ》を懸《か》け珠《たま》を吐《は》きたまひて、百王《ひやくのわう》相続《あひつづ》き、剣《つるぎ》を喫《か》み蛇《をろち》を切《き》りたまひて、万神《よろづのかみ》蕃息《はんそく》せしことを。安河《やすのかは》に議《はか》りて天下《あめのした》を平《ことむ》け、小浜《をばま》に論《あげつら》ひて国土《くに》を清《きよ》めたまひき。

是《ここ》を以《も》ちて番仁岐命《ほのににぎのみこと》、初《はじ》めて高千嶺《たかちのたけ》に降《あも》り、神倭天皇《かむやまとのすめらみこと》、秋津嶋《あきづしま》に経歴《けいれき》したまひき。化熊川《くわゆうかは》より出《い》でて、天剣《あめのつるぎ》を高倉《たかくらじ》に獲《え》、生尾《せいび》径《こみち》を遮《さへ》ぎりて、大《おほ》き烏《からす》吉野《えしの》に導《みちび》きき。儛《まひ》を列《つら》ねて賊《あた》を攘《はら》ひ、歌《うた》を聞《き》きて仇《あた》を伏《ふく》しき。

さて、崇神天皇《すじんてんのう》は夢《ゆめ》の中《なか》で神《かみ》の教《おし》えを悟《さと》り、神々《かみがみ》を敬《うやま》いました。このため明君《めいくん》と讃《たた》えられています。

仁徳天皇《にんとくてんのう》は民家《みんか》から上《あ》がる炊煙《すいえん》の少《すく》ないのを見《み》て、税《ぜい》を減《へ》らし、国民《こくみん》をいつくしみました。今《いま》になお聖帝《せいてい》と語《かた》り継《つ》がれております。
成務天皇《せいむてんのう》は近江《おうみ》の宮《みや》（滋賀県《しがけん》）で政治《せいじ》をとり、国《くに》・県《あがた》などの地方行政《ちほうぎょうせい》の整備《せいび》につとめました。
允恭天皇《いんぎょうてんのう》は飛鳥《あすか》の宮《みや》（奈良県《ならけん》）で政治《せいじ》をとり、体制《たいせい》の基盤《きばん》である氏《うじ》・姓《かばね》の混乱《こんらん》を正《ただ》しました。

このように、歴代《れきだい》の統治《とうち》には時流《じりゅう》を反映《はんえい》した政策《せいさく》の違《ちが》いが見《み》られますが、どの御世《みよ》においても、古代《こだい》のすぐれた政道《せいどう》に学《まな》んで、現代《げんだい》の乱《みだ》れた道徳《どうとく》・風俗《ふうぞく》を正《ただ》し、人《ひと》の道《みち》を守《まも》ることに最善《さいぜん》を尽《つ》くした点《てん》で一致《いっち》しています。

❖即《すなは》ち夢《いめ》に覚《さと》りて神祇《じんぎ》を敬《ゐやま》ひたまひき。所以《このゆゑ》に賢后《けんこう》と称《まを》す。烟《けぶり》を望《のぞ》みて黎元《れいげん》を撫《な》でたまひき。今《いま》に聖帝《せいてい》と伝《つた》ふ。境《さかひ》を定《さだ》め邦《くに》を開《ひら》きて、近《ちか》つ淡海《あふみ》に制《せい》したまひ、姓《かばね》を正《ただ》し氏《うぢ》を撰《えら》みて、遠《とほ》つ飛鳥《あすか》に勒《しる》したまひき。歩《ほ》と驟《しう》と、おのもおのも異《こと》に、文《ぶん》と質《しつ》と同《おな》じからずといへども、古《いにしへ》を稽《かむが》へて風猷《ふういう》を既《すで》に頽《すた》れたるに縄《ただ》したまひ、今《いま》を照《て》らして典教《てんけう》を絶《た》えなむとするに補《おぎな》ひたまはずといふこと莫《な》かりき。

✱この一段は『古事記』序文の冒頭にあたる。『古事記』の場合、序文の意義は他の書物に比べてはるかに重く、読み飛ばしたり後回しにしたりすることはできない。読者に、成立の事情や内容の要約ばかりではなく、聴き取った話を文章化するときの漢字の使い方まで説明している。漢字だけで記した本文をどのように声に出して読めばよいのか、という朗読の鍵《かぎ》を提示しているからである。

序文の内容は三段に構成され、ここはその第一段である。

天地創造から国生み・神生み、国譲り・天孫降臨、そして人間界の歴史が始まり、神武《じんむ》・崇神《すじん》・仁徳《にんとく》・成務《せいむ》・允恭《いんぎよう》の各天皇の業績を並べて、歴代天皇が政治倫理を正すために努力してきたことを讃えている。

この後に続く第二段は、『古事記』制作が企画・実行されたものの、完成に至らなかった経過を述べる。

まず、壬申《じんしん》の乱《らん》のあらましを描き、その勝利者、天武《てんむ》天皇（大海人皇子《おおあまのおうじ》）の英明ぶりを讃える。乱後の天武天皇は、国政の基礎となる系譜・伝承（帝紀《ていき》・旧辞《きゆうじ》）の混乱を憂慮し、これらを整理・校正して一本化することを企画した。

企画は実行に移され、記憶の天才、二十八歳の稗田阿礼《ひえだのあれ》に正しい文字と読み方が伝えられたが、業半ばにして天皇が崩御《ほうぎよ》したため、その成果は世に出ることはなかった。

第三段は、天武帝の遺業が元明《げんめい》天皇によって継承され、『古事記』が成立するまでを描く。まず、元明女帝の政治を称賛し、ついで女帝が天武帝の事業を再開して、自分（太安万侶《おおのやすまろ》）に書物にまとめるよう命じたという。

次に、安万侶は、稗田阿礼が暗誦《あんしょう》したものを文章化するための漢字の用法を説明する。彼は、やまと言葉、やまと魂という日本文化の核を、漢字という外国文字で伝達することがいかに困難であるかを告白している。そこには、今からおよそ千三百年も前に、現代の私たちが抱えている国語問題の根深さを、すでに予感している祖先の姿がある。安万侶の苦心は、私たち日本人に永遠の課題をつきつけているといってよい。

最後に、「和銅《わどう》五（七一二）年正月二十八日　正五位上勲五等《しょうごいじょうくんごとう》　太朝臣安万侶《おおのあそみやすまろ》」と、献上した年月日、位階・勲等、姓名を記して序文は閉じる。

★太安万侶の苦心――漢字による日本語表記

『古事記』はすべて中国産の漢字で書かれている。当時まだ国産の仮名文字《かなもじ》はなかった。そんな文字不足の状況にあって、稗田阿礼《ひえだのあれ》の記憶している日本語（やまと言葉）を、外国産の漢字を用いて、どうすれば正確に表現できるか。安万侶の苦しみはこの一点に尽きた。

漢字の意味だけ借りて表現すると、日本語の意味が背後に隠されてしまうし、逆に、漢字の字音だけを借りて表現すると、字数が増えて長たらしくなる。どちらにしろ文章の意味を正しくとらえることは妨げられてしまう。

そこで、安万侶は表記の方針を序文の中に掲げたが、整理すると次の二か条にまとめることができる。

1 一句の中に漢字の音と訓を交えて用いる。ただし、誤解が生じるおそれのない場合は、一句全体を漢字の訓で表す。

○国稚如浮脂而（くにわかくうかべるあぶらのごとくして…訓）

○久羅下那洲多陀用弊流（くらげなすただよへる…音）

2 文や語の意味・読みなどがわかりにくい場合はそれぞれ注を施した。ただし、慣用的な表記が定着している場合は注をはぶく。

○久羅下那洲多陀用弊流（くらげなすただよへる）の下の割注（細字二行の注）——流字以上十字以音〔流の字以上の十字は音を以《もち》ゐよ〕

○八俣《やまた》の大蛇《おろち》の眼をたとえた「赤加賀知」を説明する注——此謂赤加賀知者今酸漿者也〔此《ここ》に赤《あか》加賀知《かがち》と謂《い》ふは、今《いま》の酸漿《ほほづき》なり〕

○慣用表記―「くさか」と読む「日下」。「たらし」と読む「帯」

合理的に考えられた最上の方針と評価できるが、それでも漢字表記のすきまから日本語の意味はこぼれ落ち、古代の闇《やみ》に沈んだ。いったい、安万侶はこの漢字を何と訓読させるつもりだったのか、完全にすくいあげる方法の見つからないまま、『古事記』原文を読み解く苦闘は今もなお続いている。

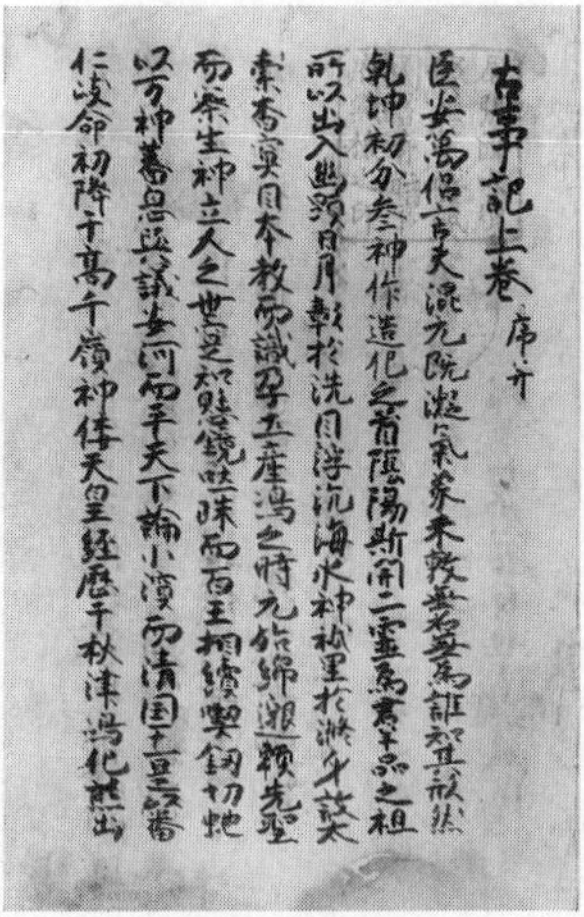
古事記上巻　序并
臣安萬侶言夫混元既凝氣象未效無名無爲誰知其形然
乾坤初分參神作造化之首陰陽斯開二靈爲群品之祖
所以出入幽顯日月彰於洗目浮沈海水神祇呈於滌身故
太素杳冥因本教而識孕土産嶋之時元始綿邈頼先聖
而察生神立人之世寔知懸鏡吐珠而百王相續喫劍切蛇
以万神蕃息與議安河而平天下論小濱而清國土是以番
仁岐命初降于高千嶺神倭天皇經歷于秋津嶋化熊出

古事記写本（序文冒頭）
真福寺本『古事記』宝生院蔵

## ◆天《てん》と地《ち》が分《わ》かれ、天上界《てんじようかい》に神々《かみがみ》が誕生《たんじよう》する——日本《にっぽん》の創世記《そうせいき》

天《てん》と地《ち》が初《はじ》めて分《わ》かれたとき、天上界《てんじようかい》の高天《たかま》の原《はら》に現《あらわ》れた神《かみ》は、天《てん》の中《ちゆう》心《しん》を占《し》める最高神《さいこうしん》アメノミナカヌシ、次《つぎ》に天上界《てんじようかい》の創造神《そうぞうしん》タカミムスヒ、地上界《ちじようかい》の創造神《そうぞうしん》カミムスヒである。この三神《さんしん》はいずれも無性《むせい》の単独神《たんどくしん》で、目《め》に見《み》える身体《からだ》を持《も》たなかった。

次《つぎ》に、国土《こくど》がまだ境界《きようかい》も定《さだ》まらず、水《みず》に浮《う》かぶ脂《あぶら》のようで、水母《くらげ》のようにふわふわと漂《ただよ》っていたころ、水辺《みずべ》の葦《あし》が芽《め》を吹《ふ》くように現《あらわ》れ出《で》た神《かみ》は、生物《せいぶつ》に命《いのち》を吹《ふ》き込《こ》む神《かみ》ウマシアシカビヒコジであり、天上界《てんじようかい》の永久《えいきゆう》を守《まも》る神《かみ》アメノトコタチである。この二神《にしん》もまた、無性《むせい》の単独神《たんどくしん》であって、身体《からだ》を持《も》つことはなかった。

以上《いじよう》の五柱《ごはしら》の神《かみ》はみな、特別《とくべつ》の天神《てんじん》である。

❖天地《あめつち》の初発《はじめ》の時《とき》、高天原《たかまのはら》に成《な》りませる神《かみ》の名《みな》は、天之御中主神《あめのみなかぬしのかみ》。次《つぎ》に高御産巣日神《たかみむすひのかみ》。次《つぎ》に神産巣日神《かむむすひのかみ》。此《こ》の三柱《みはしら》の神《かみ》は、並独神《みなひとりがみ》に成《な》り坐《ま》して、身《み》を隠《かく》したまひき。

次《つぎ》に国稚《くにわか》く、浮《う》かべる脂《あぶら》の如《ごと》くして水母《くらげ》なす漂《ただよ》へる時《とき》に、葦牙《あしかび》の如《ごと》萌え騰《あが》る物《もの》に因《よ》りて成《な》りませる神《かみ》の名《みな》は、宇摩志阿斯訶備比古遅神《うましあしかびひこぢのかみ》。次《つぎ》に天之常立神《あめのとこたちのかみ》。此《こ》の二柱《ふたはしら》の神《かみ》も並独神《みなひとりがみ》に成《な》り坐《ま》して、身《み》を隠《かく》したまひき。

上《かみ》の件《くだり》、五柱《いつはしら》の神《かみ》は別天神《ことあまつかみ》。

次《つぎ》に現《あらわ》れた神《かみ》は、国土《こくど》の永久《えいきゅう》を守《まも》る神《かみ》クニノトコタチであり、わき立《た》つ雲《くも》のように大自然《だいしぜん》に命《いのち》を吹《ふ》き込《こ》む神《かみ》トヨクモノである。この二柱《ふたはしら》の神《かみ》もまた、無性《むせい》の単独神《たんどくしん》で、目《め》に見《み》える身体《からだ》を持《も》たなかった。

次《つぎ》に現《あらわ》れた神《かみ》は、生命《せいめい》をはぐくむ土壌《どじょう》を整《とと》える男神《おがみ》ウヒジニと女神《めがみ》スヒジニである。次《つぎ》に、その土壌《どじょう》に芽《め》ばえた生命《せいめい》に形《かたち》を与《あた》える男神《おがみ》ツノグイと女神《めがみ》イクグイ。次《つぎ》に、その形《かたち》に男女《だんじょ》の性別《せいべつ》を与《あた》える男神《おがみ》オオトノジと女神《めがみ》オオトノベ。次《つぎ》に、国土《こくど》を豊《ゆた》かにし、人間《にんげん》の姿《すがた》を整《ととの》えて、繁栄《はんえい》と増殖《ぞうしょく》を促《うなが》す男神《おがみ》オモダルと女神《めがみ》アヤカシコネ。そして次《つぎ》に、男女《だんじょ》が互《たが》いに求愛《きゅうあい》する名《な》の男神《おがみ》イザナキと女神《めがみ》イザナミが現《あらわ》れた。

このクニノトコタチからイザナミまでの神々《かみがみ》を合《あ》わせて神世七代《かみよしちだい》という〔最初《さいしょ》のクニノトコタチ・トヨクモノの二柱《ふたはしら》の単独神《たんどくしん》は、それぞれで一代《いちだい》という。次《つぎ》に男女一組《だんじょひとくみ》で現《あらわ》れた十神《じっしん》は、それぞれ男女二神《だんじょにしん》を合《あ》わせて一代《いちだい》とする数《かぞ》え方《かた》である〕。

❖次《つぎ》に成《な》りませる神《かみ》の名《みな》は、国之常立神《くにのとこたちのかみ》。次《つぎ》に豊雲野神《とよくものかみ》。此《こ》の二柱《ふたはしら》の神《かみ》も、独《ひとり》神《がみ》に成《な》り坐《ま》して、身《み》を隠《かく》したまひき。次《つぎ》に成《な》りませる神《かみ》の名《みな》は、宇比地邇神《うひぢにのかみ》。次《つぎ》に妹須比智邇神《いもすひぢにのかみ》。次《つぎ》に角杙神《つのぐひのかみ》。次《つぎ》に妹活杙神《いもいくぐひのかみ》。二柱《ふたはしら》。次《つぎ》に意富斗能地神《おほとのぢのかみ》。次《つぎ》に妹《いも》大斗乃弁神《おほとのべのかみ》。次《つぎ》に於母陀流神《おもだるのかみ》。次《つぎ》に妹阿夜訶志古泥神《いもあやかしこねのかみ》。次《つぎ》に伊耶那岐神《いざなきのかみ》。次《つぎ》に妹《いも》伊耶那美神《いざなみのかみ》。

上《かみ》の件《くだり》、国之常立神《くにのとこたちのかみ》より下《しも》、伊耶那美神《いざなみのかみ》より前《さき》を、并《あは》せて神世七代《かみよななよ》と称《まを》す〔上《かみ》のも二柱《ふたはしら》は、独神《ひとりがみ》はおのもおのも一代《ひとよ》と云す《まを》。次《つぎ》に双《なら》びます十神《とはしらのかみ》はおのもおのも二神《ふたはしらのかみ》を合《あ》はせて一代《ひとよ》と云す《まを》」。

✻本文で「天地」を「あめつち」と読む場合、「あめ」は空《そら》ではなく、天上界という神聖な空間のことである。「つち」も土壌ではなく、地上界をさしている。日本神話では、天上界は「高天の原《たかまのはら》〈たかまがはら〉とも」、地上界は「葦原の中つ国《あしはらのなかつくに》」と呼ばれ、これら二つの世界をつなぐのが「天の浮橋《あめのうきはし》」という架け橋である。

天上界・地上界には、多神教を反映して八百万《やおよろず》という多数の神々が住んでいるが、天上界の神を天つ神《あまつかみ》（天神）、地上界の神は国つ神《くにつかみ》と呼んで区別した。

例えば、アマテラスは天神、オオクニヌシは国つ神、スサノオは天神だったが、乱暴を働いたために天上界から追放され、国つ神に落とされた。天神は高天の原系の神で、これに対して、葦原の中つ国に土着していた神々を国つ神と呼び、出雲《いずも》系の神が多い。日本神話はこの高天の原系と出雲系の神々の抗争・和睦のドラマでもある。

登場する神々の名はみな、その能力・役目などを表示しているが、今では意味不明なものも多い。イザナキ・イザナミを例にとると、イザは愛に誘う意であり、キは男性、ミは女性を表している。つまり性愛を表示する神名である。

★「神」は「ゴッド（Ｇｏｄ）」ならず

一神教（キリスト教・イスラム教・ユダヤ教など）のただひとりの神（ゴッド）を信仰する人々にとって、日本の八百万《やおよろず》の神々など、とうてい理解できないらしい。狐《きつね》を敬うお稲荷《いなり》さん、学者（道真《みちざね》）を拝む天満宮《てんまんぐう》、武将（家康《いえやす》）をあがめる東照宮《とうしょうぐう》、それどころか戦死者を祭る靖国神社《やすくにじんじゃ》など、来日した宣教師たちは狐につままれた気分だったろう。動物はおろか、原罪を背負った人間を信仰するなんて、もってのほかだった。

しかし、日本人にとっては、『古事記』に登場する神々ばかりでなく、この世ならぬ能力や徳をもっていると感動すれば、人間はもちろん狐や石ころだって、みんな神さまになれるのだ。この宗教観の違いは、永遠に交わることがない。

そもそも、「ゴッド」を「神」と短絡に訳したことから不幸が始まった。一種のグローバル化をめざしたつもりだろうが、異文化の本質を見きわめないと、是正には途方もない時間を要することになる。人間というものは、意思の最終決定に論理よりも情緒を優先するからである。

## ◆イザナキとイザナミの聖《せい》なる結婚《けっこん》——日本国《にっぽんこく》（大八島《おおやしま》）の誕生《たんじょう》

さて、天上《てんじょう》の神々《かみがみ》の合議《ごうぎ》により、イザナキ・イザナミの男女二神《だんじょにしん》に、「この浮遊《ふゆう》している国土《こくど》を固定《こてい》し、整備《せいび》せよ」という命令《めいれい》が下《くだ》った。そのときに天《あめ》の沼矛《ぬぼこ》という神聖《しんせい》なる矛《ほこ》を授《さず》けて委任《いにん》した。

そこで、この二神《にしん》は天《てん》と地《ち》の間《あいだ》に架《か》かる天《あめ》の浮橋《うきはし》に立《た》って、天《あめ》の沼矛《ぬぼこ》を地上《ちじょう》にさしおろし、かきまわした。海水《かいすい》をコオロコオロとかき鳴《な》らして、引《ひ》き上《あ》げる時《とき》に、矛《ほこ》の先《さき》から滴《したた》る潮《しお》が積《つ》もり固《かた》まって島《しま》となった。これが、潮《しお》がおのずから凝《こ》り固《かた》まってできたというオノゴロ島《じま》である。

❖是《ここ》に天神《あまつかみ》諸《もろもろ》の命《みこと》以ちて、伊耶那岐命《いざなきのみこと》　伊耶那美命《いざなみのみこと》の二柱《ふたはしら》の神《かみ》に詔《の》りたまひて、「是《こ》のただよへる国《くに》を修理《をさ》め固《かた》め成《な》せ」と、天沼矛《あめのぬぼこ》を賜《たま》ひて、言依《ことよ》さし賜《たま》ひき。故《かれ》二柱《ふたはしら》の神《かみ》、天浮橋《あめのうきはし》に立《た》たして、其《そ》の沼矛《ぬぼこ》を指《さ》し下《おろ》して画《か》きたまひ、塩《しほ》こをろこをろに

矛

画《か》き鳴《な》して、引《ひ》き上《あ》げたまひし時《とき》に、其《そ》の矛《ほこ》の末《さき》より垂《したた》り落《お》つる塩《しほ》の累積《つも》りて成《な》れる嶋《しま》は、是《こ》れ淤能碁呂嶋《おのごろじま》なり。

イザナキ・イザナミはこのオノゴロ島《じま》に降《お》りて、結婚《けっこん》のための聖《せい》なる太《ふと》柱《ばしら》と広《ひろ》い寝殿《しんでん》を建《た》てた。そしてイザナキがイザナミに、「あなたの体《からだ》はどんなふうにできていますか」と尋《たず》ねた。イザナミは「私《わたし》の体《からだ》は完成《かんせい》しましたが、塞《ふさ》がらない裂《さ》け目《め》が一《いっ》か所《しょ》あります」と答《こた》えた。するとイザナキが「私《わたし》の体《からだ》も完成《かんせい》したが、よけいな突起《とっき》が一《いっ》か所《しょ》ある。だから、私《わたし》の体《からだ》の突《とっ》起《き》したものを、あなたの体《からだ》の裂《さ》け目《め》に差《さ》し入《い》れて塞《ふさ》ぎ、国生《くにう》みをしようと思《おも》う。国《くに》を作《つく》りたいがどうだろうか」と誘《さそ》うと、イザナミは「それはいいですわね」と賛成《さんせい》した。

そこでイザナキは「それじゃあ、二人《ふたり》でこの聖《せい》なる柱《はしら》を回《まわ》り、出会《であ》ってから交《まじ》わりをしよう」と言《い》った。そう約束《やくそく》してから、イザナキは「あなたは右《みぎ》から回《まわ》りなさい。私《わたし》は左《ひだり》から回《まわ》ろう」と言《い》って、互《たが》いに柱《はしら》を回《まわ》った。

出会《であ》ったとき、女神《めがみ》のイザナミが先《さき》に「まあ、すてきな男《おとこ》ねえ」と言《い》い、そのあとで男神《おがみ》のイザナキが「ああ、いい女《おんな》だなあ」と言《い》い、ほめ言葉《ことば》を唱《とな》え終《お》わったのちに、イザナキがイザナミに向《む》かって、「女《おんな》が男《おとこ》より先《さき》に唱《とな》えたのはよくない」とこぼした。

そうは言《い》いながらも、聖《せい》なる寝殿《しんでん》において交《まじ》わりをした。最初《さいしょ》に生《う》まれた子《こ》は水蛭子《ひるこ》という子《こ》で育《そだ》たないので、葦《あし》の舟《ふね》に乗《の》せて流《なが》し捨《す》てた。次《つぎ》に淡島《あわしま》を生《う》んだが、これも思《おも》うようでない小島《こじま》だったので、子《こ》の数《かず》には入《い》れなかった。

❖其《そ》の嶋《しま》に天降《あも》り坐《ま》して、天《あめ》の御柱《みはしら》を見立《みた》て、八尋殿《やひろどの》を見立《みた》てたまひき。是《ここ》に其《そ》の妹伊耶那美命《いもいざなみのみこと》に問曰《と》ひたまひしく、「汝《な》が身《み》は如何《いか》に成《な》れる」ととひたまへば、答曰《こた》へたまはく、「吾《あ》が身《み》は成《な》り成《な》りて、成《な》り合《あ》はぬ処一処《ところひとところ》在《あ》り」とまをしたまひき。爾《ここ》に伊耶那岐命《いざなきのみことの》 詔りたまひしく、「我《あ》が身《み》は成《な》り成《な》りて、成《な》り余《あま》れる処一処《ところひとところ》在《あ》り。故《かれ》此《こ》の吾《あ》が身《み》の成《な》り余《あま》れる処《ところ》を、汝《な》が身《み》の成《な》り合《あ》はぬ処《ところ》に刺《さ》し塞《ふた》ぎて、国土《くに》生《う》み成《な》さむと以為《おも》ふは奈何《いかに》」とのりたまへば、伊耶那美命《いざなみのみこと》答曰《こた》へたまはく、「然善《しかえ》けむ」とまをしたまひき。

爾《ここ》に伊耶那岐命《いざなきのみことの》詔りたまひしく、「然《しか》らば吾《あ》と汝《な》と、是《こ》の天《あめ》の御柱《みはしら》を行《ゆ》き廻《めぐ》り逢《あ》ひて、みとのまぐはひ為《せ》む」とのりたまひき。かく期《ちぎ》りて、乃《すなは》ち詔《の》りたまひしく、「汝《な》は右《みぎ》より廻《めぐ》り逢《あ》へ、我《あ》は左《ひだり》より廻《めぐ》り逢《あ》はむ」とのりたまひて、約《ちぎ》り竟《を》へて廻《めぐ》りたまふ時《とき》に、伊耶那美命《いざなみのみこと》先《ま》づ「あなにやし、えをとこを」と言《の》りたまひ、後《のち》に伊耶那岐命《いざなきのみこと》、「あなにやし、えをとめを」と言《の》りたまひき。おのもおのも言《の》りたまひ竟《を》へて後《のち》に、其《そ》の妹《いも》に告曰《の》りたまひしく、「女人《をみな》先《さき》だち言《い》へるは良《ふさ》はず」とのりたまひき。

然《しか》れどもくみどに興《おこ》して子水蛭子《みこひるこ》を生《う》みたまひき。此《こ》の子《みこ》は葦船《あしぶね》に入《い》れて流《なが》し去《や》りつ。次《つぎ》に淡嶋《あはしま》を生《う》みたまひき。是《こ》も子《みこ》の例《かず》に入《い》らず。

そこで二神《にしん》は相談《そうだん》して、「今私《いまわたし》たちが生《う》んだ子《こ》はよくない。やはり天神《てんじん》のもとに行《い》って、事実《じじつ》を報告《ほうこく》しよう」と決心《けっしん》、ただちに高天《たかま》の原《はら》に参上《さんじょう》して、天神の指示を仰いだ。そして、天神《てんじん》の命令《めいれい》で鹿《しか》の肩骨《かたぼね》を焼《や》いて裂《さ》け目《め》の形《かたち》で占《うらな》いをした結果《けっか》、天神《てんじん》は、「女《おんな》が先《さき》に唱《とな》えたのがよくなかった。もう一度《いちど》オノゴロ島《じま》に戻《もど》って、改《あらた》めて唱《とな》え直《なお》すのがよかろう」と申《もう》し渡《わた》した。

そこで二神《にしん》は島《しま》に戻《もど》って、ふたたび聖《せい》なる太柱《ふとばしら》を前回《ぜんかい》のように回《まわ》った。こんどは男神《おがみ》のイザナキから先《さき》に、「ああ、いい女《おんな》だなあ」と言《い》い、そのあとで女神《めがみ》のイザナミが、「まあ、すてきな男《おとこ》ねえ」と言《い》った。このように唱《とな》え終《お》わって結婚《けっこん》し、生《う》まれた最初《さいしょ》の子《こ》はアワジノホノサワケの島《しま》（淡路島《あわじしま》）であった。

次《つぎ》にイヨノフタナの島《しま》（四国《しこく》）を生《う》んだ。この島《しま》は身《み》は一体《いったい》だが、顔《かお》は四面《しめん》あった。また、それぞれの顔《かお》に名《な》がついていた。四面《しめん》はそれぞれ、伊予《いよ》の国《くに》を姉姫《あねひめ》の意《い》でエヒメ、讃岐《さぬき》の国《くに》を食物《しょくもつ》の霊《れい》の依《よ》りつく男《おとこ》の意《い》でイイヨリヒコ、阿波《あわ》の国《くに》を穀物《こくもつ》をつかさどる女《おんな》の意《い》でオオゲツヒメ、土佐《とさ》の国《くに》を勇武《ゆうぶ》な霊《れい》の依《よ》りつく男《おとこ》の意《い》でタケヨリワケと名《な》づけた。

❖是《ここ》に二柱《ふたはしら》の神《かみ》議《はか》りたまひて、「今《いま》、吾《あ》が生《う》める子《こ》良《ふさ》はず。猶《なほ》うべ天神《あまつかみ》の御所《みもと》に白《まを》さな」と云《の》りたまひて、即《すなは》ち共《とも》に参上《まゐのぼ》りて、天神《あまつかみ》の命《みこと》を請《こ》ひたまひき。爾《ここ》に天《あまつ》神《かみ》の命《みこと》以《も》ちて、ふとまにに卜相《うら》へて詔《の》りたまひしく、「女《をみな》の先《さき》だち言《い》ひしに因《よ》りて良《ふさ》はず、亦《また》還《かへ》り降《あも》りて改《あらた》め言《い》へ」とのりたまひき。

故爾《かれここ》に反《かへ》り降《あも》りまして、更《さら》に其《そ》の天《あめ》の御柱《みはしら》を往《ゆ》き廻《めぐ》りたまふこと、先《さき》の如《ごと》くなりき。是《ここ》に伊耶那岐命《いざなきのみこと》、先《ま》づ、「あなにやし、えをとめを」と言《の》りたまひ、後《のち》に妹伊耶那美命《いもいざなみのみこと》、「あなにやし、えをとこを」と言《の》りたまひき。かく言《の》りたまひ竟《を》へて、御合《みあ》ひまして、子淡道之穂之狭別嶋《みこあはぢのほのさわけのしま》を生《う》みたまひき。

次《つぎ》に伊予之二名嶋《いよのふたなのしま》を生《う》みたまひき。此《こ》の嶋《しま》は身《み》一《ひと》つにして面四《おもよ》つ有《あ》り。面毎《おもごと》に名《な》有《あ》り。故伊予国《かれいよのくに》を愛比売《えひめ》と謂《い》ひ、讃岐国《さぬきのくに》を飯依比古《いひよりひこ》と謂《い》ひ、粟国《あはのくに》を、大宜都比《おほげつひ》売《め》と謂《い》ひ、土左国《とさのくに》を建依別《たけよりわけ》と謂《い》ふ。

次《つぎ》には、三《み》つ子《ご》のように三島《さんとう》から成《な》る隠岐《おき》の三子島《みつごじま》を生《う》んだ。またの名《な》を押《お》し凝《こ》り固《かた》まったという意《い》でアメノオシコロワケという。

次《つぎ》に、筑紫島《つくしじま》（九州《きゅうしゅう》）を生《う》んだ。この島《しま》もまた、身《み》は一体《いったい》だが顔《かお》は四面《しめん》あった。これもそれぞれの顔《かお》に名《な》があった。四面《しめん》はそれぞれ、日《ひ》（太陽《たいよう》）にちなんで、筑紫《つくし》の国《くに》を白《しろ》く輝《かがや》く日《ひ》のシラヒワケ、豊《とよ》の国《くに》をトヨヒワケ、肥《ひ》の国《くに》をタケヒムカヒトヨクジヒネワケ、熊曾《くまそ》をタケヒワケと名《な》づけた。

次《つぎ》には壱岐《いき》の島《しま》を生《う》んだ。別名《べつめい》を海中《かいちゅう》に立《た》つ一本《いっぽん》の柱《はしら》に見立《みた》ててアメヒトツバシラという。

次《つぎ》に対馬《つしま》を生《う》んだ。別名《べつめい》をアメノサデヨリヒメという。

次《つぎ》に佐渡《さど》の島《しま》を生《う》んだ。

そして、最後《さいご》に五穀豊穣《ごこくほうじょう》の意《い》をこめた大倭豊秋津島《おおやまととよあきつしま》（本州《ほんしゅう》）を生《う》んだ。別名《べつめい》をアマツミソラトヨアキツネワケともいう。こうして、八《やっ》つの島々《しまじま》を生《う》んだので、日本列島《にっぽんれっとう》を大八島国《おおやしまぐに》というのである。

❖次《つぎ》に隠伎《おき》の三子嶋《みつごのしま》を生《う》みたまひき。亦《また》の名《な》は天之忍許呂別《あめのおしころわけ》。

次《つぎ》に筑紫嶋《つくしのしま》を生《う》みたまひき。此《こ》の嶋《しま》も身《み》一《ひと》つにして面《おも》四《よ》つ有《あ》り。面毎《おもごと》に名《な》有《あ》り。

故《かれ》筑紫国《つくしのくに》を白日別《しらひわけ》と謂《い》ひ、豊国《とよのくに》を豊日別《とよひわけ》と謂《い》ひ、肥国《ひのくに》を建日向日豊久士比泥別《たけひむかひとよくじひねわけ》と謂《い》ひ、熊曾国《くまそのくに》を建日別《たけひわけ》と謂《い》ふ。

次《つぎ》に伊岐嶋《いきのしま》を生《う》みたまひき。亦《また》の名《な》は天比登都柱《あめひとつはしら》といふ。

次《つぎ》に津嶋《つしま》を生《う》みたまひき。亦《また》の名《な》は天之狭手依比売《あめのさでよりひめ》と謂《い》ふ。

次《つぎ》に佐度嶋《さどのしま》を生《う》みたまひき。

次《つぎ》に大倭豊秋津嶋《おほやまととよあきづしま》を生《う》みたまひき。亦《また》の名《な》は天御虚空豊秋津根別《あまつみそらとよあきつねわけ》と謂《い》ふ。故此《かれこ》の八嶋《やしま》の先《ま》づ生《う》まれしに因《よ》りて、大八嶋国《おほやしまのくに》と謂《い》ふ。

✿イザナキ・イザナミの男女神が結婚して、人間の子どもを生むのではなく、国土を生むというのが、政治色の濃い日本神話らしいところである。

この一段、かなり露骨な性行為の描写でよく知られている。世界の神話にも類例のない奇抜な場面だが、眉《まゆ》をひそめることなく、古代の性教育のなごりくらいに考えるのも楽しいではないか。『古事記』には、この種の実際的な知識の言い伝えがあちこちに顔を出している。

最初の子に失敗するというのは、東南アジアの神話にも共通する発想で、試練を耐え抜かなければ成功しないという経験上の知恵が神話に反映したものという。
ヒルコ（水蛭子）には「日《ひ》る子《こ》」（日神の子）説と「蛭児《ひるこ》」（ヒルのような児）説とがある。「日る子」説は「日《ひ》る女《め》」（天照大御神《あまてらすおおみかみ》）と音がうまく対応するところから着想されたが、ここでは「蛭」という用字に従い、ヒルのように骨なしの児としておこう。

こうして日本列島を生んだ後も、二神は自然界に必要な数々の神々を生んだが、火神の出産でイザナミは死んだ。

怒ったイザナキが火神の首をはねたところ、剣《つるぎ》についた血の中から神々が誕生する。神々はいずれも雷神・剣神である。のちに国譲りの段で活躍するタケミカズチも、このとき誕生した。

母神を焼き殺した火神が父神に斬り殺されて、その剣の血から、国土平定の特使に任命される剣神が誕生した。ここには王権をつらぬく聖なる血と剣の信仰がある。王権は血のあがないと剣の威力によって守られるのだ。

火の神の「ヒ」は音を転じて「ホ（火・穂）」となり、オシホミミ、ホノニニギ、ホオリ、と王権継承者の名の核となっている。この火神の誕生と死によって、王権は地上界から、さらに地底の黄泉《よみ》の世界へと拡張していく。

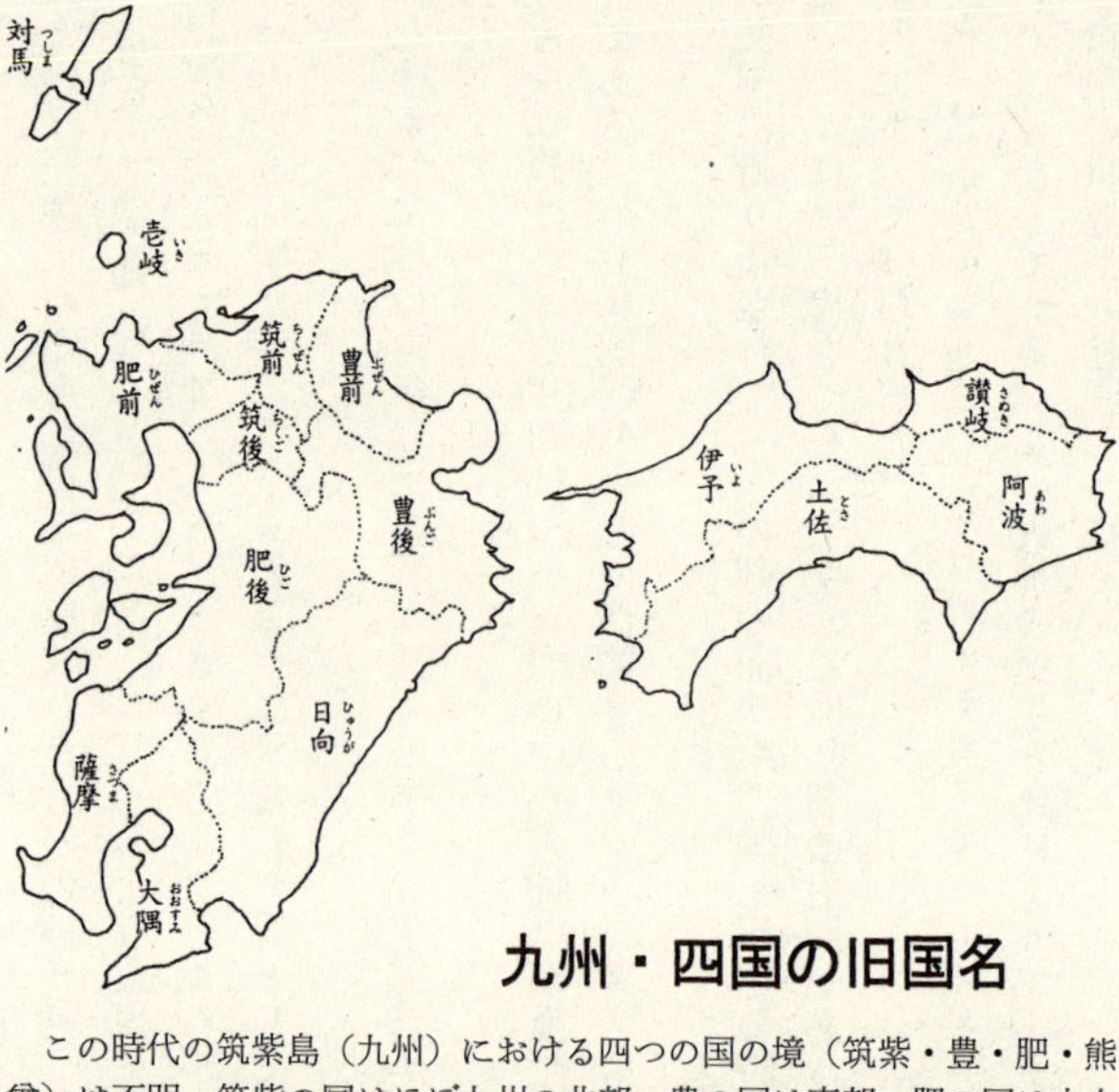


## 九州・四国の旧国名

この時代の筑紫島（九州）における四つの国の境（筑紫・豊・肥・熊曾）は不明。筑紫の国はほぼ九州の北部、豊の国は東部、肥の国は中央部にあり、熊曾の国は南九州一帯を占めていて、互いに勢力圏の拡大・縮小を繰り返していたと考えられる。

## ◆イザナキ、亡《な》き妻《つま》イザナミを地底《ちてい》に訪《たず》ねる——黄泉《よみ》の国訪問《くにほうもん》

さて、イザナキは亡《な》き妻《つま》イザナミを忘《わす》れることができず、黄泉《よみ》の国《くに》（死《し》者《しゃ》の国《くに》）まであとを追《お》っていった。イザナミが黄泉《よみ》の御殿《ごてん》の扉《とびら》を開《ひら》いてイザナキを出迎《でむか》えると、イザナキはこう話《はな》しかけた。

「最愛《さいあい》のわが妻《つま》イザナミ。私《わたし》とおまえとで作《つく》った国《くに》はまだ完成《かんせい》していない。どうか完成《かんせい》するために国《くに》に戻《もど》ってくれないか」。するとイザナミが答《こた》えた。

「とても残念《ざんねん》ですわ。もっと早《はや》くここへ来《き》てくださったら間《ま》に合《あ》いましたのに。もう私《わたし》はこの黄泉《よみ》の食事《しょくじ》をしてしまいました。もう国《くに》に戻《もど》ることはかないません。でも、愛《あい》するあなたがわざわざ来《き》てくださるなんて、ほんとうにもったいないことです。なんとかして国《くに》に戻《もど》るよう努力《どりょく》してみます。ともかく黄泉《よみ》の神《かみ》と相談《そうだん》してみましょう。その間《あいだ》、私《わたし》の姿《すがた》をけっして見《み》てはなりません」

イザナミは固《かた》く約束《やくそく》して、御殿《ごてん》の内《うち》に姿《すがた》を消《け》した。しかし、あまりに長《なが》

く戻《もど》らないので、イザナキは待《ま》ちきれなくなった。

❖是《こ》に其《そ》の妹伊耶那美命《いもいざなみのみこと》を相見《あひみ》まく欲《おも》ほして、黄泉国《よもつくに》に追《お》ひ往《い》でましき。爾《ここ》に殿《との》の縢戸《くみど》より出《い》で向《む》かへたまふ時《とき》に、伊耶那岐命《いざなきのみこと》語《かた》らひて詔《の》りたまひしく、「愛《うつく》しき我《あ》がなに妹《も》の命《みこと》、吾《あ》と汝《な》と作《つく》れる国《くに》、未《いま》だ作《つく》り竟《を》へずあれば、還《かへ》りまさね」とのりたまひき。

爾《ここ》に伊耶那美命《いざなみのみこと》の答白《こた》へたまはく、「悔《くや》しかも、速《と》く来《き》まさず。吾《あ》は黄泉戸喫《よもつへぐひ》しつ。然《しか》れども愛《うつく》しき我《あ》がなせの命《みこと》、入《い》り来《き》ませる事恐《ことかしこ》し。故還《かれかへ》りなむを。且《しばら》く黄泉神《よもつかみ》と相論《あげつら》はむ。我《あ》をな視《み》たまひそ」と、かく白《まを》して、其《そ》の殿内《とのぬち》に還《かへ》り入《い》りませる間《ほど》、甚久《いとひさ》しくて待《ま》ち難《か》ねたまひき。

そこで、左《ひだり》の角髪《みずら》に差《さ》していた神聖《しんせい》な爪櫛《つまぐし》の端《はし》の太《ふと》い歯《は》を一本折《いっぽんお》り取《と》り、それに一《ひと》つ火《び》を灯《とも》して御殿《ごてん》の内《うち》に入《はい》ってみた。

そこに見《み》たものは、無数《むすう》の蛆《うじ》がワンワンたかっているイザナミの腐乱死体《ふらんしたい》だった。頭《あたま》には大雷《おおかみなり》、胸《むね》には火《ひ》の雷《かみなり》、腹《はら》には黒雷《くろかみなり》、陰部《いんぶ》には裂《さ》く雷《かみなり》、左《ひだり》の手《て》には若雷《わかかみなり》、右《みぎ》の手《て》には土雷《つちかみなり》、左《ひだり》の足《あし》には鳴《な》る雷《かみなり》、右《みぎ》の足《あし》には伏《ふ》す雷《かみなり》と、合《あ》わせて八種《はっしゅ》の魔物《まもの》が生《う》まれていた。

このおぞましい光景《こうけい》を見《み》たイザナキは、恐《おそ》れおののいて黄泉《よみ》から逃《のが》れようとした。ところが、イザナミは、「よくも私《わたし》に恥《はじ》をかかせましたね」と責《せ》めて、ただちに黄泉《よみ》の魔女《まじょ》たちに命《めい》じてイザナキを追跡《ついせき》させた。

迫《せま》りくる魔女《まじょ》たちに向《む》かって、イザナキが黒《くろ》い鬘《かずら》を投《な》げつけると、たちまち山葡萄《やまぶどう》の実《み》に変《か》わった。

魔女《まじょ》たちが実《み》を拾《ひろ》って食《た》べる間《ま》にイザナキは逃《に》げた

角髪

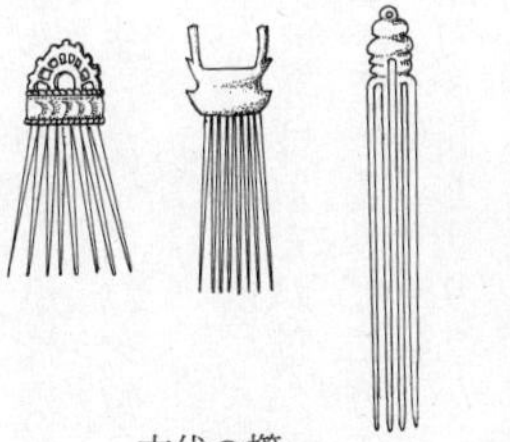
古代の櫛

が、なおも追《お》いかけてきた。こんどは、右《みぎ》の角髪《みずら》に差《さ》した神聖《しんせい》な爪櫛《つまぐし》の歯《は》を折《お》り取《と》って投《な》げつけると、たちまち竹《たけ》の子《こ》になって生《は》えた。これを魔女《まじょ》たちが引《ひ》き抜《ぬ》いて食《た》べる間《ま》に、イザナキはさらに逃《に》げのびた。

あせったイザナミは、魔女《まじょ》たちと交替《こうたい》に、自分《じぶん》の体《からだ》に生《う》まれた八種《はっしゅ》の魔《ま》物《もの》を長《ちょう》にした黄泉《よみ》の魔軍《まぐん》を編成《へんせい》して、イザナキを追撃《ついげき》させた。イザナキは腰《こし》に帯《お》びた長剣《ちょうけん》を抜《ぬ》き、それを後《うし》ろ手《で》に振《ふ》り回《まわ》し、魔力《まりょく》を断《た》ち切《き》りながら逃走《とうそう》を続《つづ》けた。

魔軍《まぐん》はなおも追《お》ってきたが、この国《くに》と黄泉《よみ》との境《さかい》である黄泉《よも》つ比良坂《ひらさか》の麓《ふもと》まで来《き》たとき、イザナキはそこに生《な》っていた桃《もも》の実《み》を三《みっ》つ投《な》げつけた。すると、桃《もも》の霊力《れいりょく》にはばまれた魔軍《まぐん》は、全員退却《ぜんいんたいきゃく》していった。

イザナキは魔軍《まぐん》を追《お》い払《はら》った桃《もも》の実《み》に、「私《わたし》を助《たす》けたように、この国《くに》の国民《こくみん》を苦悩《くのう》から救《すく》ってもらいたい」と頼《たの》んで、偉大《いだい》な霊力《れいりょく》をもつ意《い》をこめたオオカムズミという称号《しょうごう》を授《さず》けた。

❖故左《かれひだり》の御《み》みづらに刺《さ》させる湯津津間櫛《ゆつつまぐし》の男柱《ほとりは》一箇《ひとつ》取り闕《か》きて、一火《ひとつび》燭《とも》して入《い》り見《み》たまふ時《とき》に、うじたかれころろきて、頭《かしら》には大雷《おほいかづちを》居り、胸《むね》には火雷《ほのいかづちを》居り、腹《はら》には黒雷《くろいかづちを》居り、陰《ほと》には析雷《さくいかづちを》居り、左《ひだり》の手《て》には若雷《わかいかづちを》居り、右《みぎり》の手《て》には土《つち》雷《いかづちを》居り、左《ひだり》の足《あし》には鳴雷《なるいかづちを》居り、右《みぎり》の足《あし》には伏雷《ふすいかづちを》居り、并《あは》せて八雷神《やくさのいかづちがみな》成り居《を》りき。

是《ここ》に伊耶那岐命《いざなきのみこと》、見畏《みかしこ》みて逃《に》げ還《かへ》りたまふ時《とき》に、其《そ》の妹《いも》伊耶那美命《いざなみのみこと》、「吾《あれ》に辱《はぢ》見《み》せつ」と言《い》ひて、即《すなは》ち予母都志許売《よもつしこめ》を遣《つか》はして追《お》はしめき。爾《ここ》に伊耶那岐命《いざなきのみこと》、黒御鬘《くろみかづら》を投《な》げ棄《う》てたまひしかば、乃《すなは》ち蒲子《えびかづらのみ》生《な》りき。是《こ》を摭《ひり》ひ食《は》む間《あひだ》に逃《に》げ行《い》でますを、猶追《なほお》ひしかば、亦其《またそ》の右《みぎり》の御《み》みづらに刺《さ》させる湯津津間櫛《ゆつつまぐし》を引《ひ》き闕《か》きて投《な》げ棄《う》てたまへば、乃《すなは》ち筍《たかむな》生《な》りき。是《こ》を抜《ぬ》き食《は》む間《あひだ》に、逃《に》げ行《い》でましき。

且後《またのち》には其《そ》の八雷神《やくさのいかづちがみ》に、千五百《ちいほ》の黄泉軍《よもついくさ》を副《たぐ》へて追《お》はしめき。爾《ここ》に御佩《みは》かせる十拳剣《とつかのつるぎ》を抜《ぬ》きて、後手《しりへで》に振《ふ》きつつ逃《に》げ来《き》ませるを、猶追《なほお》ひて黄《よ》泉比良坂《もつひらさか》の坂本《さかもと》に到《いた》る時《とき》に、其《そ》の坂本《さかもと》在《な》る桃《もも》の子三《みみ》つを取《と》りて持《も》ち撃《う》ちたまひしかば、悉《ことごと》に逃《に》げ返《かへ》りき。

爾《ここ》に伊耶那岐命《いざなきのみこと》、桃《もも》の子《み》に《の》告りたまはく、「汝《いまし》、吾《あ》を助《たす》けしが如《ごと》、葦原中国《あしはらのなかつくに》に有《あ》らゆる現《うつ》しき青人草《あをひとくさ》の、苦《う》き瀬《せ》に落《お》ちて、患惚《たしな》まむ時《とき》に助《たす》けてよ」と告《の》りたまひて、意富加牟豆美命《おほかむづみのみこと》と号《い》ふ名《な》を賜《たま》ひき。

最後《さいご》には、イザナミ自身《じしん》が追《お》ってきた。そこで、イザナキは千人《せんにん》がかりで引《ひ》くほどの巨大《きよだい》な岩石《がんせき》で黄泉《よも》つ比良坂《ひらさか》をふさぎ、その岩石《がんせき》を間《あいだ》に二人《ふたり》は向《む》かい合《あ》い、夫婦離別《ふうふりべつ》の言葉《ことば》を交《か》わした。イザナミは、

「愛《あい》する私《わたし》の夫《おっと》イザナキよ。あなたがこんなしうちをするのなら、私《わたし》はあなたの国《くに》の人間《にんげん》を一日《いちにち》に千人殺《せんにんころ》してやりましょう」と宣告《せんこく》した。

これに対《たい》してイザナキは、

「最愛《さいあい》のわが妻《つま》イザナミよ。おまえがそうするのなら、私《わたし》は一日《いちにち》に千五百《せんごひやく》もの産室《さんしつ》を建《た》ててやろう」と言《い》い返《かえ》した。

その結果《けっか》、この国《くに》では一日《いちにち》に必《かなら》ず千人死《せんにんし》に、一日《いちにち》に必《かなら》ず千五百《せんごひやく》人生《にんう》まれることになった。ここから、女神《めがみ》イザナミを名《な》づけてヨモツオオカミと

いうのだ。また、男神《おがみ》に追《お》いついたのでチシキノオオカミとも呼《よ》ばれた。黄泉《よみ》の国《くに》の坂《さか》をふさいだ岩《いわ》は、道《みち》から悪霊《あくりょう》を追《お》い返《かえ》した意《い》をこめてチカエシノオオカミと名《な》づけられ、黄泉《よみ》の国《くに》の入口《いりぐち》をふさぐヨミドノオオカミとも呼《よ》ばれた。なお、黄泉《よも》つ比良坂《ひらさか》は現在《げんざい》の出雲《いずも》の国《くに》（島根県《しまねけん》）の伊賦夜《いふや》坂《ざか》（八束郡東出雲町《やつかぐんひがしいずもちょう》。揖屋神社《いやじんじゃ》）とされる。

❖最後《いやはて》に其《そ》の妹伊耶那美命《いもいざなみのみこと》、身《み》自《みづか》ら追《お》ひ来《き》ましき。爾《ここ》に千引石《ちびきのいは》を其《そ》の黄泉比良《よもつひら》坂《さか》に引《ひ》き塞《さ》へて、其《そ》の石《いは》を中《なか》に置《お》きて、おのもおのも対《む》き立《た》たして、事戸《ことど》を度《わた》す時《とき》に、伊耶那美命《いざなみのみことの》言りたまはく、「愛《うつく》しき我《あ》がなせの命《みこと》、かく為《し》たまはば、汝《いまし》の国《くに》の人草《ひとくさ》、一日《ひとひ》に千頭《ちかしら》を絞《くび》り殺《ころ》さむ」とのりたまひき。爾《ここ》に伊耶那岐命《いざなきのみことの》詔りたまはく、「愛《うつく》しき我《あ》がなに妹《も》の命《みこと》、汝然《みまししかし》為たまはば、吾《あれ》は一日《ひとひ》に千五百《ちいほ》の産屋《うぶや》を立《た》てむ」とのりたまひき。是《ここ》を以《も》ちて一日《ひとひ》に必《かなら》ず千人《ちたり》死《し》に、一日《ひとひ》に必《かなら》ず千五百人《ちいほたり》なも生《う》まるる。故其《かれそ》の伊耶那美命《いざなみのみこと》に号《なづ》けて黄泉津大神《よもつおほかみ》と謂《い》ふ。亦其《またそ》の追《お》ひ及《し》きしを以《も》ちて、道《ち》敷大神《しきのおほかみ》とも号《い》へり。

亦其《またそ》の黄泉《よみ》の坂《さか》に塞《さは》れる石《いは》は、道反大神《ちかへしのおほかみ》とも号《い》ひ、亦塞《またさ》へ坐《ま》す黄泉戸大神《よみどのおほかみ》とも号《い》ふ。故其《かれそ》の所謂黄泉比良坂《いはゆるよもつひらさか》は、今《いま》、出雲国《いづものくに》の伊賦夜坂《いふやざか》と謂《い》ふ。


✻闇《やみ》の中の微《かす》かな光に浮かぶ死霊の群、彼らに追いかけられて、捕まえられる寸前、目前に見える光の穴、そこからようやく逃れ出て、明るい地上の世界に出る。——誰《だれ》もが一度は見て冷や汗をかいた経験のある悪夢、恐怖と醜怪に満ちたおぞましい死の世界が生々しく開かれる。

「黄泉《こうせん》」は漢語だが、訓の「ヨミ」はやまと言葉。「夜見《よみ》」の意や「闇《やみ》」の音転だとする説がある。いずれも地底の冥界《めいかい》をさす点で一致している。

イザナキは、追走する魔女どもには食べ物（筍《たけのこ》・山葡萄《やまぶどう》）を投げて時間を稼ぎ、黄泉の正規軍団の追撃には長剣を振り回し、ちゃんと相手を心得た戦術を行使している。最終的に桃《もも》の威力を借りて追い払うのだが、桃には中国の民間信仰が反映しているという。後世、この桃は日本に根づいて昔話の「桃太郎」に育った。

黄泉は、仏教の地獄とは違って、黄泉つ比良坂を通して地上の世界と連絡している。イザナキ・イザナミは、地上界と黄泉とを隔てる巨岩の扉を間に置いて、人間の生死について誓言を交わす。その結果、人間は絶えることなく増殖することになった。

今やイザナキ・イザナミは人間の生と死を管理する大神である。死んだイザナミは、死者の国の女帝、黄泉《よも》つ大神《おおかみ》となった。こうなった以上、イザナキのとるべき道はただ一つ、生者の国を支配する大神となることである。

『風土記《ふどき》』の伝える黄泉への入口猪目洞窟《いのめどうくつ》（島根県平田市）

## ◆禊《みそぎ》で生《う》まれ出《で》た姉《あね》アマテラスと弟《おとうと》スサノオ――三貴子《さんきし》の誕生《たんじょう》

さて、イザナキが黄泉《よみ》（死者《ししゃ》の国《くに》）を見《み》た穢《けが》れを清《きよ》めるために、左《ひだり》の目《め》を洗《あら》ったときに生《う》まれたのが日神《にっしん》アマテラス、右《みぎ》の目《め》を洗《あら》ったときに生《う》まれたのが月神《げっしん》ツクヨミである。さらに、黄泉《よみ》の悪臭《あくしゅう》をかいだ穢《けが》れを清《きよ》めるために、鼻《はな》を洗《あら》ったときに生《う》まれたのがタケハヤスサノオである。

イザナキは、「黄泉《よみ》の穢《けが》れを払《はら》い清《きよ》める禊《みそぎ》をしてたくさんの子《こ》をもうけたが、最後《さいご》に三人《さんにん》の神聖《しんせい》なる子《こ》が現《あらわ》れた」と非常《ひじょう》に喜《よろこ》んだ。さっそく首飾《くびかざ》りの珠《たま》を美《うつく》しく鳴《な》り響《ひび》かせながら外《はず》して、アマテラスに授《さず》け、「おまえは天上界《てんじょうかい》（高天《たかま》の原《はら》）を治《おさ》めなさい」と命《めい》じた。それで、その首飾《くびかざ》りを、秘《ひ》蔵《ぞう》すべき神聖《しんせい》な宝《たから》の意《い》をこめてミクラタナと名《な》づけた。

次《つぎ》に、ツクヨミに対《たい》して、「夜《よる》の国《くに》を治《おさ》めなさい」と命《めい》じ、さらにタケハヤスサノオには「海《うみ》の国《くに》を治《おさ》めなさい」と命《めい》じた。

❖是《ここ》に左《ひだり》の御目《みめ》を洗《あら》ひたまふ時《とき》に成《な》りませる神《かみ》の名《みな》は、天照大御神《あまてらすおほみかみ》。次《つぎ》に右《みぎり》の御目《みめ》を洗《あら》ひたまふ時《とき》に成《な》りませる神《かみ》の名《みな》は、月読命《つくよみのみこと》。次《つぎ》に御鼻《みはな》を洗《あら》ひたまふ時《とき》に成《な》りませる神《かみ》の名《みな》は、建速須佐之男命《たけはやすさのをのみこと》。

此《こ》の時《とき》伊耶那伎命《いざなきのみこと》大《いた》く歓喜《よろこ》ばして詔《の》りたまひしく、「吾《あれ》は子《みこ》を生《う》み生《う》みて、生《う》みの終《はて》に、三貴子《みはしらのうづのみこ》を得《え》たり」とのりたまひて、即《すなは》ち其《そ》の御頸珠《みくびたま》の玉《たま》の緒《を》もゆらに取《と》りゆらかして、天照大御神《あまてらすおほみかみ》に賜《たま》ひて詔《の》りたまはく、「汝《な》が命《みこと》は高天原《たかまのはら》を知《し》らせ」と、事依《ことよ》さして賜《たま》ひき。故其《かれそ》の御頸珠《みくびたま》の名《な》を、御倉板挙神《みくらたなのかみ》と謂《い》ふ。次《つぎ》に月読命《つくよみのみこと》に詔《の》りたまはく、「汝《な》が命《みこと》は夜之食国《よるのをすくに》を知《し》らせ」と、事依《ことよ》さしたまひき。次《つぎ》に建速須佐之男命《たけはやすさのをのみこと》に詔《の》りたまはく、「汝《な》が命《みこと》は海原《うなはら》を知《し》らせ」と、事依《ことよ》さしたまひき。

二神《にしん》はそれぞれ指示《しじ》に従《したが》ったが、スサノオだけは父《ちち》に背《そむ》いて国《くに》を治《おさ》めず、長《なが》い鬚《ひげ》が胸《むね》に垂《た》れ下《さ》がる成人《せいじん》になっても、ただ泣《な》きわめくばかり。その激《はげ》しさは、青山《あおやま》が枯《か》れ山《やま》になるほどで、河《かわ》や海《うみ》も泣《な》く涙《なみだ》として吸《す》い上《あ》げられ、涸《か》れてしまった。

このスサノオの号泣《ごうきゅう》に応《おう》ずるように、悪神《あくしん》・悪霊《あくりょう》の荒《あ》れ狂《くる》う騒音《そうおん》は、無《む》数《すう》の夏蠅《なつばえ》が飛《と》び群《む》れて轟《とどろ》き渡《わた》るように広《ひろ》がって、あらゆる災《わざわ》いが世界《せかい》を覆《おお》いつくした。

そこで、イザナキはスサノオに、「なぜおまえは私《わたし》の命《めい》じた海上《かいじょう》の国《くに》を治《おさ》めずに泣《な》きわめくのだ」と問《と》いただした。スサノオは、「私《わたし》は亡《な》き母《はは》イザナミのいる黄泉《よみ》の国《くに》、地底《ちてい》の片隅《かたすみ》の国《くに》に行《い》きたいので泣《な》いているのです」と答《こた》えた。

イザナキは激怒《げきど》した。「それならおまえはこの国《くに》に住《す》む資格《しかく》はない」そう言《い》ってスサノオから天神《てんじん》の身分《みぶん》を剥奪《はくだつ》して追放《ついほう》した。

ちなみに、イザナキは淡路《あわじ》（兵庫県淡路市《ひょうごけんあわじし》）の多賀神社《たがじんじゃ》（一宮町《いちのみやちょう》多賀《たが》。伊弉《いざ》諾神宮《なきじんぐう》）に祀《まつ》られている。

❖故《かれ》おのもおのも依《よ》さし賜《たま》へる命《みこと》の随《まにま》に知《し》らし看《め》す中《なか》に、速須佐之男命《はやすさのをのみこと》、命《よ》さしたまへる国《くに》を知《し》らさずて、八《や》拳須《つかひげ》心前《むなさき》に至《いた》るまで、啼《な》きいさちき。其《そ》の泣《な》く状《さま》は、青山《あをやま》は枯山《からやま》如《な》す泣《な》き枯《か》らし、河海《かはうみ》は悉《ことごと》に泣《な》き乾《ほ》しき。是《ここ》を以《も》ちて悪《あら》ぶる神《かみ》の音《おとなひ》、狭蠅《さばへ》如《な》す皆満《みなみ》ち、万《よろづ》の物《もの》の妖《わざはひ》悉《ことごと》に発《おこ》りき。

故《かれ》伊耶那岐大御神《いざなきのおほみかみ》、速須佐之男命《はやすさのをのみこと》に詔《の》りたまはく、「何由《なに》とかも汝《いまし》は事依《ことよ》させる国《くに》を治《し》らさずて、哭《な》きいさちる」とのりたまへば、爾《すなは》ち答《こた》へ白《まを》さく、「僕《あ》は妣《はは》の国根之堅洲国《くにねのかたすくに》に罷《まか》らむと欲《おも》ふが故《から》に哭《な》く」とまをしたまひき。爾《ここ》に伊耶那岐大御神《いざなきのおほみかみ》、大《いた》く忿怒《いか》らして詔《の》りたまはく、「然《しか》らば汝《いまし》は此《こ》の国《くに》にな住《とど》まりそ」とのりたまひて、乃《すなは》ち神《かむ》やらひにやらひ賜《たま》ひき。

故其《かれそ》の伊耶那岐大神《いざなきのおほみかみ》は、淡海《あふみ》の多賀《たが》に坐《ま》します。

✽黄泉《よみ》の国《くに》から戻ったイザナキの禊によって、この世界を治める三人の貴い子が誕生した。イザナキは三人にそれぞれの適性により領土を分担統治させるが、一人反抗する子がいた。それがタケハヤスサノオである。この神話は、ほんらい系統の異なる出雲神話の祖神スサノオを、高天の原神話に組み込むための操作だといわれる。

禊は、水で身を洗って罪・穢《けが》れを祓《はら》い清めることをいう。（コラム「禊と祓はどう違うか」五二ページ参照）。この、禊から統治者が誕生するという設定は、政治家たるものの必要条件に清潔感・透明感が求められることを示している。もっとも、これは神さまの世界の話で、欲まみれの人間どもの世界で条件が守られるかどうかはきわめて不透明だが。

さて、アマテラスは「天照大御神」の名の通り、神々の天上界を照らす太陽神であり、しかも女神である。これは、アマテラスの別名「ヒルメ」が「日《ひ》の妻《め》」、すなわち日神に仕える巫女《みこ》の意であることによる。ほんらい素朴なヒルメが、政界の中央に躍りでて最高位につき、その名もふさわしく天照大御神と改めたということになろう。

ツクヨミとは、月の満ち欠けを数えて、時節の訪れを知るという意味である。古代では生活の時間を管理する超能力として崇《あが》められた。そこで、月の照る夜の世界を支配する神の名に格上げされた。

この日神アマテラスと月神ツクヨミは、眼を洗って生まれたとされるが、眼は日月のように輝きをもつから誕生場所にふさわしい。

いっぽう、鼻を洗って生まれたとされるのが、タケハヤスサノオである。いかにも鼻息の荒そうな神名ではないか。タケハヤが猛々《たけだけ》しく激しい意で、荒々しい暴風を思わせる。スサは、須佐という地名によるともいうが、スサブのスサ、勢いに乗って暴れる意のほうが乱行ぶりにぴったり合う。

さて、この神話を時間と空間の二点から見直してみると、おもしろいことに気づく。日常生活の時間帯は昼と夜に二分される。これをアマテラスは昼、ツクヨミは夜といったぐあいに仲良く分担している。次に、日常生活の空間を考えた場合、古代人の視野に収まる世界は、天と地と海に三分される以外にない。イザナキは、天上にアマテラス、海上にスサノオを配属し、残る地上は天孫降臨の予定地として留保した。昼・夜と、天・地・海と、きれいに統治領域が線引きできているではないか。

ところがスサノオは造反した。スサノオにしてみれば、海は人間が住まないし、罪・穢れを流す場所だから拒否したのだろう。

しかし、イザナキにすれば、こともあろうに、仇敵《きゅうてき》となった亡妻イザナミの治める地底の国へ行きたいとわめく息子を許すわけにはいかない。怒り心頭に発したイザナキはスサノオの神格を剝奪《はくだつ》し、神界追放を宣告する。

ここで、スサノオが父の命に黙って従うならば、神話劇は進行しない。スサノオは、高天の原を治める姉アマテラスの意見をうかがうために、天上界へ駆け昇った。

実は、高天の原系の主神アマテラスと対面するという筋立ては、スサノオを出雲系の祖神に仕立てるための布石だったことが、この後の段で判明する。

★禊《みそぎ》と祓《はらえ》はどう違うか

禊は、水で身を洗って罪《つみ》・穢《けが》れを祓《はら》い清《きよ》めることをいう。水を身にそそぐ「身滌《みそぎ》」、身から穢れを除去する「身削《みそぎ》」などの語源説がある。

いずれにせよ、水の洗浄力を用いるので、ほんらい海辺・川辺で行われる宗教儀礼である。イザナキが、黄泉《よみ》の国《くに》で身についた穢れを洗い清めるために、身につけていたものを全て脱ぎ捨て、海水に浴したという神話を起源とする。

平安末期ごろに始まり、今も神仏に祈願するために行う「水垢離《みずごり》」(単に垢離《こり》とも)はこの禊の形式を継いでいるが、精神修行の面も重んじている。

神社に参拝した時に手水舎《ちょうずや》で手水をつかうのは、簡素化されたものの、禊といえる。また、祭の後に人形を川や海に流すのも、海水の代わりの「清め塩」も、みんな禊のなごりである。つごうの悪いことを「水に流す」のもその応用版だ。

ところで、禊とはすでに古代から混同されているが、両者は本来別物である。祓は、罪をあがなう品(幣《ぬさ》など)を供え、その品の呪力《じゅりょく》で穢れを除くことだった。

もっとも、祓に用いるのが水か供物《くもつ》かという点で見れば、禊は祓の一種といえるだろう。

## ◆アマテラスとスサノオの対決《たいけつ》と和解《わかい》——天《あめ》の誓約《うけい》と子孫誕生《しそんたんじょう》

そこで、スサノオは、「私《わたし》を追放《ついほう》するというのなら、姉君《あねぎみ》のアマテラスに事情《じじょう》を説明《せつめい》してから、亡《な》き母《はは》のいる国《くに》に行《い》くことにする」と宣言《せんげん》して、高天《たかま》の原《はら》に上《のぼ》っていった。その時《とき》、山川《さんせん》ことごとく轟音《ごうおん》を発《はっ》し、国《くに》の全土《ぜんど》が振動《しんどう》した。

アマテラスはその音《おと》を聞《き》いて驚《おどろ》き、「弟《おとうと》が天《てん》に上《のぼ》ってくるのは、私《わたし》に対《たい》する従順《じゅうじゅん》な真心《まごころ》によるはずがない。私《わたし》の治《おさ》める国《くに》、高天《たかま》の原《はら》を奪《うば》おうという魂胆《こんたん》からに違《ちが》いない」と判断《はんだん》した。

ただちに髪《かみ》を解《と》いて左右《さゆう》に分《わ》けると、男性《だんせい》の髪型《かみがた》である角髪《みずら》にまとめ、さらに左右《さゆう》の角髪《みずら》にも、髪飾《かみかざ》りにも、また左右《さゆう》の手《て》にも、それぞれ長《なが》い緒《お》にたくさんの勾玉《まがたま》を通《とお》した玉飾《たまかざ》りを巻《ま》きつけた。

背中《せなか》には矢《や》が千本入《せんぼんはい》る靫《ゆき》を負《お》い、脇腹《わきばら》にも矢《や》が五百《ごひゃっ》本入《ぽんはい》る靫《ゆき》をつけ、さらに左《ひだり》の手首《てくび》には射撃用《しゃげきよう》の特製《とくせい》の

勾玉

鞆《とも》を巻《ま》きつけ、強弓《ごうきゅう》を宙《ちゅう》に振《ふ》り立《た》てて、聖《せい》なる庭《にわ》の堅《かた》い地面《じめん》を、股《もも》が没《ぼっ》するほど力《ちから》をこめて踏《ふ》みこんだ。

まるで淡雪《あわゆき》のように堅《かた》い庭土《にわつち》を蹴散《けち》らして、勇《いさ》ましい雄叫《おたけ》びをあげ、猛々《たけだけ》しく大地《だいち》を踏《ふ》んで待《ま》ちうけて、アマテラスはスサノオに問《と》いただした。

「どうして高天《たかま》の原《はら》に上《のぼ》ってきたのか」

これに対《たい》してスサノオは答《こた》えた。

「私《わたし》は姉上《あねうえ》に背《そむ》く邪心《じゃしん》を持《も》ってはいません。ただ父上《ちちうえ》イザナキが、私《わたし》が泣《な》きわめく理由《りゆう》を尋《たず》ねたので、『私《わたし》は亡《な》き母《はは》の国《くに》に行《い》きたくて泣《な》いているのです』と申《もう》しました。すると、父上《ちちうえ》は、『おまえはこの国《くに》に住《す》む資格《しかく》はない』と怒《おこ》って、私《わたし》の神格《しんかく》を剥奪《はくだつ》して追放《ついほう》したのです。それで亡《な》き母《はは》の国《くに》に行《い》くまでの事情《じじょう》を説明《せつめい》しようと思《おも》って、姉上《あねうえ》のところに参上《さんじょう》しただけなの

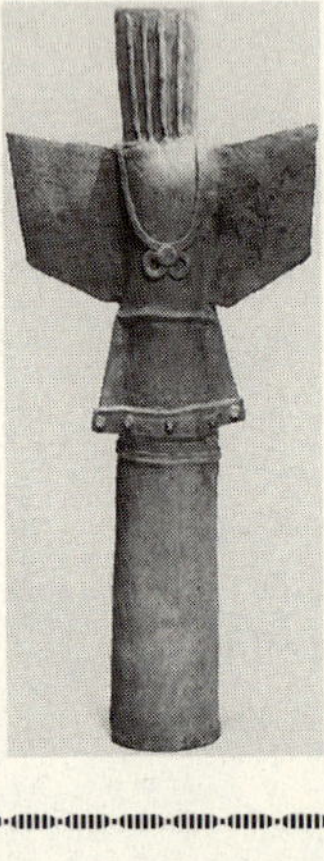

靫形埴輪（群馬県出土）東京国立博物館蔵

です。姉上《あねうえ》に背《そむ》く心《こころ》はまったくありません」

　これを聞《き》いたアマテラスは、さらに追及《ついきゅう》した。

「それなら、あなたの心《こころ》の清《きよ》く正《ただ》しいことは、どのようにして証明《しょうめい》するのですか」

　これに対《たい》してスサノオは、証明《しょうめい》を神意《しんい》にゆだねることを提案《ていあん》した。

「お互《たが》いに神《かみ》に誓約《うけい》をして子《こ》を生《う》み、その性別《せいべつ》によって正邪《せいじゃ》を判断《はんだん》しようじゃありませんか」


❖故是《かれここ》に速須佐之男命《はやすさのをのみこと》、言《まを》したまはく、「然《しか》らば天照大御神《あまてらすおほみかみ》に請《まを》して罷《まか》りなむ」とまをして、乃《すなは》ち天《あめ》に参上《まゐのぼ》りたまふ時《とき》に、山川《やまかは》悉《ことごと》に動《とよ》み、国土皆震《くにつちみなゆ》りき。爾《ここ》に天照大御神《あまてらすおほみかみ》聞《き》き驚《おどろ》かして、詔《の》りたまはく、「我《あ》がなせの命《みこと》の上《のぼ》り来《き》ます由《ゆゑ》は、必《かなら》ず善《うるは》しき心《こころ》ならじ。我《あ》が国《くに》を奪《うば》はむと欲《おも》ほすにこそ」とのりたまひて、即《すなは》ち御髪《みかみ》を解《と》きて、御《み》みづらに纏《ま》かして、左右《ひだりみぎり》の御《み》みづらにも、御鬘《みかづら》にも、左右《ひだりみぎり》の御手《みて》にも、各八尺勾璁《みなやさかのまがたま》の五百津《いほつ》の御《み》すまるの珠《たま》を纏《ま》き持《も》たして、背《そびら》には千入《ちのり》の靫《ゆき》を負《お》ひ、ひらには五百入《いほのり》の靫《ゆき》を附《つ》け、亦《また》臂《ただむき》には稜威《いつ》の竹鞆《たかとも》を取《と》り佩《お》ばして、弓《ゆ》腹振《はらふ》り立《た》てて、堅庭《かたには》は向股《むかもも》に蹈《ふ》みなづみ、沫雪《あわゆき》如《な》す蹶《く》ゑ散《はらら》かして、いつの男建《をたけび》、蹈《ふ》み建《たけ》びて、待《ま》ち問《と》ひたまひしく、「何故《なに》とかも上《のぼ》り来《き》ませる」ととひたまひき。

爾《ここ》に速須佐之男命《はやすさのをのみこと》答《こた》へ白《まを》したまはく、「僕《あ》は邪《きたな》き心無《こころな》し。唯《た》だ大御神《おほみかみ》の命《みこと》以《も》ちて、僕《あ》が哭《な》きいさちる事《こと》を問《と》ひ賜《たま》ひければ、故白《かれまを》しつらく、『僕《あ》は妣《はは》の国《くに》に往《い》なむと欲《おも》ひて哭《な》く』とまをしかば、爾《ここ》に大御神《おほみかみ》、『汝《みまし》は此《こ》の国《くに》にな在《と》まりそ』と詔《の》りたまひて、神《かむ》やらひやらひ賜《たま》ふ。故罷《かれまか》り往《ゆ》かむとする状《さま》を請《まを》さむと以《おも》ひて参《まゐ》上《のぼ》りつれ。異《け》しき心無《こころな》し」とまをしたまひき。

爾《ここ》に天照大御神《あまてらすおほみかみ》詔《の》りたまはく、「然《しか》らば汝《みまし》の心《こころ》の清明《あか》きは何以《いか》にして知《し》らむ」とのりたまひしかば、是《ここ》に速須佐之男命《はやすさのをのみこと》答《こ》曰《た》へたまはく、「おのもおのもうけひて子生《みこう》まむ」とまをしたまひき。

そこで、アマテラスとスサノオは、高天《たかま》の原《はら》の聖《せい》なる河《かわ》、天《あめ》の安《やす》の河《かわ》を間《あいだ》に挟《はさ》んで誓約《うけい》を行《おこな》った。

まず、アマテラスは、スサノオの長剣《ちょうけん》を受《う》け取《と》って三《み》つ折《お》りにし、身《み》につけた玉飾《たまかざ》りの玉《たま》の音《おと》を涼《すず》やかに響《ひび》かせながら、折《お》った剣《つるぎ》を聖《せい》なる泉《いずみ》、天《あめ》の真名井《まない》に浸《ひた》して清《きよ》め、振《ふ》り動《うご》かして霊力《れいりょく》を取《と》り込《こ》み、それを取《と》り出《だ》すと、嚙《か》みに嚙《か》んで吹《ふ》き出《だ》した。

その吹《ふ》いた息《いき》の霧《きり》の中《なか》から現《あらわ》れた神《かみ》はタキリビメ、またの名《な》がオキツシマヒメ。次《つぎ》に現《あらわ》れた神《かみ》はイチキシマヒメ、またの名《な》がサヨリビメ。三番目《さんばんめ》に現《あらわ》れた神《かみ》がタキツヒメ、合《あ》わせて三柱《みはしら》の女神《めがみ》が生《う》まれ出《で》た。

こんどはスサノオが、アマテラスの左《ひだり》の角髪《みずら》に巻《ま》いていた、多《おお》くの勾玉《まがたま》を貫《つらぬ》き通《とお》した長《なが》い緒《お》を受《う》け取《と》り、玉《たま》の音《おと》も涼《すず》やかに響《ひび》かせながら、天《あめ》の真《ま》名井《ない》の聖水《せいすい》に浸《ひた》して清《きよ》め、振《ふ》り動《うご》かして霊力《れいりょく》を取《と》り込《こ》み、それを取《と》り出《だ》すと、嚙《か》みに嚙《か》んで吹《ふ》き出《だ》した。

その吹《ふ》いた息《いき》の霧《きり》の中《なか》から現《あらわ》れた神《かみ》は、マサカツアカツカチハヤヒアメノオシホミミである。右《みぎ》の角髪《みずら》に巻《ま》いていた玉《たま》を受《う》け取《と》り、嚙《か》みに嚙《か》んで吹《ふ》き出《だ》した息《いき》の霧《きり》の中《なか》から現《あらわ》れた神《かみ》はアメノホヒ。髪飾《かみかざ》りに巻《ま》いていた玉《たま》を受《う》け取《と》り、それを嚙《か》みに嚙《か》んで吹《ふ》き出《だ》した息《いき》の霧《きり》の中《なか》から現《あらわ》れた神《かみ》はアマツヒコネである。

また、左《ひだり》の手《て》に巻《ま》いていた玉《たま》を受《う》け取《と》り、それを嚙《か》みに嚙《か》んで吹《ふ》き出《だ》した息《いき》の霧《きり》の中《なか》から現《あらわ》れた神《かみ》はイクツヒコネ。右《みぎ》の手《て》に巻《ま》いていた玉《たま》を受《う》け取《と》り、それを嚙《か》みに嚙《か》んで吹《ふ》き出《だ》した息《いき》の霧《きり》の中《なか》から現《あらわ》れた神《かみ》はクマノクスビである。合《あ》わせて五柱《いつはしら》の男神《おがみ》が生《う》まれ出《で》た。

これを見《み》て、アマテラスはスサノオに誓約《うけい》の結果《けっか》を言《い》い渡《わた》した。

「このあとから生《う》まれた五柱《いつはしら》の男神《おがみ》は、私《わたし》の所持《しょじ》する玉《たま》を種《たね》にして生《う》まれ出《で》た神《かみ》です。だから当然《とうぜん》、私《わたし》の子《こ》です。先《さき》に生《う》まれた三柱《みはしら》の女神《めがみ》は、あなたの所持《しょじ》する剣《つるぎ》を種《たね》として生《う》まれ出《で》た神《かみ》です。だからあなたの子《こ》なのです」

❖故爾《かれここ》におのもおのも天安河《あめのやすのかは》を中《なか》に置《お》きてうけふ時《とき》に、天照大御神《あまてらすおほみかみ》先《ま》づ建速須佐之男命《たけはやすさのをのみこと》の佩《は》かせる十拳剣《とつかのつるぎ》を乞《こ》ひ度《わた》して、三段《みきだ》に打《う》ち折《を》りて、ぬなとももゆらに、天《あめ》の真名井《まなゐ》に振《ふ》り滌《すす》ぎて、さがみにかみて、吹《ふ》き棄《う》つる気吹《いぶき》の狭霧《さぎり》に成《な》りませる神《かみ》の御名《みな》は、多紀理毗売命《たきりびめのみこと》、亦《また》の御名《みな》は奥津嶋比売命《おきつしまひめのみこと》と謂《い》ふ。次《つぎ》に市寸嶋比売《いちきしまひめの》命《みこと》、亦《また》の御名《みな》は狭依毗売命《さよりびめのみこと》と謂《い》ふ。次《つぎ》に多岐都比売命《たきつひめのみこと》。三柱《みはしら》。

速須佐之男命《はやすさのをのみこと》、天照大御神《あまてらすおほみかみ》の左《ひだり》の御《み》みづらに纏《ま》かせる八尺勾璁《やさかのまがたま》の五百津《いほつ》の御《み》すまるの珠《たま》を乞《こ》ひ度《わた》して、ぬなとももゆらに、天《あめ》の真名井《まなゐ》に振《ふ》り滌《すす》ぎて、さがみにかみて、吹《ふ》き棄《う》つる気吹《いぶき》の狭霧《さぎり》に成《な》りませる神《かみ》の御名《みな》は、正勝吾勝勝速日天之忍《まさかつあかつかちはやひあめのおし》穂耳命《ほみみのみこと》。亦右《またみぎり》の御《み》みづらに纏《ま》かせる珠《たま》を乞《こ》ひ度《わた》して、さがみにかみて、吹《ふ》き棄《う》つる気吹《いぶき》の狭霧《さぎり》に成《な》りませる神《かみ》の御名《みな》は、天之菩卑能命《あめのほひのみこと》。亦御鬘《またみかづら》に纏《ま》かせる珠《たま》を乞《こ》ひ度《わた》して、さがみにかみて、吹《ふ》き棄《う》つる気吹《いぶき》の狭霧《さぎり》に成《な》りませる神《かみ》の御名《みな》は、天《あま》津日子根命《つひこねのみこと》。

又左《またひだり》の御手《みて》に纏《ま》かせる珠《たま》を乞《こ》ひ度《わた》して、さがみにかみて、吹《ふ》き棄《う》つる気吹《いぶき》の狭《さ》霧《ぎり》に成《な》りませる神《かみ》の御名《みな》は、活津日子根命《いくつひこねのみこと》。亦右《またみぎり》の御手《みて》に纏《ま》かせる珠《たま》を乞《こ》ひ度《わた》して、さがみにかみて、吹《ふ》き棄《う》つる気吹《いぶき》の狭霧《さぎり》に成《な》りませる神《かみ》の御名《みな》は、熊野久須《くまのくす》毗命《びのみこと》。并《あは》せて五柱《いつはしら》。

是《こ》に天照大御神《あまてらすおほみかみ》、速須佐之男命《はやすさのをのみこと》に告《の》りたまはく、「是《こ》の後《のち》に生《あ》れませる五柱《いつはしら》の男子《ひこみこ》は、物実《ものざね》我《あ》が物《もの》に因《よ》りて成《な》りませり。故《かれ》自《おのづ》から吾《あ》が子《みこ》なり。先《さき》に生《あ》れませる三柱《みはしら》の女子《ひめみこ》は、物実《ものざね》汝《いまし》の物《もの》に因《よ》りて成《な》りませり。故乃《かれすなは》ち汝《いまし》の子《みこ》なり」と、かく詔《の》り別《わ》けたまひき。

✤武装したアマテラスの勇姿は、ワグナーの楽劇「ニーベルングの指輪」に登場する乙女の戦士ワルキューレを思い起こさせる。こちらは北欧神話だが、戦う乙女ほど力と美の偶像にふさわしいものはない。ここに至って、アマテラスは天上・地上に君臨する戦いの女神に変身した。この戦う女神像は神功皇后《じんぐうこうごう》へと引き継がれていく。

「ウケイ（誓約）」は神意を受けるための占いの一種で、さまざまな解釈があるが、およそ次のように想定されている。神意を求める者がある行為をする場合、その結果についてあらかじめ神意を割り当てておくのである。つまり事前に条件を設定しておくのだから、その約束は守らなければ意味はない。

さて、アマテラス・スサノオ姉弟のウケイはどうだったか。『古事記』にはウケイの前提条件が記されていない。しかも、結果についてスサノオは、女神を得たから自分の勝ちだ、と一方的に宣言している。

『古事記』と『日本書紀』とは記述が正反対である。ほんらいは、『日本書紀』にあるように、男神が生まれたら勝ちだった。生まれた男神のひとりに「正勝吾勝勝速《まさかつあかつかちはや》日《ひ》」という「勝」を並べた名の神がいることからも確かめられる。

では、なぜわざわざほんらいの条件をねじまげる必要があったのか。女神が生まれたら勝ちとし、しかもその種子が自分の剣だから勝ちとする『古事記』独自の改変にはどんな利点があるというのか。これは『古事記』の本質に触れる大問題である。『古事記』成立が女帝時代だったからとか、アマテラスが女神だったからとか、稗田《ひえだの》阿《あ》礼《れ》が女性だったからとか、女性優位の理由づけがされるものの、納得できるものではない。すでに、イザナキ・イザナミの聖婚で二人が求愛の言葉を掛ける順番に男性優位の意識を確かめてあるのだから。

ともかくも、スサノオは一方的な勝利宣言をしたあげく、図に乗って乱行に走りはじめた。高天の原から駆逐されるために、悪逆の道をひた走るように造型されたのだろうか。

## ◆岩屋戸《いわやと》にこもったアマテラスを誘《いざな》うウズメの舞踏《ぶとう》——鎮魂祭《ちんこんさい》

スサノオは、誓約《うけい》の結果《けっか》を曲《ま》げて解釈《かいしゃく》し、自分《じぶん》の勝利《しょうり》を主張《しゅちょう》したあげく、道《みち》に外《はず》れた振《ふ》る舞《ま》いをするようになった。そんなスサノオをアマテラスはかばっていたが、反省《はんせい》するどころか、ますます図《ず》に乗《の》り、乱行《らんぎょう》はいよいよ過激《かげき》になるばかりだった。

さすがのアマテラスもスサノオの非道《ひどう》ぶりに恐《おそ》れをなし、天《あめ》の岩屋戸《いわやと》を開《ひら》き、その中《なか》にこもってしまった。日神《にっしん》の隠《かく》れた天上界《てんじょうかい》（高天《たかま》の原《はら》）はまっ暗《くら》になり、地上界《ちじょうかい》（葦原《あしはら》の中《なか》つ国《くに》）も闇《やみ》に包《つつ》まれてしまった。こうして日光《にっこう》のない夜《よる》だけがいつまでも続《つづ》いた。

だが、そんな暗黒《あんこく》の世界《せかい》につけこんで、無数《むすう》の悪神《あくしん》・悪霊《あくりょう》どもが大《おお》はしゃぎを始《はじ》めた。その喧噪《けんそう》は、群《む》れ騒《さわ》ぐ夏蝿《なつばえ》のように世界《せかい》を覆《おお》い尽《つ》くし、あらゆる災《わざわ》いが至《いた》る所《ところ》で発生《はっせい》した。

世界《せかい》の危機《きき》を感《かん》じた天上《てんじょう》の神々《かみがみ》は、天《あめ》の安《やす》の河《かわ》の河原《かわら》で会議《かいぎ》を開《ひら》き、タカミムスヒの子《こ》の知恵《ちえ》の神《かみ》オモイカネに対策《たいさく》を求《もと》めた。対策《たいさく》の内容《ないよう》は次《つぎ》のようなものだった。

まず、永遠《えいえん》の光《ひかり》に満《み》ちた常世《とこよ》の国《くに》の長鳴鳥《ながなきどり》を集《あつ》めて鳴《な》かせた。光《ひかり》を呼《よ》ぶ鳴《な》き声《ごえ》が悪神《あくしん》・悪霊《あくりょう》を恐《おそ》れさせて追《お》い払《はら》う。

次《つぎ》に、天《あめ》の安《やす》の河《かわ》の川上《かわかみ》にある堅《かた》い岩石《がんせき》を金敷用《かなしきよう》に運《はこ》び込《こ》み、鉱山《こうざん》から鉄鉱《てっこう》を採取《さいしゅ》して、鍛冶《かじ》の男神《おがみ》アマツマラを呼《よ》び、鏡作《かがみづく》りの女神《めがみ》イシコリドメに命《めい》じて、この二神《にしん》に大《おお》きな鏡《かがみ》を作《つく》らせた。鏡《かがみ》は映《うつ》るものの魂《たましい》を呼《よ》び込《こ》む。

次《つぎ》に、玉作《たまづく》りの神《かみ》タマノオヤに命《めい》じて、たくさんの勾玉《まがたま》を長《なが》い緒《お》に貫《つらぬ》き通《とお》した玉飾《たまかざ》りを作《つく》らせた。玉《たま》は日神《にっしん》を誘《さそ》い出《だ》す霊力《れいりょく》をもつ。

次《つぎ》に、言霊《ことだま》の神《かみ》アメノコヤネと祭祀《さいし》の神《かみ》フトダマを呼《よ》んで、聖《せい》なる天《あめ》の香具山《かぐやま》に棲《す》む雄鹿《おじか》の肩骨《かたぼね》を丸抜《まるぬ》きに抜《ぬ》き取《と》り、同《おな》じ山《やま》にある樺《かば》の木《き》（または桜桃《ゆすら》）で肩骨《かたぼね》を焼《や》いて、その裂《さ》け目《め》で神意《しんい》を占《うらな》わせた。

こうした準備《じゅんび》を整《とと》のえたうえで、次《つぎ》のような儀式《ぎしき》が執《と》り行《おこな》われた。

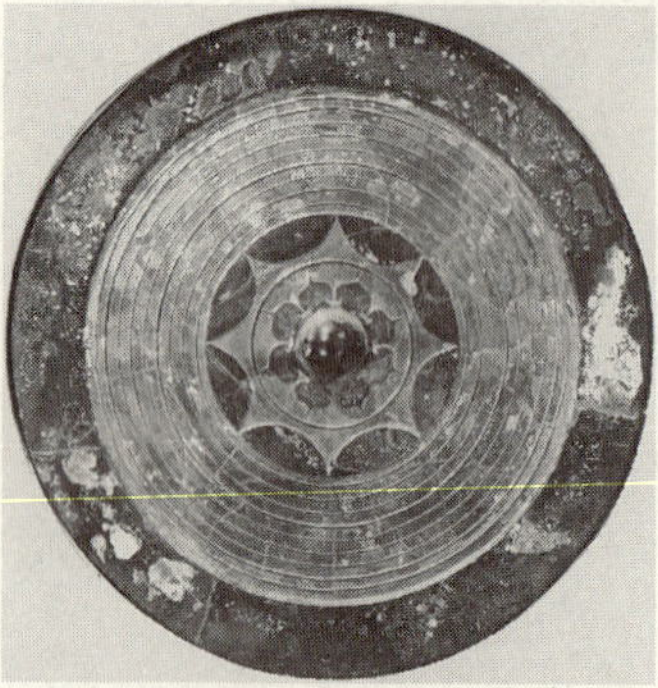

（左）内行花文鏡 文化庁蔵
（福岡県前原町出土）
弥生時代の墓から出土した
直径46.5cmの大きな鏡。

（下）天の安の河原伝承の地
（宮崎県高千穂町）

まず、葉《は》のよく茂《しげ》った天《あめ》の香具山《かぐやま》の榊《さかき》を根《ね》から丸《まる》ごと掘《ほ》り取《と》って、その上《うえ》の枝《えだ》にたくさんの大《おお》きな勾玉《まがたま》を長《なが》い緒《お》に通《とお》した玉飾《たまかざ》りをつけ、中《なか》の枝《えだ》に大《おお》きな鏡《かがみ》を掛《か》け、下《した》の枝《えだ》には楮《こうぞ》の白《しろ》い幣《ぬさ》と麻《あさ》の青《あお》い幣《ぬさ》を下《さ》げた。これらを、フトダマが神《かみ》に献上《けんじょう》する品々《しなじな》として捧《ささ》げ持《も》ち、アメノコヤネが荘重《そうちょう》な祝詞《のりと》を唱《とな》えた。

次《つぎ》に、強力《ごうりき》の男神《おがみ》アメノタジカラオが天《あめ》の岩屋戸《いわやと》の脇《わき》に隠《かく》れ立《た》ち、芸能《げいのう》の女神《めがみ》アメノウズメは天《あめ》の香具山《かぐやま》の聖《せい》なる日陰葛《ひかげかずら》を襷《たすき》にしてかけ、聖《せい》なる真折《まさき》の葛《かずら》を髪飾《かみかざ》りにして、天《あめ》の香具山《かぐやま》の笹《ささ》の葉《は》を束《たば》ねて手《て》に持《も》ち、天《あめ》の岩《いわ》屋戸《やと》の前《まえ》に桶《おけ》を伏《ふ》せて踏《ふ》み鳴《な》らし、神《かみ》がかりして乳房《ちぶさ》を露《あら》わにし、裳《も》の紐《ひも》を陰部《いんぶ》に垂《た》らした。それを見《み》て、天上界《てんじょうかい》が鳴《な》り響《ひび》くほどに大勢《おおぜい》の神々《かみがみ》が爆笑《しょう》した。

❖故是《かれここ》に、天照大御神《あまてらすおほみかみ》見畏《かしこ》み、天石屋戸《あめのいはやと》を開《ひら》きて刺《さ》しこもり坐《ま》しき。爾《ここ》に高天《たかまの》原《はら》皆暗《みなくら》く、葦原中国《あしはらのなかつくに》悉《ことごと》に闇《くら》し。此《これ》に因《よ》りて、常世《とこよ》往《ゆ》く。是《ここ》に万神《よろづのかみ》の声《おとなひ》は、さ蝿《ばへ》なす満《み》ち、万《よろづの》妖《わざはひ》悉《ことごと》に発《おこ》りき。

是《ここ》を以《も》ちて八百万神《やほよろづのかみ》、天安之河原《あめのやすのかはら》に神集《かむつど》ひ集《つど》ひて、高御産巣日神《たかみむすひのかみ》の子思金神《こおもひかねのかみ》に思《おも》はしめて、常世《とこよ》の長鳴鳥《ながなきどり》を集《つど》へて鳴《な》かしめて、天安之河《あめのやすのかは》の河上《かはかみ》の天堅石《あめのかたしは》を取《と》り、天金山《あめのかなやま》の鉄《まがね》を取《と》りて、鍛人天津麻羅《かぬちあまつまら》を求《ま》ぎて、伊斯許理度売命《いしこりどめのみこと》に科《おほ》せて、鏡《かがみ》を作《つく》らしめ、玉祖命《たまのおやのみこと》に科《おほ》せて、八尺勾璁《やさかのまがたま》の五百津《いほつ》の御《み》すまるの珠《たま》を作《つく》らしめて、天《あめの》児屋命《こやねのみこと》・布刀玉命《ふとだまのみこと》を召《よ》びて、天香山《あめのかぐやま》の真男鹿《まをしか》の肩《かた》を内抜《うつぬ》きに抜《ぬ》きて、天香山《あめのかぐやま》の天《あめ》の波波迦《ははか》を取《と》りて、占合《うらへ》まかなはしめて、天香山《あめのかぐやま》の五百津《いほつ》の真賢木《まさかき》を根《ね》こじにこじて、上枝《ほつえ》に八尺勾璁《やさかのまがたま》の五百津《いほつ》の御《み》すまるの玉《たま》を取《と》り著《つ》け、中枝《なかつえ》に八尺鏡《やあたのかがみ》を取《と》り繫《か》け、下枝《しづえ》に白丹寸手《しらにきて》・青丹寸手《あをにきて》を取《と》り垂《し》でて、此《こ》の種々《くさぐさ》の物《もの》は、布刀玉命《ふとだまのみこと》、ふと御幣《みてぐら》と取《と》り持《も》ちて、天児屋命《あめのこやねのみこと》、ふと詔戸言《のりとごと》禱《ほ》き白《まを》して、天手力男神《あめのたぢからをのかみ》、戸《みと》の掖《わき》に隠《かく》り立《た》ちて、天宇受売命《あめのうずめのみこと》、天香山《あめのかぐやま》の天《あめ》の日影《ひかげ》を手次《たすき》に繫《か》けて、天《あめ》の真折《まさき》を鬘《かづら》と為《し》て、天香山《あめのかぐやま》の小竹葉《ささば》を手草《たぐさ》に結《ゆ》ひて、天《あめ》の石屋戸《いはやと》にうけ伏《ふ》せて蹈《ふ》みとどろこし、神懸《かむがか》り為《し》て、胷乳《むなち》を掛《か》き出《い》で、裳《も》の緒《ひも》をほとに忍《お》し垂《た》れき。爾《ここ》に高天原《たかまのはら》動《とよ》みて八《や》百万神《ほよろづのかみ》共《とも》に咲《わら》ひき。

岩屋戸《いわやと》の中《なか》で笑《わら》い声《ごえ》を聞《き》いたアマテラスは、外《そと》のようすがわからず、不《ふ》思議《しぎ》に思《おも》って、岩屋戸《いわやと》を細目《ほそめ》に開《あ》けて、こう尋《たず》ねた。

「私《わたし》がここにこもっているので、天上界《てんじようかい》は自然《しぜん》に暗《くら》く、また地上界《ちじようかい》もまっ暗《くら》なはずなのに、どうして楽《たの》しそうにウズメが舞《ま》い踊《おど》り、大勢《おおぜい》の神々《かみがみ》が笑《わら》っているのか」

アメノウズメは、「あなたさまよりも立派《りっぱ》な神《かみ》がおりますので、大喜《おおよろこ》びして楽《たの》しく遊《あそ》んでいるのですよ」と答《こた》えた。

そして、答《こた》えている隙《すき》に、アメノコヤネとフトダマが榊《さかき》につけた大《おお》きな鏡《かがみ》を差《さ》し出《だ》して、アマテラスに見《み》せた。鏡《かがみ》に映《うつ》る自分《じぶん》の姿《すがた》を見《み》て、アマテラスはいよいよ不思議《ふしぎ》に思《おも》って、少《すこ》しずつ戸《と》から身《み》をのり出《だ》してきた。

その機《き》を逃《のが》さず、脇《わき》に隠《かく》れていたタジカラオがアマテラスの手《て》を取《と》って、岩屋戸《いわやと》の外《そと》へ引《ひ》き出《だ》した。ただちにフトダマが注連縄《しめなわ》をアマテラスの後《うし》ろに引《ひ》き渡《わた》すと、「これから内《うち》へ戻《もど》ってはなりません」といさめた。

こうしてアマテラスが岩屋戸《いわやと》から現《あらわ》れると、天上界《てんじようかい》にも地上界《ちじようかい》にも太陽《たいよう》が輝《かがや》きわたり、もとの明《あか》るさを取《と》りもどした。

❖是《ここ》に天照大御神《あまてらすおほみかみ》怪《あや》しと以為《おも》ほして、天石屋戸《あめのいはやと》を細《ほそ》めに開《ひら》きて内《うち》より告《の》りたまはく、「吾《あ》が隠《こも》り坐《ま》すに因《よ》りて、天原《あまのはら》自《おのづ》から闇《くら》く、亦《また》葦原中国《あしはらのなかつくに》も皆《みな》闇《くら》けむと以為《おも》ふを、何《なに》由とかも天宇受売《あめのうずめ》は楽為《あそびし》、亦八百万神《またやほよろづのかみ》諸《もろもろ》咲《わら》ふ」とのりたまひき。爾《ここ》に天宇受売《あめのうずめ》白言《まを》さく、「汝命《いましみこと》に益《まさ》りて貴《たふと》き神《かみ》坐《いま》すが故《ゆゑ》に、歓喜《よろこ》び咲《わら》ひ楽《あそ》ぶ」とまをしき。

かく言《まを》す間《あひだ》に、天児屋命《あめのこやねのみこと》、布刀玉命《ふとだまのみこと》、其《そ》の鏡《かがみ》を指《さ》し出《い》でて、天照大御神《あまてらすおほみかみ》に示《み》せ奉《まつ》る時《とき》に、天照大御神《あまてらすおほみかみ》逾《いよいよ》奇《あや》しと思《おも》ほして、稍《やや》戸《と》より出《い》でて臨《のぞ》み坐《ま》す時《とき》に、其《そ》の隠《かく》り立《た》てる天手力男神《あめのたぢからをのかみ》、其《そ》の御手《みて》を取《と》りて引《ひ》き出《い》だしまつりき。即《すなは》ち布刀玉命《ふとだまのみこと》、尻久米縄《しりくめなは》を以《も》ちて其《そ》の御後方《みしりへ》に控《ひ》き度《わた》して白言《まを》さく、「此《ここ》より内《うち》にな還《かへ》り入《い》りたまひそ」とまをしき。

故《かれ》天照大御神《あまてらすおほみかみ》の出《い》で坐《ま》す時《とき》に、高天原《たかまのはら》も葦原中国《あしはらのなかつくに》も自《おのづ》から照《て》り明《あか》りき。

＊アメノウズメが踏み鳴らす伏せた桶《おけ》とは、いったい何なんだ。桶の中の闇《やみ》に何かあるのか。それに、この桶と岩屋戸とは何かつながりがあるのだろうか。まさか、桶は打楽器代わりでも、音響効果の小道具でもあるまいに。

そんな奇問をもてあそぶ前に、天の岩屋戸神話の解釈をかい摘《つま》んでおこう。かつては、太陽神が岩屋戸に隠れることから日食を説明する神話とされた。現在では、衰えた魂の再生・新生をはかるための鎮魂祭につながるといわれる。

鎮魂祭は、「ちんこんさい」のほか「みたましずめ」「みたまふり」とも呼ばれ、身体から遊離しようとする魂を招き寄せ、ふたたび身体の中に鎮める神事である。

天の岩屋戸（戦前の教科書挿絵）

古代には民間でも行われたが、宮中の鎮魂祭は冬の陰暦十一月に行われた。盥《たらい》のようなウキフネ（宇気槽）を伏せて、その上に巫女《みこ》役の女官が乗り、榊《さかき》の鉾《ほこ》でウキフネを十回突く。その間、別の女官が、天皇の身体に魂を鎮めるために、天皇の御服を納めた箱を振り動かす。御服を天皇霊に見立てているのである。

なんと、この巫女役の動作はウズメの性的な舞踏にそっくりではないか。どちらも、衰えたものを元気にするための呪術《じゆじゆつ》的な動作である。もともとウズメの語源は、ウズ（髻華）という髪飾りを挿したメ（巫女）だった。

さて、このウズメの性的な踊りや神々の笑いは、さまざまな解釈が施されて華々しいが、鎮魂の「タマフリ（魂振り）」という動作から見つめ直してみよう。

――ウズメの舞踏は、桶を岩屋戸に見立て、足を踏み鳴らして直接に振動を加えている。また、神々の笑いの波動は、岩屋戸に寄せては返して振動を加えている。岩屋戸の中にいる霊（アマテラス）は、この振動によって生気がよみがえり、新たなる霊となってふたたび現れる。――

ちなみに、鎮魂祭には、冬から春にかけて太陽が死と再生を演じる大自然のドラマが息づいている。万物の枯れ衰える冬至《とうじ》のころに祭日を設けるのはそのためである。

ところで、アマテラスが岩屋戸にこもることだけに目を奪われてはならない。アマテラスがこもると闇の世界となり、現れると光の世界になる。この光と闇は、世界の政治情勢をそのまま反映している。光の明るさはアマテラスの政治力の大きさに比例しているのだ。もはや一個人の鎮魂という秘儀の枠を超えて、この神話は国家の政治のあり方を問う領域に踏み込んでいく。

岩屋戸神話を理解するには、鎮魂祭をその一部とする大嘗祭《だいじょうさい》の全体を見渡す必要がある。大嘗祭は天皇即位の年に行われる国家最大の行事であり、天皇政治の聖典『古事記』に浸透しないはずはないからだ。皇位継承に必要な三種《さんしゅ》の神器《じんぎ》のうち、鏡と勾《まが》玉《たま》がここで用意されている。残る神剣は、次の話のお楽しみ。

## ◆スサノオ、大蛇《おろち》を倒《たお》しクシナダヒメと結婚《けっこん》する——八俣《やまた》の大蛇《おろち》

八百万《やおよろず》の神々《かみがみ》の審判《しんぱん》により、スサノオは莫大《ばくだい》な賠償品《ばいしょうひん》を科《か》せられ、さらに鬚《ひげ》を切《き》り手足《てあし》の爪《つめ》を抜《ぬ》かれたうえ、天上界《てんじょうかい》から退去《たいきょ》を命《めい》じられた。

地上界《ちじょうかい》に追放《ついほう》されたスサノオは、出雲《いずも》の国《くに》（島根県《しまねけん》）の肥《ひ》の河《かわ》（斐伊《ひい》川《がわ》）の上流《じょうりゅう》、鳥髪《とりがみ》（仁多郡《にたぐん》。鳥上《とりがみ》）に降《お》り立《た》った。

ちょうど川上《かわかみ》から箸《はし》が流《なが》れてくるのを見《み》たスサノオは、人家《じんか》を求《もと》めて上流《じょうりゅう》へさかのぼった。やがて、娘《むすめ》を間《あいだ》に泣《な》き悲《かな》しむ老夫婦《ろうふうふ》を発見《はっけん》する。

スサノオノミコト（尋常小学国語読本挿絵）

＊＊＊＊＊＊＊＊＊＊＊＊＊＊＊＊＊

この老《お》いた国《くに》の神《かみ》はオオヤマツミの子孫《しそん》で、名《な》をアシナズチといい、妻《つま》はテナズチ、娘《むすめ》はクシナダヒメといった。

泣《な》いている訳《わけ》を聞《き》くと、娘《むすめ》が八俣《やまた》の大蛇《おろち》という怪物《かいぶつ》の生《い》け贄《にえ》になるのを悲《かな》しんでいるという。その大蛇《おろち》は、目《め》は真《ま》っ赤《か》な酸漿《ほおずき》のようで、八《やっ》つの頭《あたま》と八本《はっぽん》の尾《お》をもち、胴体《どうたい》は苔《こけ》むし、檜《ひのき》・杉《すぎ》が生《は》え、その長《なが》さは八《やっ》つの谷《たに》と峰《みね》を這《は》い渡《わた》るほど、しかも腹《はら》は血《ち》まみれに爛《ただ》れているという。

スサノオは、大蛇《おろち》を退治《たいじ》する見返《みかえ》りに娘《むすめ》との結婚《けっこん》を要求《ようきゅう》した。スサノオがアマテラスの弟《おとうと》と知《し》って老夫婦《ろうふうふ》は娘《むすめ》との結婚《けっこん》を快諾《かいだく》する。

＊＊＊＊＊＊＊＊＊＊＊＊＊＊＊＊＊

そこでスサノオは、さっそくクシナダヒメを、歯《は》の目《め》の細《こま》かい聖《せい》なる櫛《くし》に変身《へんしん》させ、自分《じぶん》の角髪《みずら》にさしてアシナズチとテナズチに指示《しじ》した。

「お二人《ふたり》は、濃《こ》く強《つよ》い酒《さけ》を造《つく》り、それから家《いえ》に垣《かき》を作《つく》りめぐらし、垣《かき》に八《やっ》つの入口《いりぐち》を設《もう》け、入口《いりぐち》に台《だい》を置《お》き、台《だい》に酒《さけ》の器《うつわ》を載《の》せ、器《うつわ》にその酒《さけ》を盛《も》って待機《たいき》してもらいたい」

二人《ふたり》は、指示《しじ》どおりに準備万端《じゅんびばんたん》を整《ととの》えて待《ま》ち受《う》けた。そこへ、八俣《やまた》の大蛇《おろち》が、翁《おきな》が話《はな》したとおりほんとうにやって来《き》た。酒好《さけず》きの大蛇《おろち》は、すぐさま八《やっ》つの器《うつわ》に八《やっ》つの頭《あたま》を突《つ》っ込《こ》むと、その酒《さけ》をがぶ飲《の》みした。あげくに、酔《よ》っぱらってその場《ば》に倒《たお》れて寝《ね》てしまった。

すかさず、スサノオは腰《こし》の長剣《ちょうけん》を引《ひ》き抜《ぬ》くや、大蛇《おろち》をずたずたに切《き》り裂《さ》いた。みるみる肥《ひ》の河《かわ》は真《ま》っ赤《か》な流《なが》れに変《か》わった。

ちょうど大蛇《おろち》の中《なか》ほどを切《き》り裂《さ》いたとき、剣《つるぎ》の刃《は》が欠《か》けた。どうしたことかと、剣《つるぎ》の先《さき》で裂《さ》いて中《なか》をのぞくと、鋭利《えいり》な大刀《たち》が出《で》てきた。これはふつうの大刀《たち》ではないと察《さっ》したスサノオは、事情《じじょう》を説明《せつめい》してアマテラスに献上《けんじょう》した。のちの草薙《くさなぎ》の大刀《たち》（草薙《くさなぎ》の剣《つるぎ》）である。

❖爾《ここ》に速須佐之男命《はやすさのをのみこと》、乃《すなは》ち其《そ》の童女《をとめ》を湯津爪櫛《ゆつつまぐし》に取《と》り成《な》して、御《み》みづらに刺《さ》して、其《そ》の足名椎《あしなづち》、手名椎神《てなづちのかみ》に告《の》りたまはく、「汝等《いましたち》、八塩折《やしほをり》の酒《さけ》を醸《か》み、且垣《またかき》を作《つく》り廻《もとほ》し、其《そ》の垣《かき》に八《や》つの門《かど》を作《つく》り、門毎《かどごと》に八《や》つのさずきを結《ゆ》ひ、其《そ》のさずき毎《ごと》に酒船《さかぶね》を置《お》きて、船毎《ふねごと》に其《そ》の八塩折《やしほをり》の酒《さけ》を盛《も》りて待《ま》たさね」とのりたまひき。故告《かれの》りたまへる随《まにま》にして、かく設《ま》け備《そな》へて待《ま》つ時《とき》に、其《そ》の八俣《やまた》のをろち、信《まこと》に言《い》ひしが如来《ごとき》つ。乃《すなは》ち船毎《ふねごと》に己《おの》が頭《かしら》を垂《た》れ入《い》れて其《そ》の酒《さけ》を飲《の》みき。是《ここ》に飲《の》み酔《ゑ》ひて留《とど》まり伏《ふ》し寝《いね》たり。

爾《ここ》に速須佐之男命《はやすさのをのみこと》、其《そ》の御佩《みは》かせる十拳剣《とつかのつるぎ》を抜《ぬ》きて、其《そ》の蛇《をろち》を切《き》り散《はふ》りたまひしかば、肥河《ひのかは》血《ち》に変《な》りて流《なが》れき。故其《かれそ》の中《なか》の尾《を》を切《き》りたまふ時《とき》に、御刀《みはかし》の刃《は》毀《か》けき。爾《ここ》に怪《あや》しと思《おも》ほして、御刀《みはかし》の前以《さきも》ちて刺《さ》し割《さ》きて見《み》そなはししかば、都牟羽《つむは》の大刀《たち》在《あ》り。故此《かれこ》の大刀《たち》を取《と》らして、異《け》しき物《もの》ぞと思《おも》ほして、天照大御神《あまてらすおほみかみ》に白《まを》し上《あ》げたまひき。是《こ》は草那芸之大刀《くさなぎのたち》なり。

こうして、スサノオは出雲《いずも》の国《くに》で、クシナダヒメと住《す》む新居《しんきょ》の宮殿《きゅうでん》を建《た》てるのにふさわしい土地《とち》を探《さが》した。そして須賀《すが》（島根県雲南市《しまねけんうんなんし》）という所《ところ》に来《き》たとき、「この土地《とち》に来《き》たら、じつに心《こころ》がすがすがしくなった」と気《き》に入《い》って、そこに宮殿《きゅうでん》を造《つく》った。これが縁《えん》となって、地名《ちめい》を須賀《すが》としたのである。

スサノオが須賀《すが》の宮《みや》を造《つく》った当初《とうしょ》、その地《ち》から大雲《おおぐも》がわき起《お》こった。その雲《くも》を見《み》て作《つく》った歌《うた》、

八雲立《やくもた》つ　出雲八重垣《いずもやえがき》　妻籠《つまご》みに　八重垣作《やえがきつく》る　その八重垣《やえがき》を

（巨大《きょだい》な雲《くも》がむらがり立《た》つ出雲《いずも》の国《くに》よ。雲《くも》は幾重《いくえ》にもめぐって大《おお》垣《がき》を作《つく》っている。それは愛《あい》する妻《つま》を住《す》まわせる宮殿《きゅうでん》の八重垣《やえがき》のような、みごとな雲《くも》の八重垣《やえがき》だ。）

そののち、舅《しゅうと》のアシナズチを招《まね》き、「あなたを宮殿《きゅうでん》の長官《ちょうかん》に任命《にんめい》しよう」とねぎらって、それにふさわしい稲田《いなだ》の宮主須賀《みやぬしすが》の八耳《やつみみ》の神《かみ》という名《な》を授《さず》けた。

❖故是《かれここ》以《も》ちて、其《そ》の速須佐之男命《はやすさのをのみこと》、宮造《みやつく》るべき地《ところ》を出雲国《いづものくに》に求《ま》ぎたまひき。爾《ここ》に須賀《すが》の地《ところ》に到《いた》り坐《ま》して詔《の》りたまはく、「吾此地《あれここ》に来《き》て、我《あ》が御心《みこころ》すがすがし」とのりたまひて、其地《そこ》に宮作《みやつく》りて坐《ま》しましき。故其地《かれそこ》をば今《いま》に須賀《すが》と云《い》ふ。

茲《こ》の大神《おほかみ》、初《はじ》め須賀宮《すがのみや》作《つく》らしし時《とき》に、其地《そこ》より雲立《くもた》ち騰《のぼ》りき。爾《ここ》に御歌《みうた》作《よ》みしたまひき。其《そ》の歌《うた》に曰《よ》みたまひしく、

夜久毛多都《やくもたつ》　伊豆毛夜弊賀岐《いづもやへがき》　都麻碁微爾《つまごみに》
夜弊賀岐都久流《やへがきつくる》　曾能夜弊賀岐袁《そのやへがきを》　　（歌謡番号一）

是《ここ》に其《そ》の足名椎神《あしなづちのかみ》を喚《め》して告言《の》りたまはく、「汝《いまし》は我《わ》が宮《みや》の首《おびと》に任《ま》けむ」とのりたまひ、且《また》名《な》を稲田宮主須賀之八耳神《いなだのみやぬしすがのやつみみのかみ》と負《おほ》せたまひき。


✽あの凶暴なスサノオが地上に降りたとたん、神格ならぬ人格を一変させて怪物退治の英雄となった。念願した地底の国には行けなかったが、新しく生きる世界を手に入れたのだ。これからは出雲《いずも》系神話の祖神としての地歩を築くことになる。

もはやアマテラスとの対立は消えて、むしろアマテラスがスサノオの身元保証人になっているといってよい。スサノオが自分から、アマテラスの弟と名乗っていること

からもわかる。正式に高天の原の神統譜に名をつらねることになったのだ。

さて、生《い》け贄《にえ》の乙女を怪物から救い結婚する英《えい》雄譚《ゆうたん》は、世界中にごろごろして珍しくもない。この神話だけがもつ特長を拾ってみよう。

八俣《やまた》の大蛇《おろち》はこの土地の蛇神だが、『古事記』の蛇神は三輪《みわ》の大物主《おおものぬし》の神《かみ》のように天神に協力するのがふつうだ。八俣の大蛇が退治されたのは、スサノオを英雄に祭りあげるために、わざと悪神に落とされたからである。

その蛇身の尾から三種の神器の神剣となる「草《くさ》薙《なぎ》の剣《つるぎ》」が出てきて、スサノオがアマテラスに献上したという。砂鉄の産地で刀剣製作の盛んな出雲なればこそである。

こうして、出雲を高天の原に服属させるという企画が実行段階に入った。スサノオは高天の原と

斐伊川

出雲を取り持つ仲人役を演じているといえよう。

ちなみに、スサノオとクシナダヒメを祭る須賀《すが》神社《じんじゃ》（大原郡大東町須賀）があり、近くには八雲山（須賀山）がそびえ、伝説の面影《おもかげ》を今に伝えている。

★神聖数「八《や》」——大八島《おおやしま》、八百万《やおよろず》、八雲立《やくもた》つ

古代の日本では、奇数よりも偶数を重んじた。とくに「八」は最高の神聖数で、『古事記』の中にあふれかえっている。大八島、八百万、八千矛《やちほこ》、八雲立つ、八《や》重垣《えがき》、八咫烏《やたがらす》、八尺鏡《やあたかがみ》（「やたかがみ」とも）等々。「八《や》」の字形が末広がりということもあって、われらが祖先は「八」に神聖な霊力を感じていたようだ。

「八」は、必ずしも「四《よ》」の倍数という意味ではなく、数が多いことを示す祝意のこもった数字である。「や（弥）」「いよいよ」なども語源は同じである。ラッキー・セブンならぬラッキー・エイトが古代日本の神聖数だったわけだ。

余談だが、「八百屋《やおや》」は、「青物屋《あおものや》」を縮めた「青屋《あおや》」のなまりとされるが、いろんな野菜を扱う商売だから「八百《やお》」という縁起のよい数字を選んだという。

## ◆オオクニヌシ、ウサギを助《たす》けて幸運《こううん》を授《さず》かる——因幡《いなば》の白兎《しろうさぎ》

さて、オオクニヌシにはたくさんの異母兄弟《いぼきょうだい》の神々《かみがみ》がいた。けれども、彼《かれ》らはみな、国《くに》を治《おさ》めるのを辞退《じたい》して、オオクニヌシに譲《ゆず》ってしまった。その理由《りゆう》は、因幡《いなば》（鳥取県《とっとりけん》）のヤカミヒメと結婚《けっこん》したいからである。

そこで、彼《かれ》らは因幡《いなば》へ求婚《きゅうこん》の旅《たび》に出《で》かけたが、思《おも》いやりのあるオオナムチ（オオクニヌシ）をお供《とも》にして、旅行用《りょこうよう》の大《おお》きな袋《ふくろ》をかつがせた。気多《けた》の岬《みさき》（鳥取市《とっとりし》）に着《つ》いたときのこと、毛皮《けがわ》を脱《ぬ》いだ裸《はだか》の兎《うさぎ》が横《よこ》たわっていた。これを見《み》た兄弟《きょうだい》の神々《かみがみ》は兎《うさぎ》に向《む》かって、「海水《かいすい》を浴《あ》びて、風《かぜ》に吹《ふ》かれながら、高《たか》い山《やま》の頂《いただき》に寝《ね》ていれば治《なお》る」と教《おし》えた。

兎《うさぎ》は神々《かみがみ》の教《おし》えたとおりに、山《やま》の頂《いただき》で横《よこ》になっていた。すると、浴《あ》びた海水《かいすい》が乾《かわ》くにつれて、風《かぜ》に吹《ふ》かれた皮膚《ひふ》は乾燥《かんそう》してひび割《わ》れ、塩分《えんぶん》が傷《きず》にしみた。

❖故此《かれこ》の大国主神《おほくにぬしのかみ》の兄弟《あにおとや》八十神《そがみ》坐《ま》しき。然《しか》れども皆国《みなくに》は大国主神《おほくにぬしのかみ》に避《さ》りまつりき。避《さ》りし所以《ゆゑ》は、其《そ》の八十神《やそがみ》おのもおのも稲羽《いなば》の八上比売《やかみひめ》を婚《よば》はむとする心《こころ》有《あ》りて、共《とも》に稲羽《いなば》に行《ゆ》きし時《とき》に、大穴牟遅神《おほなむちのかみ》に帒《ふくろ》を負《おほ》せ、従者《ともびと》と為《し》て率《ゐ》て往《ゆ》きき。是《ここ》に気多《けた》の前《さき》に到《いた》りし時《とき》に、裸《あかはだ》なる菟伏《うさぎふ》せり。爾《ここ》に八十神《やそがみ》其《そ》の菟《うさぎ》に謂《い》ひて云《い》はく、「汝為《いましせ》まくは、此《こ》の海塩《うしほ》を浴《あ》み、風《かぜ》の吹《ふ》くに当《あ》たりて、高《たか》き山《やま》の尾《を》の上《へ》に伏《ふ》せ」といひき。

故其《かれそ》の菟《うさぎ》、八十神《やそがみ》の教《をしへ》の従《まにま》にして伏《ふ》しつ。爾《ここ》に其《そ》の塩《しほ》の乾《かわ》く随《まにま》に、其《そ》の身《み》の皮《かは》悉《ことごと》に風《かぜ》に吹《ふ》き折《さ》かえき。

その激《はげ》しい痛《いた》みに、兎《うさぎ》は泣《な》き伏《ふ》していた。

そこへ、遅《おく》れて最後《さいご》にやって来《き》たオオナムチがその兎《うさぎ》を見《み》て、「どうしておまえは泣《な》き伏《ふ》しているのか」と尋《たず》ねた。

兎《うさぎ》は、「私《わたし》は隠岐《おき》の島《しま》に棲《す》んでいて、この本土《ほんど》に渡《わた》りたいと憧《あこが》れていましたが、どうしても海《うみ》を渡《わた》る方法《ほうほう》がありませんでした。

そこで海《うみ》の鰐鮫《わにざめ》をだまして、『おれとおまえと競争《きょうそう》して、どっちの一族《いちぞく》が多《おお》いか少《すく》ないか、数《かぞ》えてみないか。だから、おまえは自分《じぶん》の一族《いちぞく》を全員《ぜんいん》連《つ》れてきて、この島《しま》から気多《けた》の岬《みさき》まで、みんなをずらりとうつ伏《ぶ》せに並《なら》べて渡《わた》してくれ。そしたら、おれがその上《うえ》を踏《ふ》んで、走《はし》りながら数《かぞ》えて渡《わた》ろう。そうすれば、おれの一族《いちぞく》とおまえのと、どちらが多《おお》いかわかるじゃないか』と誘《さそ》いました。

こう言《い》われた鰐鮫《わにざめ》はすっかりだまされ、うつ伏《ぶ》せに並《なら》んだので、私《わたし》はその上《うえ》を踏《ふ》んで数《かぞ》え渡《わた》ってきて、今《いま》まさに地面《じめん》に下《お》りようとしたとき、私《わたし》が『おまえはおれにだまされたんだぞ』と言《い》い終《お》わるやいなや、いちばん最《さい》後《ご》にいた鰐鮫《わにざめ》が私《わたし》にかみついて、すっかり私《わたし》の毛皮《けがわ》の着物《きもの》を剝《は》ぎ取《と》ってしまいました。

そんなわけで、泣《な》き悲《かな》しんでいましたところ、先《さき》に行《い》きました大《おお》ぜいの神々《かみがみ》が言葉《ことば》をかけて、『海水《かいすい》を浴《あ》び風《かぜ》に当《あ》たって横《よこ》になっていればよい』と教《おし》えてくれました。そこでそのとおりにしましたところ、私《わたし》の体《からだ》はすっかりボロボロになってしまいました」と訴《うった》えた。

これを聞《き》いたオオナムチは、「今すぐに河口《かこう》に行《い》って、真水《まみず》で体《からだ》を洗《あら》い、そのまま河口《かこう》の蒲《がま》の花粉《かふん》を採《と》って敷《し》き散《ち》らして、その上《うえ》に寝転《ねころ》がれば、おまえの体《からだ》はもとの膚《はだ》に戻《もど》るよ」と、兎《うさぎ》に教《おし》えた。その教《おし》えどおりにしたところ、兎《うさぎ》の体《からだ》はもとどおりになった。これが因幡《いなば》の白兎《しろうさぎ》である。今《いま》に至《いた》るまでこの兎《うさぎ》を兎神《うさぎがみ》といっている。

その後《のち》、白兎《しろうさぎ》はオオナムチに、「大《おお》ぜいの兄弟《きょうだい》の神々《かみがみ》は、ヤカミヒメを妻《つま》にすることはできないでしょう。旅行袋《りょこうぶくろ》を担《かつ》いでみすぼらしい役目《やくめ》をしていますが、ヤカミヒメを妻《つま》にできるのはあなた以外《いがい》にいません」と予言《よげん》した。


❖故《かれ》痛《いた》苦みて泣《な》き伏《ふ》せれば、最後《いやはて》に来《き》ましし大穴牟遅神《おほなむちのかみ》、其《そ》の菟《うさぎ》を見《み》て、「何由《なに》とかも汝《な》が泣《な》き伏《ふ》せる」と言《の》りたまひしに、菟答《うさぎこた》へて言《まを》さく「僕《あれ》、淤岐嶋《おきのしま》に在《あ》りて、此《こ》の地《くに》に度《わた》らまく欲《ほ》りすれども、度《わた》らむ因無《よしな》かりしかば、海《うみ》の鰐《わに》を欺《あざむ》きて言《い》はく、吾《あれ》と汝《いまし》と競《きほ》ひて族《うがら》の多《おほ》き少《すくな》きを計《はか》らむ。故汝《かれいまし》は其《そ》の族《うがら》の在《あ》りの随《まにま》に悉《ことごと》に率《ゐ》て来《き》て、此《こ》の嶋《しま》より気多《けた》の前《さき》まで、皆《みな》列《な》み伏《ふ》し度《わた》れ。爾《ここ》に吾其《あれそ》の上《うへ》を蹈《ふ》み走《はし》りつつ読《よ》み度《わた》らむ。是《ここ》に吾《あ》が族《うがら》と孰《いづ》れか多《おほ》きといふことを知《し》らむと、かく言《い》ひしかば、欺《あざむ》かえて列《な》み伏《ふ》せる時《とき》に、吾其《あれそ》の上《うへ》を蹈《ふ》みて読《よ》み度《わた》り来《き》て、今地《いまつち》に下《お》りむとする時《とき》に、吾云《あれい》はく、汝《いまし》は我《われ》に欺《あざむ》かえつと言《い》ひ竟《を》ふる即《すなは》ち、最端《いやはし》に伏《ふ》せる鰐《わに》、我《あ》を捕《と》らへて、悉《ことごと》に我《あ》が衣服《きもの》を剝《は》ぎき。

此《これ》に因《よ》りて泣《な》き患《うれ》へしかば、先《さき》だちて行《い》でまし八十神《やそがみ》の命《みこと》以ちて誨《をし》へ告《の》りたまはく、『海塩《うしほ》を浴《あ》みて、風《かぜ》に当《あ》たりて伏《ふ》せ』とのりたまひき。故教《かれをしへ》の如為《ごとせ》しかば、我《あ》が身悉《みことごと》に傷《そこな》はえつ」とまをしき。

是《ここ》に大穴牟遅神《おほなむちのかみ》、其《そ》の菟《うさぎ》に教《をし》へて告《の》りたまはく、「今急《いまと》く此《こ》の水門《みなと》に往《ゆ》きて、水《みづ》以ちて汝《な》が身《み》を洗《あら》ひて、即《すなは》ち其《そ》の水門《みなと》の蒲黄《かまのはな》を取《と》りて、敷《し》き散《ち》らして、其《そ》の上《うへ》に輾《こ》い転《まろ》びなば、汝《な》が身本《みもと》の膚《はだ》の如《ごと》、必《かなら》ず差《い》えなむ」とのりたまひき。故教《かれをしへ》の如《ごと》為《せ》しかば、其《そ》の身本《みもと》の如《ごと》くになりき。此《こ》れ稲羽《いなば》之《の》素菟《しろうさぎ》といふものなり。今《いま》には菟《うさぎ》神《がみ》と謂《い》ふ。

故其《かれそ》の菟《うさぎ》、大穴牟遅神《おほなむちのかみ》に白《まを》さく、「此《こ》の八十神《やそがみ》は、必《かなら》ず八上比売《やかみひめ》を得《え》じ。帒《ふくろ》を負《お》ひたまへども、汝《な》が命《みこと》ぞ獲《え》たまはむ」とまをしき。

✻オオナムチ（オオアナムチ・オオナムジとも）がさまざまな苦難を乗りこえて、出雲の大神オオクニヌシに成長するまでの英雄物語がはじまる。

この直前の系譜には、オオクニヌシはスサノオから数えて七代目にあたる直系の子孫とある。しかも、オオナムチ（大穴牟遅）・アシハラシコオ（葦原色許男）・ヤチホコ（八千矛）・ウツシクニタマ（宇都志国玉）と計五つの神名をもっていたと記《しる》す。

オオクニヌシとは「偉大な国土の主神」という意で、出雲を服属させた高天の原から贈られた称号らしく、実際スサノオから授けられた神名である。オオクニヌシとなる前がオオナムチで、このほうがほんらいの出雲の国つ神の名である。オオクニヌシで話を始めたものの、すぐにオオナムチに名前を切り替えて物語に入るところが、その辺の事情を伝えている。

オオナムチという名は、いろんな解釈があって定まらないが、今は「大土地（オオナ）を領有する君主（ムチ）」という説に従いたい。ただ、「大穴」という用字の多いのが気になるが。

さて、物語はのっけから兄弟神のいじめにあう場面を出して、読者の同情心と義憤を大いにあおるしかけだ。

鰐《わに》に毛皮を剝《は》がれた白兎を助ける話は、医療の神オオナムチの一面を紹介している。蒲《がま》の花粉を止血・鎮痛に用いるのは民間療法だが、医療に通じることは為政者の資格として重要だった。古代では素朴な科学知識が民心をつかむのに最も効果があった。

鰐についてはコラム「鰐は鰐（爬虫類《はちゅうるい》）ならず、鰐鮫《わにざめ》（魚類）なり」（一二五ページ）、兎神については付録「史跡案内」（二九九ページ）を参照のこと。

オオクニヌシに助けられた兎だが、結婚の幸運をもたらした縁で神さまに祭られるあたり、いかにも日本人好みではないか。

＊＊＊＊＊＊＊＊＊＊＊＊

白兎《しろうさぎ》の予言《よげん》どおり、ヤカミヒメはオオナムチと結婚《けっこん》する意思《いし》を表明《ひょうめい》した。姫《ひめ》に拒絶《きょぜつ》された兄弟神《きょうだいがみ》はオオナムチを恨《うら》んで、殺害《さつがい》しようと共謀《きょうぼう》する。

まず、赤《あか》い猪《いのしし》の捕獲《ほかく》を命《めい》じて、真《ま》っ赤《か》に焼《や》いた巨岩《きょがん》をぶつけて焼《や》き殺《ころ》した。だが、天神《てんじん》カミムスヒが派遣《はけん》したキサガイ（赤貝《あかがい》）姫《ひめ》とウムガイ（蛤《はまぐり》）姫《ひめ》の、貝粉《かいこ》・貝汁《かいじる》の治療《ちりょう》で生《い》き返《かえ》る。

次《つぎ》に、兄弟神《きょうだいがみ》は巨木《きょぼく》に楔《くさび》を打《う》ち込《こ》み、その割《わ》れ目《め》にオオナムチを誘《さそ》い

＊＊＊＊＊＊＊＊＊＊＊＊

＊＊＊＊＊＊＊＊＊＊＊＊＊＊＊＊＊＊＊＊＊＊＊＊＊＊＊＊

入《い》れ、楔《くさび》を外《はず》して挟《はさ》み殺《ころ》した。だが、母神《ははがみ》が発見《はっけん》して生《い》き返《かえ》らせ、樹木《じゅもく》の神《かみ》オオヤビコのもとに逃《に》がす。

なおも、兄弟神《きょうだいがみ》は追跡《ついせき》して射殺《いころ》そうとしたが、オオヤビコはオオナムチをスサノオの地底《ちてい》の国《くに》（根《ね》の堅洲国《かたすくに》）に落《お》ち延《の》びさせる。

地底《ちてい》の国《くに》に降《お》りたオオナムチは、スサノオの娘《むすめ》スセリビメと、たちまち激《はげ》しい恋《こい》に落《お》ちた。オオナムチを地上界《ちじょうかい》（葦原《あしはら》の中《なか》つ国《くに》）第一《だいいち》の勇者《ゆうしゃ》と見抜《みぬ》いたスサノオは、数々《かずかず》の試練《しれん》をオオナムチに課《か》した。蛇《へび》・蜈蚣《むかで》・蜂《はち》の室《むろ》に閉《と》じ込《こ》められたり、野火攻《のびぜ》めに遭《あ》ったりしたが、一心同体《いっしんどうたい》のスセリビメの助力《じょりょく》で、あらゆる危難《きなん》を切《き》り抜《ぬ》ける。

オオナムチの勇武《ゆうぶ》に感《かん》じてスサノオが一睡《いっすい》した油断《ゆだん》を見逃《みのが》さず、二人《ふたり》は地底《ちてい》の国《くに》を脱出《だっしゅつ》する。気《き》づいたスサノオは国境《くにざかい》まで追《お》ったが、ついに二人《ふたり》の仲《なか》を認《みと》めて祝福《しゅくふく》の言葉《ことば》を贈《おく》った。兄弟神《きょうだいがみ》を追放《ついほう》し、オオクニヌシとなってわが娘《むすめ》と結婚《けっこん》し、出雲《いずも》の大神《おおかみ》たれ、と。

やがて、出雲《いずも》を平定《へいてい》したオオナムチはスセリビメを正妻《せいさい》に迎《むか》えたが、

＊＊＊＊＊＊＊＊＊＊＊＊＊＊＊＊＊＊＊＊＊＊＊＊＊＊＊＊

＊＊ あのヤカミヒメはスセリビメの嫉妬《しっと》を恐《おそ》れ、因幡《いなば》の実家《じっか》に帰《かえ》った。 ＊＊

✻オオナムチの英雄物語はさらに続く。兄弟神の迫害に遭い、殺されては生き返るという過酷な試練を乗りこえる。

大火傷《おおやけど》を負って治療を受けるのは医療の神オオナムチらしからぬ場面だが、出雲に当時としては進んだ医療技術があったことを伝えたいらしい。神意および天候・医療に通ずることは、武力よりも民心掌握に効果がある。祭政一致の古代では、支配者の重要な資格条件だった。

大和の勇者が戦いの日々に明け暮れ、酒と女を好んだのに対して、出雲のオオナムチはやはり女好きだったものの、なかなかの文化神である。土地柄、大陸文化の刺激を受けていたせいかも知れない。

オオナムチは艶福家《えんぷくか》で女性にもてた。越《こし》の国《くに》のヌナカワヒメ（沼河比売）とも愛の讃歌を歌い上げている。だが、糟糠《そうこう》の妻スセリビメには頭があがらず、恐妻家ぶりを見せる。

スサノオの娘で正妻におさまったスセリビメは、自分からオオナムチに求婚した情熱娘で、気性も激しくやきもち焼きだった。「スセリビメ」という名の意味はよくわからない。スサノオのスサがスサブから来て、勢いに乗って暴れる意とすれば、スセリビメのスセリも語源は近いように思う。

愛する男のために父を裏切る娘、スセリビメの果敢な行動力は父のスサノオそっくりである。系譜には見えない名で、オオナムチをオオクニヌシにするための使命感に燃える出雲出身の女神とだけ想像しておこう。

さて、おもしろいのは、迫害から逃れたオオナムチが、何代も前の祖神スサノオのもとに落ち延びたことだ。実際には時間差がありすぎるが、これも特殊な神話時間のせいか。また、スサノオがいつの間にか地底の黄泉《よみ》の大王となっているのもおもしろい。かつて希望しても許されなかったが、ことの経過を何の説明もなしに、今やちゃかりと黄泉の大王におさまっている。

もっとも、イザナミの治める黄泉《よみ》の国《くに》とスサノオの治める根《ね》の堅洲国《かたすくに》とは、表記が異なるので別々とする意見もある。しかし、どちらも出入口が黄泉《よも》つ比良坂《ひらさか》であることやイザナミが土葬されたことなどを考えあわせると、同じ国を別の視点から表現したものと解釈したほうがよい。黄泉の国は死者の行く国だが、その位置は地底の片隅にあり、出入口を共有していた。しかも黄泉つ比良坂は出雲にあると想定されていて、スサノオが出雲系の祖神になるのも筋が通っている。

だが、そんなことは二義的なことで、第一義はスサノオの娘スセリビメと結婚し、三種《さんしゅ》の神器《じんぎ》ならぬ神宝（生大刀《いくたち》・生弓矢《いくゆみや》・天《あめ》の沼琴《ぬごと》）を授けられたことだ。つまり、スサノオから、天神の神統につらなる王位（出雲の大神）の象徴を獲得したことが物語の核心なのである。

一方、アマテラスにとってみれば、父イザナキ以来の懸案が一挙に解決したことになる。イザナキは黄泉の女帝イザナミと対立したまま世を去った。だから、地底の黄泉の国は高天の原の支配権外にあったのだが、スサノオがイザナミに代わって大王となった以上、その時点で、黄泉の国は高天の原に帰属したことになる。

天上・地上・地底の三層の世界のうち、天上界（高天の原）と地底界（黄泉の国）は掌握したし、地上界（葦原《あしはら》の中《なか》つ国《くに》）は弟スサノオの娘婿オオクニヌシが治めている。何ということはない、あとは地上に自らの子（天孫）を降ろすだけだ。アマテラスにとって、全世界の完全制覇は今や目前に迫った。だが……。

## ◆オオクニヌシ、アマテラスに地上《ちじょう》の国《くに》を譲渡《じょうと》する——国譲《くにゆず》り

＊＊＊＊＊＊＊＊＊＊＊＊＊＊＊＊＊＊＊＊＊＊

　オオクニヌシが地上界《ちじょうかい》（葦原《あしはら》の中《なか》つ国《くに》）を統治《とうち》することは、天上界《てんじょうかい》の神意《しんい》を反映《はんえい》したものではなかった。そこで、アマテラスは、長男《ちょうなん》のアメノオシホミミを真正《しんせい》の統治者《とうちしゃ》として地上界《ちじょうかい》に送《おく》り込《こ》むことにした。ところが、オシホミミは降《お》りる途中《とちゅう》、天《あめ》の浮橋《うきはし》から地上界《ちじょうかい》がいまだ無秩序《むちつじょ》なのを見《み》て、天上界《てんじょうかい》に戻《もど》ってしまう。事態《じたい》を憂慮《ゆうりょ》したアマテラスは神々《かみがみ》の合同会議《ごうどうかいぎ》を開《ひら》き、オオクニヌシと折衝《せっしょう》する特使《とくし》を選考《せんこう》した結果《けっか》、次男《じなん》のアメノホヒを派遣《はけん》することになった。

　だが、地上界《ちじょうかい》に降《お》りたホヒはオオクニヌシに媚《こ》びへつらい、三年《さんねん》たっても復命《ふくめい》しない。そこで、再度《さいど》、天上界《てんじょうかい》で神々《かみがみ》が審議《しんぎ》した結果《けっか》、新《あら》たにアメワカヒコを派遣《はけん》したが、これまたオオクニヌシの娘《むすめ》シタテルヒメと結婚《けっこん》して、八年《はちねん》たっても復命《ふくめい》しなかった。

三度目《さんどめ》の神々《かみがみ》の合同会議《ごうどうかいぎ》が開《ひら》かれ、ナキメという雉《きじ》にアメワカヒコの

＊＊＊＊＊＊＊＊＊＊＊＊＊＊＊＊＊＊＊＊＊＊

命令違反《めいれいいはん》の理由《りゆう》を聴取《ちょうしゅ》するよう命令《めいれい》が下《くだ》った。ナキメは地上界《ちじょうかい》に降《お》りて神命《しんめい》を伝達《でんたつ》したが、アメノサグメにそそのかされたアメワカヒコはナキメを射殺《いころ》してしまった。しかも、その矢《や》は天上界《てんじょうかい》のアマテラスのもとに届《とど》いた。傍《かたわ》らにいたタカギが、もしアメワカヒコに逆心《ぎゃくしん》があるならばこの矢《や》に当《あ》たれ、と地上界《ちじょうかい》に矢《や》を投《な》げ返《かえ》すと、矢《や》はアメワカヒコの胸《むね》を貫《つらぬ》いた。

特使《とくし》の派遣《はけん》に失敗《しっぱい》した天上界《てんじょうかい》は、選考《せんこう》を重《かさ》ねた結果《けっか》、雷神《らいじん》・剣神《けんしん》のタケミカズチに船神《ふながみ》アメノトリフネを副《そ》えて派遣《はけん》することにした。二神《にしん》は伊那佐《いなさ》の小浜《おばま》（島根県出雲市《しまねけんいずもし》。稲佐《いなさ》の浜《はま》）に天降《あまくだ》りして、波《なみ》の上《うえ》に長《ちょう》剣《けん》を逆《さか》さまに刺《さ》し立《た》て、その上《うえ》にあぐらをかいて、オオクニヌシに国土《こくど》の譲渡《じょうと》を迫《せま》った。

オオクニヌシは、子《こ》の意見《いけん》に従《したが》いたいと答《こた》えたので、二神《にしん》は子《こ》のヤエコトシロヌシを呼《よ》んで談判《だんぱん》した。コトシロヌシは、異見《いけん》を差《さ》しはさむことなく、国譲《くにゆず》りを承諾《しょうだく》して引退《いんたい》した。

そこで、タケミカズチはオオクニヌシに向《む》かって、「今《いま》や、あなたの子《こ》のコトシロヌシは国土《こくど》の譲渡《じょうと》を承諾《しょうだく》しました。まだほかに異議《いぎ》を唱《とな》えるような子《こ》がいますか」と尋《たず》ねた。

「もう一人《ひとり》、タケミナカタという子《こ》がいます。この子《こ》のほかにはいません」と答《こた》えた。

こんな問答《もんどう》を交《か》わしている間《あいだ》に、当《とう》のタケミナカタは、千人《せんにん》がかりでやっと動《うご》かせるような巨岩《きょがん》を、手《て》に軽々《かるがる》と差《さ》し上《あ》げながらやってきて、「誰《だれ》だ、わがはいの国《くに》に来《き》ながら、わがはいをさしおいて、何《なに》をこそこそやっているのか。ひとつ力競《ちからくら》べをしようじゃないか。わがはいが先《さき》にその手《て》をつかむぞ」と挑《いど》んできた。

ところが、タケミカズチの手《て》をつかむと、その手《て》はたちまち氷《こおり》の柱《はしら》に変《か》わり、ついで剣《つるぎ》の刃《やいば》に変身《へんしん》した。これを見《み》て、タケミナカタは恐《おそ》れをなして引《ひ》き下《さ》がった。

代《か》わって、タケミカズチがタケミナカタの手《て》をつかむと、まるで若《わか》い葦《あし》をへし折《お》るように摑《つか》みつぶして、あっさりと投《な》げ飛《と》ばしたので、その場《ば》からタケミナカタは逃走《とうそう》してしまった。

そこで、タケミカズチはあとを追《お》いかけ、信濃《しなの》の国《くに》（長野県《ながのけん》）の諏訪湖《すわこ》に追《お》いつめて、殺《ころ》そうとした。もはや観念《かんねん》したタケミナカタは、「お見《み》それいたしました。命《いのち》だけはお助《たす》け下《くだ》さい。この諏訪《すわ》の地《ち》にこもり、ここから一歩《いっぽ》も外《そと》には出《で》ません。父《ちち》オオクニヌシの命令《めいれい》にも、兄《あに》コトシロヌシの言葉《ことば》にも背《そむ》きません。この葦原《あしはら》の中《なか》つ国《くに》はアマテラスの仰《おお》せどおりに献上《けんじょう》いたします」と、無条件降伏《むじょうけんこうふく》した。

❖故爾《かれここ》に其《そ》の大国主神《おほくにぬしのかみ》に問《と》ひたまはく、「今汝《いまな》が子《こ》事代主神《ことしろぬしのかみ》かく白《まを》しぬ。亦白《またまを》す可《べ》き子《こ》有《あ》りや」ととひたまひき。

是《ここ》に亦白《またまを》さく、「亦我《またわ》が子《こ》建御名方神《たけみなかたのかみ》有《あ》り。此《これ》を除《お》きては無《な》し」と、かく白《まを》したまふ間《ほど》に、其《そ》の建御名方神《たけみなかたのかみ》、千引石《ちびきのいは》を手末《たなすゑ》に擎《ささ》げて来《き》て、「誰《た》そ我《わ》が国《くに》に来《き》て、忍《しの》び忍《しの》びかく物言《ものい》ふ。然《しか》らば力競《ちからくら》べ為《せ》む。故我先《かれあれま》づ其《そ》の御手《みて》を取《と》らむ」と言《い》ひき。故其《かれそ》の御手《みて》を取《と》らしむれば、即《すなは》ち立氷《たちひ》に取《と》り成《な》し、亦剣刃《またつるぎは》に取《と》り成《な》しつ。故爾《かれここ》に懼《おそ》りて退《そ》き居《を》り。爾《ここ》に其《そ》の建御名方神《たけみなかたのかみ》の手《て》を取《と》らむと乞《こ》ひ帰《かへ》して取《と》れば、若葦《わかあし》を取《と》るが如《ごと》、搤《つか》み批《ひし》ぎて、投《な》げ離《はな》ちたまひしかば、即《すなは》ち逃《に》げ去《い》にき。

故追《かれお》ひ往《ゆ》きて、科野国《しなののくに》の州羽海《すはのうみ》に迫《せ》め到《いた》りて、殺《ころ》さむとしたまふ時《とき》に、建御名《たけみな》方神《かたのかみ》白《まを》さく、「恐《かしこ》し、我《あ》をな殺《ころ》したまひそ。此《こ》の地《ところ》を除《お》きては、他《あだ》し処《ところ》に行《ゆ》かじ。亦我《またわ》が父大国主神《ちちおほくにぬしのかみ》の命《みこと》に違《たが》はじ。八重事代主神《やへことしろぬしのかみ》の言《みこと》に違《たが》はじ。此《こ》の葦原中国《あしはらのなかつくに》は、天神《あまつかみ》の御子《みこ》の命《みこと》の随《まにま》に献《たてまつ》らむ」とまをしき。


✻国土の譲渡はアマテラスの予想以上に手こずった。外交使節を派遣しても、出雲側の懐柔策にあって失敗に終わった。ついに軍事使節を派遣して最後通牒《さいごつうちょう》を突きつけ、出雲側に無条件降伏を迫った。

スサノオから出雲の大神に推挙されたオオクニヌシとしては、最終的に拒否できない立場にある。そこで、息子にまかせると逃げを打った。

いよいよ軍神タケミカヅチの出番である。武力衝突の結果は目に見えていた。あっさりと息子の二神は無条件降伏し、国土の譲渡を受諾する。

二神の確約を取りつけたタケミカズチは出雲に戻って、オオクニヌシに最終決断を迫った。

オオクニヌシは息子たちが承知した以上、自分に異存はないと答えた。その際に、交換条件として、新たな統治者である天神の神殿と同規模のものを要求した。領有権は譲っても祭祀《さいし》権《けん》は手放さないという決意の表明である。

巨大な出雲大社の偉容は、こうしたオオクニヌシの信念を今に伝えるかのようだ。

出雲大社

## ★古代の出雲大社《いずもたいしゃ》
### ――雲を衝《つ》く巨大神殿

二〇〇〇年四月五日、発掘調査中の出雲大社の境内で、本殿を支えた巨大な柱根《ちゅうこん》が出土した。直径約一メートル以上の丸太三本を束ねて一本の柱にしてあり、現在のものと比較すると三倍以上にもなる。

出雲大社には、その昔、本殿の高さが現在の二倍、現在約二十四メートルだから、四十八メートルだったという伝承が残されている。およそ十四、五階建てのビルの高さだ。

かつて、この伝承が木造建築として可能かどうかを、建設という立場からコンピューターで復元に挑戦し

古代出雲大社復元図（画：張仁誠　提供：(株)大林組）

たプロジェクトチーム（株式会社大林組）があった。結果は合格。階段は百七十段、高さ三十メートル、長さは百九メートルに達したという。

今回の巨柱発見も、疑問視されてきた伝承が、現実に可能であることを裏づけるものだ。八雲立つ出雲に、今に倍する高さの神殿がそびえ立つ偉容を、想像するだけで胸が熱くなるではないか。

平安時代（九七〇年）に源為憲《みなもとのためのり》の著した事典「口遊《くちずさみ》」には、「雲太《うんた》、和二《わに》、京三《きようさん》」という一句がある。天下の高層建築ビッグ・スリーを並べたものだ。一位が出雲の大社《おおやしろ》、二位が大和《やまと》の東大寺《とうだいじ》大仏殿《だいぶつでん》、三位が平安京《へいあんきよう》の大極殿《だいごくでん》。やはり堂々の第一位、日本を代表する高層神殿だった。

## ◈アマテラスの孫《まご》ニニギ、天上界《てんじようかい》から地上《ちじよう》に降《くだ》る——天孫降臨《てんそんこうりん》

＊＊＊＊＊＊＊

オオクニヌシから葦原《あしはら》の中《なか》つ国《くに》を譲《ゆず》り受《う》けて、アマテラスは長男《ちようなん》のアメノオシホミミに国《くに》を治《おさ》めさせようとした。ところが、オシホミミは自《じ》分《ぶん》よりも若《わか》く、生命力《せいめいりよく》あふれた息子《むすこ》のホノニニギを推薦《すいせん》した。アマテラスはその志《こころざし》を察《さつ》して、孫《まご》のホノニニギを下界《げかい》に降《お》ろすことにした。

＊＊＊＊＊＊＊

ホノニニギが天降《あまくだ》りしようとするときに、天降《あまくだ》りの道《みち》が八方《はつぽう》に分《わ》かれる分岐点《ぶんきてん》に、上《うえ》は高天《たかま》の原《はら》を、下《した》は葦原《あしはら》の中《なか》つ国《くに》を明々《あかあか》と照《て》らす怪《あや》しい神《かみ》が立《た》っていた。

そこで、アマテラスとタカギ（タカミムスヒ）は、アメノウズメに、「おまえはかよわい女《おんな》の身《み》ではあるが、敵対《てきたい》する神《かみ》には真《ま》っ向《こう》から向《む》かい合《あ》って、にらみ勝《か》つことができる神《かみ》である。だから、おまえ一人《ひとり》でその神《かみ》のもとに行《い》き、『アマテラスの御子孫《ごしそん》が天降《あまくだ》りする道《みち》に立《た》ち塞《ふさ》がっている

のは何者《なにもの》か』と尋《たず》ねよ」と命《めい》じた。

道《みち》の分岐点《ぶんきてん》に出《で》かけたアメノウズメが尋《たず》ねると、「私《わたし》は国《くに》の神《かみ》で、名《な》はサルタビコと申《もう》します。ここにおりますのは、アマテラスの御子孫《ごしそん》が天降《あまくだ》りすると聞《き》きましたので、道案内《みちあんない》しようと思《おも》いまして、出迎《でむか》えに来《き》たところです」と答《こた》えた。


❖爾《ここ》に日子番能邇邇芸命《ひこほのににぎのみこと》、天降《あも》りまさむとする時《とき》に、天《あめ》の八衢《やちまた》に居《ゐ》て、上《かみ》は高《たか》天原《まのはら》を光《て》らし、下《しも》は葦原中国《あしはらのなかつくに》を光《て》らす神《かみ》、是《ここ》に有《あ》り。

故爾《かれここ》に天照大御神《あまてらすおほみかみ》・高木神《たかぎのかみ》の命《みこと》以ちて、天宇受売神《あめのうずめのかみ》に詔《の》りたまはく、「汝《いまし》は手《た》弱女《わやめ》人なれども、いむかふ神《かみ》と面勝《おもか》つ神《かみ》なり。故専《かれもは》ら汝《いまし》往《ゆ》きて問《と》はまくは、『吾《わ》が御子《みこ》の天降《あも》りまさむと為《す》る道《みち》に、誰《たれ》そかくて居《を》る』ととへ」とのりたまひき。

故問《かれと》ひ賜《たま》ふ時《とき》に、答《こた》へて白《まを》さく、「僕《あ》は国神《くにつかみ》、名《な》は猨田毗古神《さるたびこのかみ》なり。出《い》で居《ゐ》る所以《ゆゑ》は、天神《あまつかみ》の御子《みこ》天降《あも》り坐《ま》すと聞《き》きしかば、御前《みさき》に仕《つか》へ奉《まつ》らむとして、参向《まゐむ》かひ侍《さもら》ふ」とまをしき。

　こののち、アメノコヤネ・フトダマ・アメノウズメ・イシコリドメ・タマノオヤ、合《あ》わせて五《いつ》つの技術者集団《ぎじゅつしゃしゅうだん》の族長《ぞくちょう》をニニギの従者《じゅうしゃ》として副《そ》えて、天孫降臨《てんそんこうりん》は行《おこな》われた。

　その際《さい》に、あの天《あめ》の岩屋戸《いわやと》からアマテラスを招《まね》き出《だ》した八尺《やさか》の勾玉《まがたま》と鏡《かがみ》、それに草薙《くさなぎ》の剣《つるぎ》の三種《さんしゅ》の神宝《しんぽう》、さらに、あの折《おり》に功績《こうせき》のあったオモイカネ・タジカラオ・アメノイワトワケの三神《さんしん》をも副《そ》えた。

　アマテラスは、「この鏡《かがみ》は、私《わたし》の霊魂《れいこん》そのものとして、私《わたし》に仕《つか》えるように心身《しんしん》を清《きよ》めて祭《まつ》りなさい。また、オモイカネは政治上《せいじじょう》の実務《じつむ》を担当《たんとう》しなさい」と命《めい》じた。

　ちなみに、天孫《てんそん》ニニギと思慮《しりょ》の神《かみ》オモイカネは伊勢神宮《いせじんぐう》の内宮《ないくう》を祭《まつ》っている。外宮《げくう》には食物神《しょくもつしん》トヨウケを祭《まつ》っている。アメノイワトワケは、またの名《な》を櫛石窓《くしいわまど》の神《かみ》、および豊石窓《とよいわまど》の神《かみ》といい、宮廷《きゅうてい》の御門《ごもん》の守護神《しゅごしん》である。力《ちから》の神《かみ》タジカラオは佐那県《さなのあがた》（三重県佐那郡《みえけんさなぐん》。佐那神社《さなじんじゃ》）に鎮座《ちんざ》している。

ところで、かのアメノコヤネは朝廷《ちょうてい》の祭祀《さいし》を担当《たんとう》する中臣《なかとみ》の連《むらじ》らの祖先《そせん》、フトダマは神事用品《しんじようひん》を製作《せいさく》する忌部《いみべ》の首《おびと》らの祖先《そせん》、アメノウズメは神楽《かぐら》を奉仕《ほうし》する女性《じょせい》である猿女《さるめ》の君《きみ》らの祖先《そせん》、イシコリドメは鏡《かがみ》を製作《せいさく》する作《かがみ》鏡《つくり》の連《むらじ》らの祖先《そせん》、タマノオヤは玉類《ぎょくるい》を製作《せいさく》する玉《たま》の祖《おや》の連《むらじ》らの祖先《そせん》である。

❖爾《ここ》に天児屋命《あめのこやねのみこと》、布刀玉命《ふとだまのみこと》、天宇受売命《あめのうずめのみこと》、伊斯許理度売命《いしこりどめのみこと》、玉祖命《たまのおやのみこと》、幷《あは》せて五伴緒《いつとものを》を支《あか》ち加《くは》へて、天降《あも》らしめたまひき。是《ここ》に其《そ》のをきし八尺勾璁《やさかのまがたま》、鏡《かがみ》、及草那芸剣《またくさなぎのつるぎ》、亦常世思金神《またとこよのおもひかねのかみ》、手力男神《たぢからをのかみ》、天石《あめのいは》門別神《とわけのかみ》を副《そ》へ賜《たま》ひて詔《の》りたまはくは、「此《これ》の鏡《かがみ》は、専《もは》ら我《あ》が御魂《みたま》と為《し》て、吾《わ》が前《みまへ》を拝《いつ》くが如《ごと》、斎《いつ》き奉《まつ》れ。次《つぎ》に思金神《おもひかねのかみ》は、前《みまへ》の事《こと》を取《と》り持《も》ちて、政《まつりごと》を為《し》たまへ」とのりたまひき。

此《こ》の二柱《ふたはしら》の神《かみ》は、さくくしろいすずの宮《みや》を拝《いつ》き祭《まつ》る。次《つぎ》に登由宇気神《とゆうけのかみ》、此《こ》は外《とつ》宮《みや》の度相《わたらひ》に坐《ま》す神《かみ》なり。次《つぎ》に天石戸別神《あめのいはとわけのかみ》、亦《また》の名《な》は櫛石窓神《くしいはまどのかみ》と謂《い》ひ、亦《また》の名《な》は豊《とよ》石窓神《いはまどのかみ》と謂《い》ふ。此《こ》の神《かみ》は御門《みかど》の神《かみ》なり。次《つぎ》に手力男神《たぢからをのかみ》は、佐那県《さなのあがた》に坐《ま》せり。

故其《かれそ》の天児屋命《あめのこやねのみこと》は、中臣連《なかとみのむらじら》 等が祖《おや》。布刀玉命《ふとだまのみこと》は、忌部首《いみべのおびとら》 等が祖《おや》。天宇受売《あめのうずめの》命《みこと》は、猨女君《さるめのきみら》等が祖《おや》。伊斯許理度売命《いしこりどめのみこと》は、鏡作連《かがみつくりのむらじら》 等が祖《おや》。玉祖命《たまのおやのみこと》は、玉祖《たまのおやの》連《むらじら》 等が祖《おや》なり。

さて、ここにアマテラスとタカギの命《めい》によって、天孫《てんそん》ホノニニギは高天《たかま》の原《はら》の岩《いわ》の神座《しんざ》を離《はな》れ、天空《てんくう》に幾重《いくえ》にもたなびく厚《あつ》い雲《くも》を押《お》し分《わ》け、威風《いふう》堂々《どうどう》と天降《あまくだ》りの道《みち》を進《すす》み、高天《たかま》の原《はら》と葦原《あしはら》の中《なか》つ国《くに》を結《むす》ぶ天《あめ》の浮橋《うきはし》において聖《せい》なる所作《しょさ》を行《おこな》った。そうして、筑紫《つくし》の日向《ひむか》（宮崎県《みやざきけん》）の高千穂《たかちほ》の霊峰《れいほう》に降《お》りたのである。

そのとき、アメノオシヒ・アマツクメの二神《にしん》は矢《や》を盛《も》った聖《せい》なる大靫《おおゆき》を背負《せお》い、柄頭《つかがしら》が槌状《つちじょう》の頭椎《くぶつち》の大刀《たち》を腰《こし》に帯《お》び、聖《せい》なる櫨《はじ》の木《き》の弓《ゆみ》を手《て》に、聖《せい》なる狩《かり》

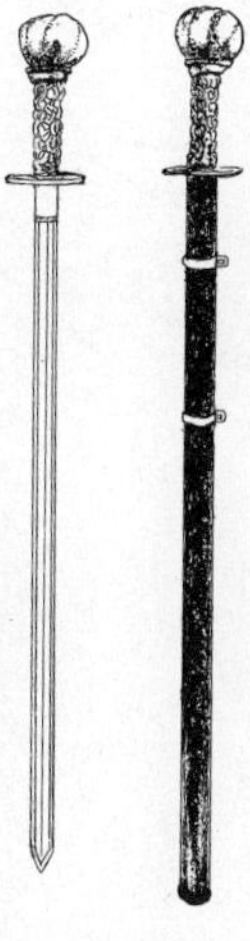

頭椎《くぶつち》《かぶつち》の大刀《たち》（剣）（参考：茨城県新治出土）

矢《や》をたばさんで、ニニギを先導《せんどう》した。ちなみに、そのアメノオシヒは朝《ちょう》廷《てい》の軍事《ぐんじ》を司《つかさど》る大伴《おおとも》の連《むらじ》らの祖先《そせん》、アマツクメは親衛軍《しんえいぐん》を組織《そしき》する久米《くめ》の直《あたえ》らの祖先《そせん》である。

地上界《ちじょうかい》に降《お》り立《た》ったニニギは、「ここは、遠《とお》くは朝鮮《ちょうせん》に面《めん》し、近《ちか》くは笠《かさ》沙《さ》の岬《みさき》（鹿児島県《かごしまけん》）にまっすぐ通《つう》じるとともに、朝日《あさひ》・夕日《ゆうひ》の照《て》り輝《かがや》く国《くに》である。じつに最上《さいじょう》の土地《とち》だ」と賛美《さんび》して、地底深《ちていふか》く太《ふと》い宮柱《みやばしら》をうち立《た》て、天上高《てんじょうたか》く千木《ちぎ》をそびえさせて、壮大《そうだい》な宮殿《きゅうでん》を造《つく》った。

❖故爾《かれここ》に天津日子番能邇邇芸命《あめつひこほのににぎのみこと》、天石位《あめのいはくら》を離《はな》れ、天八重多那雲《あめのやへたなぐも》を押《お》し分《わ》けて、いつのちわきちわきて、天浮橋《あめのうきはし》に、うきじまり、そりたたして、竺紫日向《つくしのひむか》の高千《たかち》穂《ほ》のくじふるたけに天降《あも》り坐《ま》しき。

故爾《かれここ》に、天忍日命《あめのおしひのみこと》・天津久米命《あまつくめのみこと》二人《ふたり》、天《あめ》の石靫《いはゆき》を取《と》り負《お》ひ、頭椎《くぶつち》の大刀《たち》を取《と》り佩《は》き、天《あめ》の波士弓《はじゆみ》を取《と》り持《も》ち、天《あめ》の真鹿児矢《まかごや》を手挟《たばさ》み、御前《みさき》に立《た》ちて仕《つか》へ奉《まつ》りき。故其《かれそ》の天忍日命《あめのおしひのみこと》、此《こ》は大伴連等《おほとものむらじら》が祖《おや》。天津久米命《あまつくめのみこと》、此《こ》は久米直等《くめのあたへら》が祖《おや》なり。

是《こ》に詔《の》りたまはく、「此地《ここ》は韓国《からくに》に向《む》かひ、笠紗《かささ》の御前《みさき》に真来通《まきとほ》りて、朝日《あさひ》の直刺《ただき》す国《くに》、夕日《ゆふひ》の日照《ひで》る国《くに》なり。故此地《かれこ》ぞ甚吉《いとよ》き地《ところ》」と詔《の》りたまひて、底津石根《そこついはね》に宮柱《みやはしら》ふとしり、高天原《たかまのはら》に氷椽《ひぎ》たかしりて坐《ましま》しき。

✻ようやくアマテラスの孫ホノニニギが、初代天子として地上界に降り立った（口絵・表）。天上界（高天の原）が地上界を制して、国つ神のはびこる葦原《あしはら》の中《なか》つ国《くに》は、天神の祝福を受けた豊葦原《とよあしはら》の瑞穂《みずほ》の国《くに》へと新生する時を迎えた。

ホノニニギのホは稲穂の穂、ニニギはにぎにぎしい豊穣の意である。これは地上界に五穀豊穣をもたらす穀神の名である。しかも、降臨する地が「高千穂《たかちほ》」とくれば、古代の天子がどのような期待を背負っていたか、おのずから明らかだ。

降臨に随伴する神々の顔ぶれを見ると、天の岩屋戸神話に登場した神々がここにもいることに気づく。それも当然で、天孫降臨と岩屋戸と、この二つの神話の源が同じだからである。どちらも大嘗祭《だいじょうさい》の秘儀を母胎とする神話であり、『古事記』神話の核心部を形づくっている。

三種《さんしゅ》の神器《じんぎ》もきちんと揃《そろ》った。岩屋戸神話ではまだ草薙《くさなぎ》の剣《つるぎ》がなかったが、スサノオの献上を受けて神器に加えられた。剣は武力の象徴であり、今後の王権の拡張・維持には欠かせないものである。

ところで、岩屋戸の前で踊ったアメノウズメがここでも活躍する。降臨の先導役を買ってでたサルタビコを尋問するのがウズメで、その眼光に強い霊力のあることをアマテラスが認めている。ウズメは天上界最高の霊能者だった。

ウズメは大嘗祭・鎮魂祭に奉仕する猿女《さるめ》の祖先となった。この猿女の居住地が稗田《ひえだ》（奈良県大和郡山市《ならけんやまとこおりやまし》）で、『古事記』を誦習《しょうしゅう》した稗田阿礼の出身地である。阿礼はアメノウズメの子孫ということになる。

高千穂の峰々

◆コノハナノサクヤビメ、炎《ほのお》の中《なか》で出産《しゅっさん》する──ホオリの誕生《たんじょう》

＊＊＊＊＊＊＊＊＊＊＊＊＊＊

ニニギは笠沙《かささ》の岬《みさき》で美《うつく》しい娘《むすめ》に出会《であ》った。名《な》を尋《たず》ねると、山神《さんしん》オオヤマツミの娘《むすめ》、コノハナノサクヤビメと答《こた》えた。さっそく求婚《きゅうこん》すると、父《ちち》の許《ゆる》しを得《え》てほしいと言《い》うので、使《つか》いをやったところ、父神《ちちがみ》は非常《ひじょう》に喜《よろこ》んだ。

しかも、サクヤビメと姉《あね》のイワナガヒメとを一緒《いっしょ》にして、二人《ふたり》とも妻《つま》として差《さ》し出《だ》した。だが、ニニギは姉《あね》の醜貌《しゅうぼう》を嫌《きら》って、親元《おやもと》に送《おく》り返《かえ》し、妹《いもうと》サクヤビメだけを妻《つま》とした。

＊＊＊＊＊＊＊＊＊＊＊＊＊＊

山神《さんしん》のオオヤマツミ（大山津見《おおやまつみ》の神《かみ》）は、娘《むすめ》イワナガヒメ（石長姫《いわながひめ》）が実家《じっか》に戻《もど》されたことにひどい屈辱《くつじょく》を感《かん》じて、こんな絶縁状《ぜつえんじょう》をニニギに送《おく》りつけた。

「私《わたし》の娘《むすめ》二人《ふたり》を一緒《いっしょ》に差《さ》し上《あ》げた理由《りゆう》は、姉娘《あねむすめ》イワナガヒメを差《さ》し上《あ》げ

たのは、天神《てんじん》の子孫《しそん》の寿命《じゅみょう》が、大雪《おおゆき》にも大風《おおかぜ》にも損《そこ》なわれず、いつも巌《いわお》のように永遠不滅《えいえんふめつ》であれと、また、妹娘《いもうとむすめ》コノハナノサクヤビメ（木《こ》の花《はな》の咲《さ》くや姫《ひめ》）を差《さ》し上《あ》げたのは、木《こ》の花《はな》がはなやかに咲《さ》くように子孫《しそん》が繁栄《はんえい》してほしいと願《ねが》って、神意《しんい》を受《う》けるために、二人《ふたり》一組《ひとくみ》で献上《けんじょう》したのです。ところが、このようにイワナガヒメを実家《じっか》に返《かえ》して、サクヤビメ一人《ひとり》を妻《つま》とされました。その結果《けっか》、天神《てんじん》の子孫《しそん》の寿命《じゅみょう》は、木《こ》の花《はな》のようにはかなく短《みじか》い定《さだ》めになってしまうことでしょう」

これが起源《きげん》となって、今《いま》に至《いた》るまで、歴代《れきだい》の天皇《てんのう》の寿命《じゅみょう》は長久《ちょうきゅう》ではなくなったのである。

❖爾《ここ》に大山津見神《おほやまつみのかみ》、石長比売《いはながひめ》を返《かへ》したまへるに因《よ》りて、大《いた》く恥《は》ぢて、白《まを》し送《おく》りて言《まを》さく、「我《あ》が女《むすめ》二人《ふたり》並《なら》べて立《た》て奉《まつ》れる由《ゆゑ》は、石長比売《いはながひめ》を使《つか》はしては、天神《あまつかみ》の御子《みこ》の命《みいのち》は、雪零《ゆきふ》り風吹《かぜふ》くとも、恒《とこし》へに石《いは》の如《ごと》く、常《とき》はに堅《かき》はに動《うご》かず坐《まし》さむ。亦《また》木花之佐久夜毗売《このはなのさくやびめ》を使《つか》はしては、木花《このはな》の栄《さか》ゆるが如栄《ごとさか》え坐《まし》さむと、うけひて貢進《たてまつ》りき。此《ここ》に石長比売《いはながひめ》を返さしめて、木花之佐久夜毗売《このはなのさくやびめ》を独《ひと》り留《とど》めたまひつれば、天神《あまつかみ》の御子《みこ》の御寿《みいのち》は、木花《このはな》のあまひのみ坐《まし》まさむとす」とまをしき。故爾《かれここ》を以《も》ちて今《いま》に至《いた》るまで、天皇命等《すめらみことたち》の御命長《みいのちなが》くまさざるなり。

ある日《ひ》、サクヤビメがニニギに、「私《わたし》のお腹《なか》にはあなたの子《こ》がいます。出産《しゅっさん》に当《あ》たって、天孫《てんそん》の子《こ》である以上《いじょう》、こっそり生《う》むべきではありませんので、お指図《さしず》をいただきたいのです」と、妊娠《にんしん》の事実《じじつ》を告《つ》げた。ところが、これを聞《き》いたニニギは、「サクヤビメよ。たった一夜《いちや》の交《まじ》わりで子《こ》ができたというのか。これは私《わたし》の子《こ》ではあるまい。きっと国《くに》つ神《かみ》の子《こ》に違《ちが》いない」と否定《ひてい》した。

そこで、サクヤビメは、「私《わたし》が身《み》ごもった子《こ》が、もし国《くに》つ神《かみ》の子《こ》だったならば、無事《ぶじ》に生《う》まれることはできないでしょう。もし、あなたの子《こ》でしたならば、無事《ぶじ》に生《う》まれましょう」と、神意《しんい》を受《う》ける誓詞《せいし》を述《の》べた。

そして、出入口《でいりぐち》のない広《ひろ》い御殿《ごてん》を造《つく》って、その中《なか》にこもり、御殿《ごてん》を土《つち》ですっかり塗《ぬ》りふさいだ。やがて出産《しゅっさん》の時《とき》がくると、御殿《ごてん》に火《ひ》を放《はな》ち、炎《ほのお》の中《なか》で出産《しゅっさん》した。

その炎《ほのお》の燃《も》えさかる中《なか》から生《う》まれた子《こ》がホデリ〔これは隼人《はやと》の阿多《あた》の君《きみ》の祖先《そせん》である〕、次《つぎ》に、火《ひ》の燃《も》え進《すす》む中《なか》から生《う》まれた子《こ》がホスセリ、三番《さんばん》目《め》に、火勢《かせい》の衰《おとろ》えた中《なか》から生《う》まれた子《こ》がホオリで、またの名《な》をアマツヒコヒコホホデミという。

❖故後《かれのち》に木花之佐久夜毗売《このはなのさくやびめ》、参出《まゐで》て白《まを》さく、「妾《あ》は妊身《はら》みて、今産《いまこう》む時《とき》に臨《な》りぬ。是《こ》は天神《あまつかみ》の御子《みこ》、私《わたくし》に産《う》みまつるべきにあらず。故請《かれまを》す」とまをしたまひき。爾《ここ》に詔《の》りたまはく、「佐久夜毗売《さくやびめ》、一宿《ひとよ》にや妊《はら》める。是《こ》は我《わ》が子《こ》に非《あら》じ。必《かなら》ず国神《くにつかみ》の子《こ》にあらむ」とのりたまひき。爾《ここ》に答《こた》へ白《まを》さく、「吾《あ》が妊《はら》める子《こ》、若《も》し国《くにつ》神《かみ》の子《こ》ならば、産《こう》む時幸《ときさき》くあらじ。若《も》し天神《あまつかみ》の御子《みこ》にまさば、幸《さき》くあらむ」とまをして、即《すなは》ち戸《と》無《な》き八尋殿《やひろどの》を作《つく》りて、其《そ》の殿内《とのぬち》に入《い》りて、土《はに》以《も》ちて塗《ぬ》り塞《ふた》ぎて、産《こう》む時《とき》に方《あた》りて、其《そ》の殿《との》に火《ひ》を著《つ》けて産《こう》みたまひき。

故其《かれそ》の火《ひ》の盛《さか》りに焼《も》ゆる時《とき》に、生《あ》れませる子《こ》の名《な》は、火照命《ほでりのみこと》〔此《こ》は隼人《はやと》の阿多《あたの》君《きみ》の祖《おや》なり〕、次《つぎ》に生《あ》れませる子《こ》の名《な》は火須勢理命《ほすせりのみこと》、次《つぎ》に生《あ》れませる子《こ》の御名《みな》は火遠理命《ほをりのみこと》、亦《また》の名《みな》は天津日高日子穂穂出見命《あまつひこひこほほでみのみこと》。

✲天上界の神々《こうごう》しさが消えて、急に人間臭くなってきた。美しいものを好み、醜《みにく》いものを嫌うのは人情だが、それでは天子はつとまらないらしい。帝王の色好みは美醜の差別をしない、ということか。
ともかく、王権は永遠だが王には寿命がある、ということだろう。天皇霊は永遠不滅だが、人間天皇には命の限りがある。この両者をきっちり区別することを教えている。

サクヤビメは、疑いを晴らすために火中で出産するという危険をおかす。このウケイ（誓約）によって三人の御子《みこ》が生まれたが、火中だったからホデリ・ホスセリ・ホオリのホはいずれも火の意である。

それが、末子のホオリの別名、ホホデミのホだけは稲穂《いなほ》の穂に変わる。つまり、この末子だけが皇位を相続する資格をもっているのだ。

## ◆ホオリ、兄《あに》ホデリの釣《つ》り針《ばり》を失《うしな》う――海幸《うみさち》・山幸《やまさち》と海《うみ》の宮訪問《みやほうもん》

兄《あに》ホデリ（海幸彦《うみさちひこ》）は海《うみ》で漁猟《ぎょりょう》に従《したが》い、弟《おとうと》ホオリ（山幸彦《やまさちひこ》）は山《やま》で狩《しゅ》猟《りょう》に励《はげ》んでいた。ある時《とき》、ホオリが兄《あに》のホデリに、「お互《たが》いに獲物《えもの》を取《と》る道具《どうぐ》、釣《つ》り針《ばり》と弓矢《ゆみや》を交換《こうかん》してみませんか」と三度《さんど》言葉《ことば》をかけたが、兄《あに》は誘《さそ》いに応《おう》じようとしなかった。だが、あきらめず交渉《こうしょう》を重《かさ》ねた結果《けっか》、ようやく釣《つ》り針《ばり》と弓矢《ゆみや》を交換《こうかん》することができた。

さっそくホオリは海《うみ》の獲物《えもの》を取《と》る釣《つ》り道具《どうぐ》で魚《さかな》を釣《つ》ったが、まるで一匹《いっぴき》の魚《さかな》もかからなかった。そればかりか、借《か》りた釣《つ》り針《ばり》まで海中《かいちゅう》に落《お》としてしまった。

当然《とうぜん》、兄《あに》のホデリは貸《か》した釣《つ》り針《ばり》を請求《せいきゅう》して、「山《やま》の獲物《えもの》も道具《どうぐ》しだい、海《うみ》の獲物《えもの》も道具《どうぐ》しだい。やはり自分《じぶん》の道具《どうぐ》が一番《いちばん》だ。さあ、お互《たが》い借《か》りた道具《どうぐ》を元《もと》どおり返《かえ》そうじゃないか」と迫《せま》った。

その言葉《ことば》にホオリは、「兄《にい》さんの釣《つ》り針《ばり》は、一匹《いっぴき》も魚《さかな》が釣《つ》れないまま、

とうとう海《うみ》の中《なか》に落《お》としてしまいました」と謝《あやま》った。しかし、ホデリは許《ゆる》さず、返《かえ》せと強《つよ》く責《せ》めたてた。
そこで、困《こま》ったホオリは、腰《こし》の長剣《ちょうけん》を砕《くだ》いて五百本《ごひゃっぽん》の釣《つ》り針《ばり》を作《つく》り、弁《べん》償《しょう》した。しかし、ホデリは受《う》け取《と》らない。さらに千本《せんぼん》の釣《つ》り針《ばり》を作《つく》って弁《べん》償《しょう》したが、これも受《う》け取《と》らない。「やはり、もとの釣《つ》り針《ばり》でなくてはだめだ」の一点張《いってんば》りだった。

❖故火照命《かれほでりのみこと》は、海佐知毗古《うみさちびこ》と為《し》て、鰭《はた》の広物《ひろもの》・鰭《はた》の狭物《さもの》を取《と》り、火遠理命《ほをりのみこと》は山《やま》佐知毗古《さちびこ》と為《し》て、毛《け》の麁物《あらもの》・毛《け》の柔物《にこもの》を取《と》りたまひき。爾《ここ》に火遠理命《ほをりのみこと》、其《そ》の兄《いろせ》火照命《ほでりのみこと》に、「おのもおのも幸《さち》相易《かへ》て用《もち》ゐむ」と謂《い》ひて、三度《みたび》乞《こ》はししかども、許《ゆる》さざりき。然《しか》れども遂《つひ》に纔《わづ》かに得《え》相易《か》へたまひき。爾《ここ》に火遠理命《ほをりのみこと》、海《うみ》さちを以《も》ちて魚《な》釣《つ》らすに、都《ふつ》に一《ひと》つの魚《な》だに得《え》ず、亦其《またそ》の鉤《つりばり》をも海《うみ》に失《うしな》ひたまひき。是《ここ》に其《そ》の兄火照命《いろせほでりのみこと》其《そ》の鉤《はり》を乞《こ》ひて曰《い》はく、「山《やま》さちも己《おの》のさちさち。海《うみ》さちも己《おの》のさちさち。今《いま》はおのもおのもさち返《かへ》さむ」と謂《い》ふ時《とき》に、其《そ》の弟《いろと》火遠理命《ほをりのみこと》答《こた》へて曰《い》はく、「汝《みまし》の鉤《はり》は、魚《な》釣《つ》りしに一《ひと》つの魚《な》だに得《え》ず、遂《つひ》に海《うみ》に失《うしな》ひつ」とまをしたまへども、其《そ》の兄《いろせ》強《あなが》ちに乞《こ》ひ徴《はた》りき。故《かれ》其《そ》の弟《いろと》、御佩《みは》かせる十拳剣《とつかのつるぎ》を破《やぶ》りて、五百鉤《いほはり》を作《つく》りて、償《つぐの》ひたまへども、取《と》らず。亦《また》一千鉤《ちはり》を作《つく》りて、償《つぐの》ひたまへども、受《う》けずして、「猶《なほ》其《そ》の正本《もと》の鉤《はり》を得《え》む」と云《い》ひき。

途方《とほう》にくれたホオリは、海辺《うみべ》にたたずみながら泣《な》き悲《かな》しんでいた。そこへ、潮路《しおじ》をつかさどる神《かみ》シオツチの翁《おきな》がやって来《き》て、「どうしてソラツヒコ（太子《たいし》）ともあろう方《かた》がめそめそしておいでかな、いったいどうなさった」と尋《たず》ねた。

ホオリは、「ぼくの弓矢《ゆみや》と兄《にい》さんの釣《つ》り針《ばり》と交換《こうかん》したんだが、その釣《つ》り針《ばり》をなくしてしまったんだ。兄《にい》さんがどうしても釣《つ》り針《ばり》を返《かえ》せというから、たくさん釣《つ》り針《ばり》を作《つく》って弁償《べんしょう》したんだ。でも、兄《にい》さんはそれを受《う》け取《と》らず、

『やはりもとの釣《つ》り針《ばり》を返《かえ》せ』といって聞《き》かないんだよ。それで、泣《な》いているのさ」とため息《いき》まじりに答《こた》えた。

これを聞《き》いて、シオツチは、「じゃあ、私《わたし》が御子《みこ》のために、よい策《さく》を考《かんが》えてさしあげましょう」と引《ひ》き受《う》けた。そして、さっそく、隙間《すきま》なく固《かた》く編《あ》んだ竹製《たけせい》の小舟《こぶね》を造《つく》り、それにホオリを乗《の》せた。

「私《わたし》がこの舟《ふね》を押《お》し流《なが》しますので、ほんのしばらくそのまま進《すす》みなさい。きっとよい潮路《しおじ》（海流《かいりゅう》）にぶつかります。そうしたら、そのまま潮路《しおじ》に乗《の》って海中《かいちゅう》を進《すす》みなさい。

やがて、魚《さかな》の鱗《うろこ》のように棟続《むねつづ》きのりっぱな御殿《ごてん》が見《み》えてきます。それが海神《かいじん》ワタツミの宮殿《きゅうでん》です。その宮殿《きゅうでん》の門《もん》に着《つ》きますと、門《もん》の傍《そば》に井戸《いど》があります。井戸《いど》のほとりには聖《せい》なる桂《かつら》の木《き》が立《た》っています。その桂《かつら》の木《き》に登《のぼ》っていらっしゃれば、海神《かいじん》の娘《むすめ》があなたを見《み》て、相談《そうだん》にのってくれますよ」と、ていねいに教《おし》えた。

❖是《ここ》に其《そ》の弟《いろと》、泣《な》き患《うれ》へて海辺《うみべた》に居《ゐ》ましし時《とき》に、塩椎神《しほつちのかみ》来《き》て問《と》ひて曰《い》はく、「何《いか》にぞ虚空津日高《そらつひこ》の泣《な》き患《うれ》へたまふ所由《ゆゑ》は」ととへば、答曰《こた》へたまはく、「我《あれ》、兄《いろせ》と鉤《つりばり》を易《か》へて、其《そ》の鉤《はり》を失《うしな》ひつ。是《ここ》に其《そ》の鉤《はり》を乞《こ》へば、多《あまた》の鉤《はり》を償《つぐの》へども、受《う》けずて、『猶《なほ》其《そ》の本《もと》の鉤《はり》を得《え》む』と云《い》ふ。故《かれ》泣《な》き患《うれ》ふ」とのりたまひき。爾《ここ》に塩椎神《しほつちのかみ》、「我《あれ》、汝《な》が命《みこと》の為《ため》に、善《よ》き議作《ことはかりせ》む」と云《い》ひて、即《すなは》ち間《ま》无《な》し勝間《かつま》の小船《をぶね》を造《つく》りて、其《そ》の船《ふね》に載《の》せまつりて、教《をし》へて曰《まを》さく、「我《あれ》、其《そ》の船《ふね》を押《お》し流《なが》さば、差暫《ややしま》し往《い》でまさば、味《うま》し御路《みち》有《あ》らむ。乃《すなは》ち其《そ》の道《みち》に乗《の》りて往《い》でましなば、魚鱗《いろこ》の如《ごと》造《つく》れる宮室《みや》、其《そ》れ綿津見神《わたつみのかみ》の宮《みや》なり。其《そ》の神《かみ》の御門《みかど》に到《いた》りたまはば、傍《かた》への井《ゐ》の上《へ》に湯津香木《ゆつかつら》有《あ》らむ。故《かれ》其《そ》の木《き》の上《うへ》に坐《ましま》さば、其《そ》の海神《わたのかみ》の女《むすめ》、見《み》て相議《はか》らむ者《もの》ぞ」とをしへまつりき。

そこで、教《おし》えられたとおりに少《すこ》し進《すす》むと、すべてシオツチの言葉《ことば》どおりだった。海神《かいじん》の宮殿《きゆうでん》に着《つ》くや、すぐに桂《かつら》の木《き》に登《のぼ》って、娘《むすめ》が現《あらわ》れるのを待《ま》った。

まもなく海神《かいじん》の娘《むすめ》トヨタマビメ（豊玉姫《とよたまびめ》）の侍女《じじょ》が美《うつく》しい瓶《かめ》を持《も》って現《あらわ》れた。侍女《じじょ》が井戸《いど》の水《みず》を汲《く》もうとすると、水面《すいめん》に光《ひか》り輝《かがや》く人影《ひとかげ》が映《うつ》っている。驚《おどろ》いて上《うえ》を見上《みあ》げると、桂《かつら》の木《き》の上《うえ》に美《うつく》しい男《おとこ》がいるので、とても不《ふ》思議《しぎ》に思《おも》った。

桂《かつら》の木《き》に登《のぼ》っていたホオリは侍女《じじょ》を見《み》て、「水《みず》がほしい」と声《こえ》をかけた。侍女《じじょ》はすぐに水《みず》を汲《く》むと、瓶《かめ》に入《い》れて差《さ》し上《あ》げた。それを受《う》け取《と》ったホオリは、水《みず》を飲《の》まないで、首飾《くびかざ》りの玉《たま》を緒《お》からはずして口《くち》に含《ふく》み、瓶《かめ》の中《なか》に吐《は》き入《い》れた。

その玉《たま》は瓶《かめ》にくっついて、侍女《じじょ》は玉《たま》を引《ひ》き離《はな》すことができない。侍女《じじょ》は、しかたなく玉《たま》をつけたままの瓶《かめ》を、トヨタマビメに差《さ》し出《だ》した。

❖故教《かれをし》へし随《まにま》に、少《すこ》し行《い》でましけるに、備《つぶ》さに其《そ》の言《こと》の如《ごと》くなりき。即《すなは》ち其《そ》の香木《かつら》に登《のぼ》りて坐《まし》ます。

爾《ここ》に海神《わたのかみ》の女豊玉毘売《むすめとよたまびめ》の従婢《まかだち》、玉器《たまもひ》を持《も》ちて、水酌《みづく》まむとする時《とき》に、井《ゐ》に光有《かげあ》り。仰《あふ》ぎ見《み》れば、麗《うるは》しき壮夫《をとこ》有《あ》り。甚異《いとあや》奇しと以為《おも》ひき。

爾《ここ》に火遠理命《ほをりのみこと》、其《そ》の婢《まかだち》を見《み》て、「水《みづ》を得欲《たま》へ」と乞《こ》ひたまふ。婢乃《まかだちすなは》ち水《みづ》を酌《く》みて、玉器《たまもひ》に入《い》れて貢進《たてまつ》る。爾《ここ》に水《みづ》を飲《の》まさずして、御頸《みくび》の璵《たま》を解《と》かして、口《みくち》に含《ふふ》みて其《そ》の玉器《たまもひ》に唾《つば》き入《い》れたまひき。

是《ここ》に其《そ》の璵《たま》、器《もひ》に著《つ》きて、婢璵《まかだちたま》をえ離《はな》たず、故璵著《かれたまつ》き任《なが》らにして豊玉毗売命《とよたまびめのみこと》に進《たてまつ》りき。


トヨタマビメはその玉《たま》を見《み》て、侍女《じじょ》に「もしかして、どなたか門《もん》の外《そと》に人間《にんげん》がいるのではないの」と尋《たず》ねた。

侍女《じじょ》は、「人間《にんげん》がおりまして、井戸《いど》のほとりの桂《かつら》の木《き》の上《うえ》に登《のぼ》っていました。とっても美男《びなん》な方《かた》です。姫《ひめ》さまのお父上《ちちうえ》、海神《かいじん》の大殿《おおとの》さまにも勝《まさ》ってすてきな方《かた》ですわ。その方《かた》が水《みず》をほしいと言《い》うので差《さ》し上《あ》げますと、水《みず》を飲《の》まずに玉《たま》を瓶《かめ》の中《なか》に吐《は》き入《い》れたのです。ところが、どうしても玉《たま》を引《ひ》き離《はな》すことができません。それでそのままお持《も》ちしたというわけです」と答《こた》えた。

トヨタマビメは不思議《ふしぎ》に思《おも》い、門《もん》の外《そと》に出《で》て見《み》て、たちまちホオリの美《び》貌《ぼう》に一目《ひとめ》惚《ぼ》れしてしまった。互《たが》いに見交《みか》わす顔《かお》と顔《かお》、激《はげ》しく情熱《じょうねつ》を交《か》わした後《のち》、トヨタマビメは父《ちち》の海神《かいじん》ワタツミに、「門《もん》のところにとてもりっぱな方《かた》がいます」と伝《つた》えた。

娘《むすめ》の言葉《ことば》を確《たし》かめるため、父神《ちちがみ》はみずから門《もん》の外《そと》に出《で》て男《おとこ》を見《み》た。

「この方《かた》はアマツヒコ（天孫《てんそん》）の御子《みこ》のソラツヒコ（太子《たいし》）でいらっしゃる」と驚《おどろ》いて、すぐに宮殿《きゅうでん》に招《まね》いた。珍《めずら》しい海驢《あしか》の皮《かわ》の敷物《しきもの》を何枚《なんまい》も敷《し》き重《かさ》ね、その上《うえ》に絹《きぬ》の敷物《しきもの》を何枚《なんまい》も重《かさ》ねて、ホオリを座《すわ》らせた。たくさんの結納品《ゆいのうひん》を用意《ようい》し、豪華《ごうか》な食事《しょくじ》でもてなして、娘《むすめ》のトヨタマビメと結婚《けっこん》させた。

こののち、ホオリは三年《さんねん》の間《あいだ》、海神《かいじん》の宮殿《きゅうでん》でトヨタマビメと結婚生活《けっこんせいかつ》を送《おく》った。

❖爾《ここ》に其《そ》の璵《たま》を見《み》て、婢《まかだち》に問《と》ひて曰《い》はく、「若《も》し門《かど》の外《と》に人有《ひとあ》りや」ととひしかば、答《こた》へて曰《い》はく、「人有《ひとあ》りて、我《あ》が井《ゐ》の上《へ》の香木《かつら》の上《うへ》に坐《いま》す。甚麗《いとうるは》しき壮夫《をとこ》なり。我《あ》が王《きみ》にも益《まさ》りて甚貴《いとたふと》し。故其《かれそ》の人水《ひとみづ》を乞《こ》はしつ。故水《かれみづ》を奉《たてまつ》りしかば、水《みづ》を飲《の》まさずて、此《こ》の璵《たま》を唾《つば》き入《い》れつ。是《これ》え離《はな》たざれば、入《い》れし任《まにま》に将《も》ち来《き》て献《たてまつ》る」とまをしき。

爾《ここ》に豊玉毗売命《とよたまびめのみこと》、奇《あや》しと思《おも》ほして、出《い》で見《み》て乃《すなは》ち見感《め》でて、目合《まぐはひ》して、其《そ》の父《ちち》に、白《まを》して曰《い》はく、「吾《あ》が門《かど》に麗《うるは》しき人有《ひとあ》り」とまをしたまひき。

爾《ここ》に海神自《わたのかみみづか》ら出《い》で見《み》て、「此《こ》の人《ひと》は、天津日高《あまつひこ》の御子《みこ》、虚空津日高《そらつひこ》なり」と云《い》ひて、即《すなは》ち内《うち》に率《ゐ》て入《い》れまつりて、みちの皮《かは》の畳八重《たたみやへ》を敷《し》き、亦絁畳八重《またきぬだたみやへ》を其《そ》の上《うへ》に敷《し》きて、其《そ》の上《うへ》に坐《ま》せまつりて、百取《ももとり》の机代《つくゑしろ》の物《もの》を具《そな》へて、御饗《みあへ》為《し》て、即《すなは》ち其《そ》の女豊玉毗売《むすめとよたまびめ》に婚《あ》はせまつりき。

故三年《かれみとせ》に至《いた》るまで、其《そ》の国《くに》に住《す》みたまひき。

✻『古事記』の中でもっとも文学の香り高い物語として有名な章段である。たんなる兄弟争いのように見えるが、真のねらいは王権の拡張にある。

先代のニニギは山神の娘と結婚して山の支配権を獲得したので、当代のホホデミは海神の娘と結婚して海の支配権を獲得する必要があった。この二つが揃《そろ》って、国土の支配権は万全なものとなるからだ。

しかも、山神は地の神であり、海神は水の神でもあったから、五穀豊穣のためには絶対に必要な神々である。ホノニニギが穀神の名であることを思い起こせば、地と水の必要性を納得できよう。

これを、天と海山《うみやま》との荘厳《そうごん》なる聖婚にたとえることもできよう。海山の神霊に守護された天子こそは「豊葦原《とよあしはら》の瑞穂《みずほ》の国《くに》」の真正なる支配者である。

＊＊＊＊＊＊＊＊＊＊＊＊

蜜月《みつげつ》の三年《さんねん》が過《す》ぎたある日《ひ》、ホオリは自分《じぶん》が海《うみ》の宮《みや》に来《き》た目的《もくてき》を思《おも》い出《だ》して、思《おも》わずため息《いき》をもらした。すっかり釣《つ》り針《ばり》の一件《いっけん》を忘《わす》れていたのだった。

ため息《いき》を聞《き》きつけたトヨタマビメは心配《しんぱい》し、娘《むすめ》から事情《じじょう》を聞《き》いたワタツミは、婿《むこ》のホオリから釣《つ》り針《ばり》の一件《いっけん》を詳《くわ》しく聞《き》きただした。

海神《かいじん》ワタツミはすべての魚類《ぎょるい》を招集《しょうしゅう》して、釣《つ》り針《ばり》を喉《のど》に刺《さ》した赤鯛《あかだい》を

＊＊＊＊＊＊＊＊＊＊＊＊

＊＊＊＊＊＊＊＊＊＊＊＊＊＊＊＊＊＊＊＊＊＊＊＊＊＊＊＊

割《わ》り出《だ》した。その上《うえ》で、兄《あに》を懲《こ》らしめる秘策《ひさく》と、呪力《じゅりょく》のある二《ふた》つの珠《たま》（塩盈珠《しおみつたま》・塩乾珠《しおひるたま》）をホオリに授《さず》けた。そののち、高速《こうそく》で泳《およ》ぐ鰐鮫《わにざめ》の首《くび》に乗《の》って、ホオリはたった一日《いちにち》で地上《ちじょう》の国《くに》（葦原《あしはら》の中《なか》つ国《くに》）に戻《もど》った。

帰国《きこく》したホオリは、海神《かいじん》の指示《しじ》どおりに行動《こうどう》して、兄《あに》をさんざんに懲《こ》らしめた。兄《あに》は哀願《あいがん》して従者《じゅうしゃ》になることを誓《ちか》った。以来《いらい》、兄《あに》ホデリの子《し》孫《そん》の隼人《はやと》は、溺《おぼ》れる演技《えんぎ》で宮廷《きゅうてい》に仕《つか》えてきた。

しばらくあって、海神《かいじん》の娘《むすめ》トヨタマビメは、ホオリの子《こ》を出産《しゅっさん》するために、海《うみ》の宮《みや》から夫《おっと》の治《おさ》める地上《ちじょう》の国《くに》へ向《む》かった。上陸《じょうりく》したヒメは海辺《うみべ》に産室《さんしつ》を設《もう》け、異類《いるい》である自分《じぶん》の出産《しゅっさん》する姿《すがた》をのぞかないように夫《おっと》に約《やく》束《そく》させた。だが、禁《きん》を破《やぶ》ってホオリがのぞき見《み》すると、産室《さんしつ》の中《なか》で巨大《きょだい》な鰐鮫《わにざめ》がのたうちまわっていた。

醜《みにく》い姿《すがた》を見《み》られたと知《し》ったヒメは、海《うみ》の宮《みや》と地上《ちじょう》を往来《おうらい》する夢《ゆめ》をあきらめ、傷心《しょうしん》のうちに海《うみ》の国《くに》へ帰《かえ》っていった。生《う》まれた子《こ》はアマツヒコヒコナギサタケウガヤフキアエズと命名《めいめい》された。

＊＊＊＊＊＊＊＊＊＊＊＊＊＊＊＊＊＊＊＊＊＊＊＊＊＊＊＊

＊＊＊＊＊＊

このウガヤフキアエズが叔母《おば》タマヨリビメ（玉依姫《たまよりびめ》。トヨタマビメの妹《いもうと》）と結婚《けっこん》して、生《う》まれた四人《よにん》の御子《みこ》の末子《すえつこ》がカムヤマトイワレビコ（神武《じんむ》天皇《てんのう》）である。

＊＊＊＊＊＊

## 天孫降臨系図

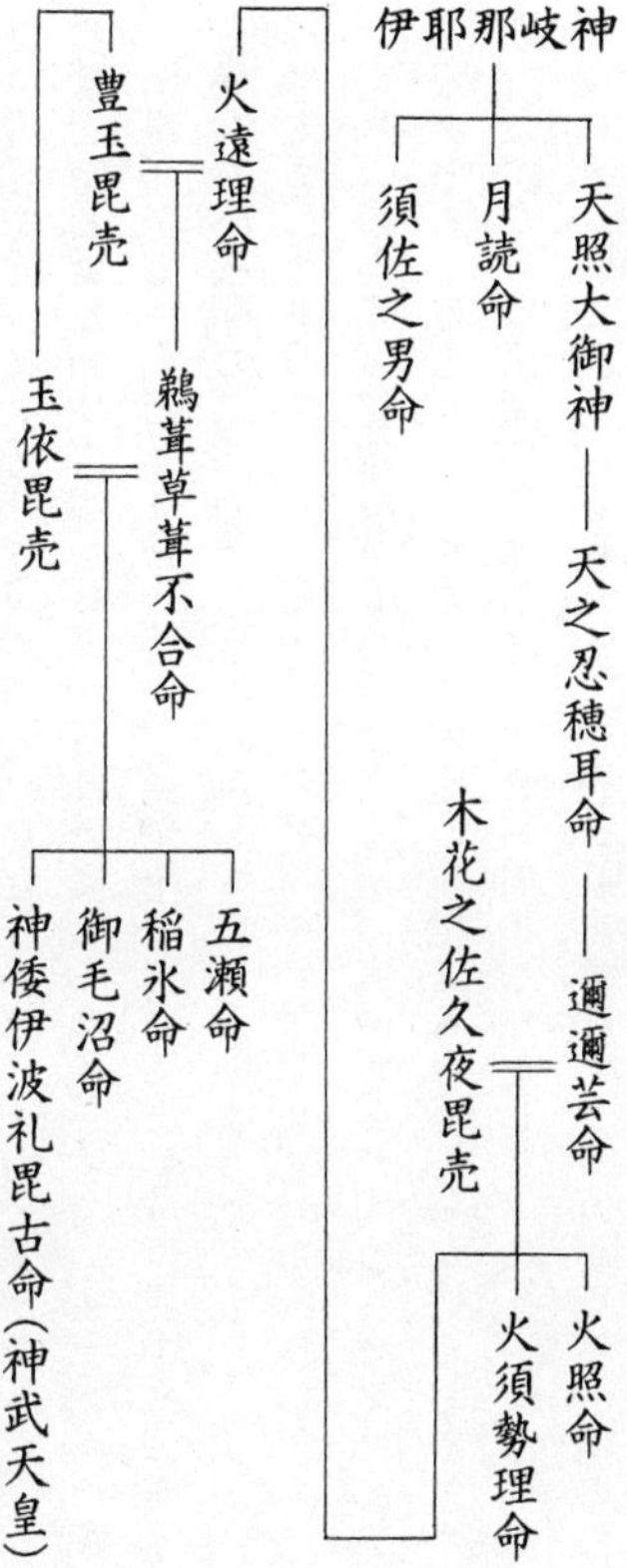

✻この海の宮訪問の物語には、「玉」がばらまかれている。トヨタマビメ・タマヨリビメ・赤玉・白玉・塩盈珠《しおみつたま》・塩乾珠《しおひるたま》など。タマは「魂」でもあるから、兄に責めたてられて、すっかり落ち込んでいるホオリの魂を活性化するには十分効果があった。「見るな」の禁《タブー》を犯したために夫婦が離婚するはめになるのは、すでにイザナキの黄泉《よみ》の国《くに》訪問に前例がある。女が禁を言い渡し、男がそれを破るという世界中に分布する神話だが、異なる部族間の結婚の難しさを暗示しているかのようだ。

しかし、謎《なぞ》は生まれた子の名アマツヒコヒコナギサタケウガヤフキアエズにある。アマツヒコヒコは天の日子、皇位継承者の意であるが、次のナギサタケウガヤフキアエズは、文字どおりに受けとれば、鵜《う》の羽で産屋の屋根を葺《ふ》き終わらないうちに生まれた意となる。ただならぬ出産の事態をそのまま名前にしたらしい。

ホなどの穀物にかかわる語を命名に用いる慣習からも、ひとり外れている。その理由は何なのか。ほんらいなら初代の天皇に即位するはずだったが、こうした生まれ方を嫌い、あのイザナキ・イザナミの聖婚の例にならって、やりなおしたものか。

アマツヒコヒコナギサタケウガヤフキアエズはトヨタマビメの妹で乳母《めのと》のタマヨリビメと結婚して、名実ともに初代天皇であるカムヤマトイワレビコを生んだ。ちょうど神代と人代との中継ぎ役をつとめたことになる。

★「鰐《わに》」は「鰐（爬虫類《はちゅうるい》）」ならず、「鰐鮫《わにざめ》（魚類《ぎょるい》）」なり

鋭い歯をもつ大型の鮫《さめ》に鰐を連想して鰐鮫と言った。山陰地方特有の呼び名で、単に鰐ともいう。関西以南では鱶《ふか》と呼ぶことが多い。

鮫を海神の使者とする伝説があり、海神の宮殿で三年の歳月を送ったホオリ（山幸彦《やまさちびこ》）が、快速艇よろしく大きな鰐鮫の首に乗って、海底から地上に一日で帰還する場面がある（一二二ページ）。この鮫をサイモチ（佐比持《さいもち》）の神というが、サイとは刀剣のことで、鮫の鋭い歯に畏敬の念をもった尊称である。

また、トヨタマビメが巨大な鰐に変身して出産する場面があり、この鰐は爬虫類としたがる向きもあるが、海神の娘なのだから鰐鮫と考えるのが自然である。

『肥前国風土記《ひぜんのくにふどき》』では、海神の鰐鮫が姫君のもとに通ってくるし、ハワイでは漁師の守護神だとか。こうなると、恐

鰐鮫

怖をこえて、あがめたてまつっているといえる。

日本刀の柄《つか》や鞘《さや》に鮫皮を飾るのも、滑《すべ》り止めの実用性だけではなく、鮫の威力にあやかろうとしたのだ。

その一方、『出雲国風土記《いずものくにふどき》』には、娘を食われて復讐《ふくしゅう》の念に燃え、神に祈願したところ、鰐たちが集まって犯人の鰐鮫を教えたので、怨《うら》みを晴らすことができたという話が載っている。当時の出雲地方には鰐鮫が多く生息し、被害者も多かったのだろう。赤褌《あかふん》や長い六尺《ろくしゃく》褌《ふんどし》が鮫よけになるというのは俗信にすぎない。

ちなみに、日本は鮫を最もよく利用する国といわれる。鰭《ひれ》がお馴染《なじ》みのフカヒレとして輸出されるほか、肉は蒲鉾《かまぼこ》などに加工される。

## ◈カムヤマトイワレビコを先導《せんどう》した神使《しんし》の八《や》咫烏《たがらす》――神武《じんむ》東征《とうせい》

＊＊＊＊＊＊＊＊＊＊＊＊＊＊＊＊＊＊＊＊＊＊

カムヤマトイワレビコは、天下《てんか》平定《へいてい》のため兄《あに》イツセとともに、東方《とうほう》へ進発《しんぱつ》することを決意《けつい》した。日向《ひむか》（九州東南部《きゅうしゅうとうなんぶ》）を出《で》て宇沙《うさ》（大分県宇佐《おおいたけんうさ》市《し》。宇佐神宮《うさじんぐう》）・岡田《おかだ》の宮《みや》（福岡県遠賀郡《ふくおかけんおんがぐん》）・多祁理《たけり》の宮《みや》（広島県《ひろしまけん》。不明《ふめい》）・高島《たかしま》の宮《みや》（岡山市宮浦《おかやましみやうら》。不明《ふめい》）を帰属《きぞく》させながら東上《とうじょう》を続《つづ》けた。明石海峡《あかしかいきょう》を渡《わた》るときには、水先案内《みずさきあんない》をつとめたサオネツヒコを功臣《こうしん》に加《くわ》えた。

白肩《しらかた》の津《つ》（東大阪市日下町《ひがしおおさかしくさかちょう》の港《みなと》）に軍船《ぐんせん》を停泊《ていはく》させたとき、登美《とみ》（奈《な》良市《らし》）のナガスネビコの軍勢《ぐんぜい》に待《ま》ち伏《ぶ》せされ、激《はげ》しい攻防戦《こうぼうせん》を展開《てんかい》した。この戦闘《せんとう》で、南方《なんぽう》からの迂回作戦《うかいさくせん》のさなか、軍旅《ぐんりょ》をともにした勇猛《ゆうもう》な兄《あに》イツセを失《うしな》った。

その後《のち》、兄《あに》の仇敵《きゅうてき》ナガスネビコ軍《ぐん》は、大和《やまと》（奈良県《ならけん》）に進出《しんしゅつ》したイワレビコの親衛部隊《しんえいぶたい》クメベによって殲滅《せんめつ》され、神武《じんむ》東征《とうせい》は完了《かんりょう》する。

＊＊＊＊＊＊＊＊＊＊＊＊＊＊＊＊＊＊＊＊＊＊

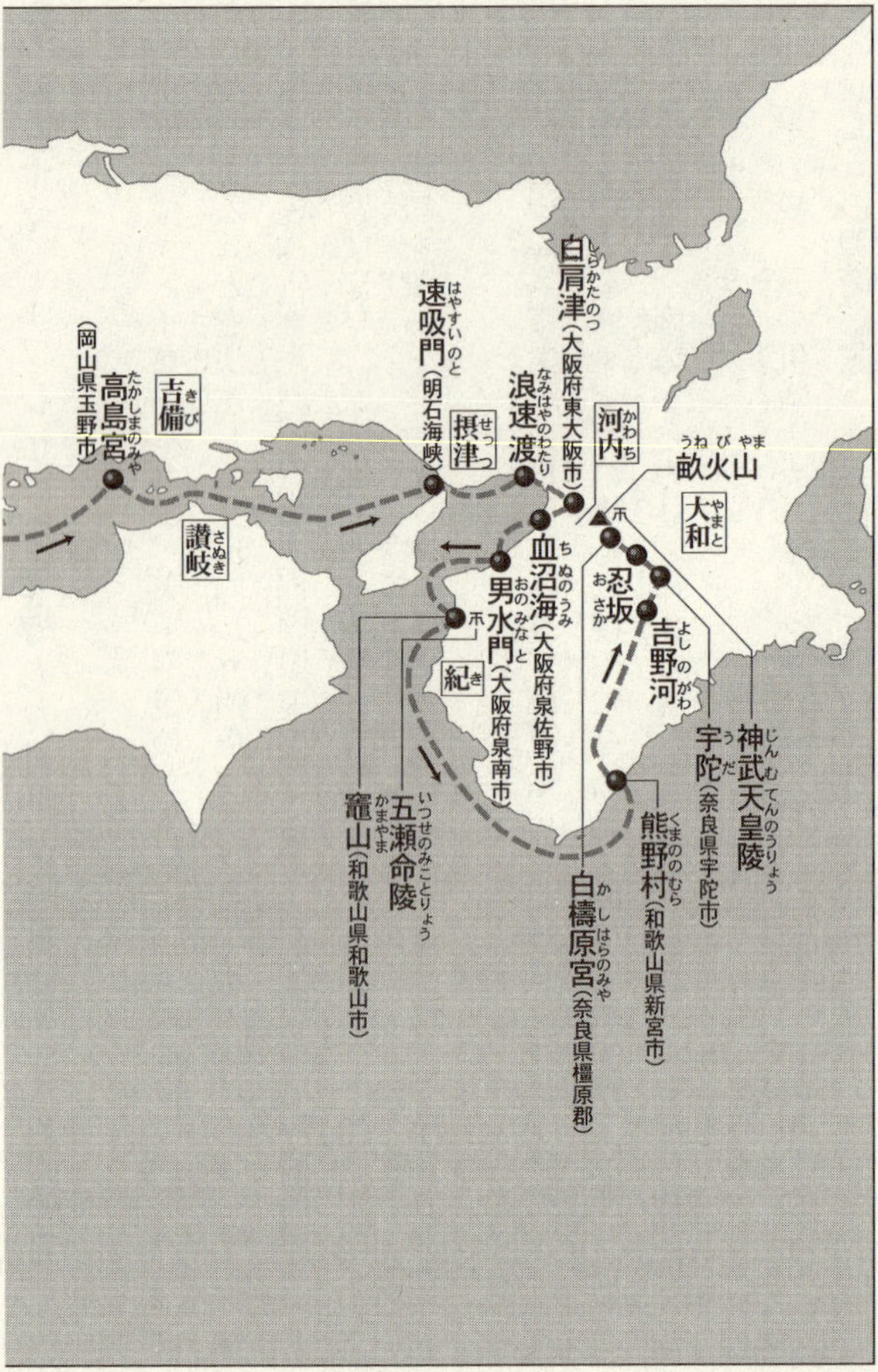

白肩津《しらかたのつ》（大阪府東大阪市）
速吸門《はやすいのと》（明石海峡）
高島宮《たかしまのみや》（岡山県玉野市）
吉備《きび》
摂津《せっつ》
浪速渡《なみはやのわたり》
河内《かわち》
畝火山《うねびやま》
大和《やまと》
讃岐《さぬき》
血沼海《ちぬのうみ》（大阪府泉佐野市）
男水門《おのみなと》（大阪府泉南市）
忍坂《おさか》
吉野河《よしのがわ》
紀《き》
宇陀《うだ》（奈良県宇陀市）
神武天皇陵《じんむてんのうりょう》
熊野村《くまののむら》（和歌山県新宮市）
白檮原宮《かしはらのみや》（奈良県橿原郡）
五瀬命陵《いつせのみことりょう》
竈山《かまやま》（和歌山県和歌山市）

## ■古事記による神武の東征路
（現代地名は推定地の一つ）

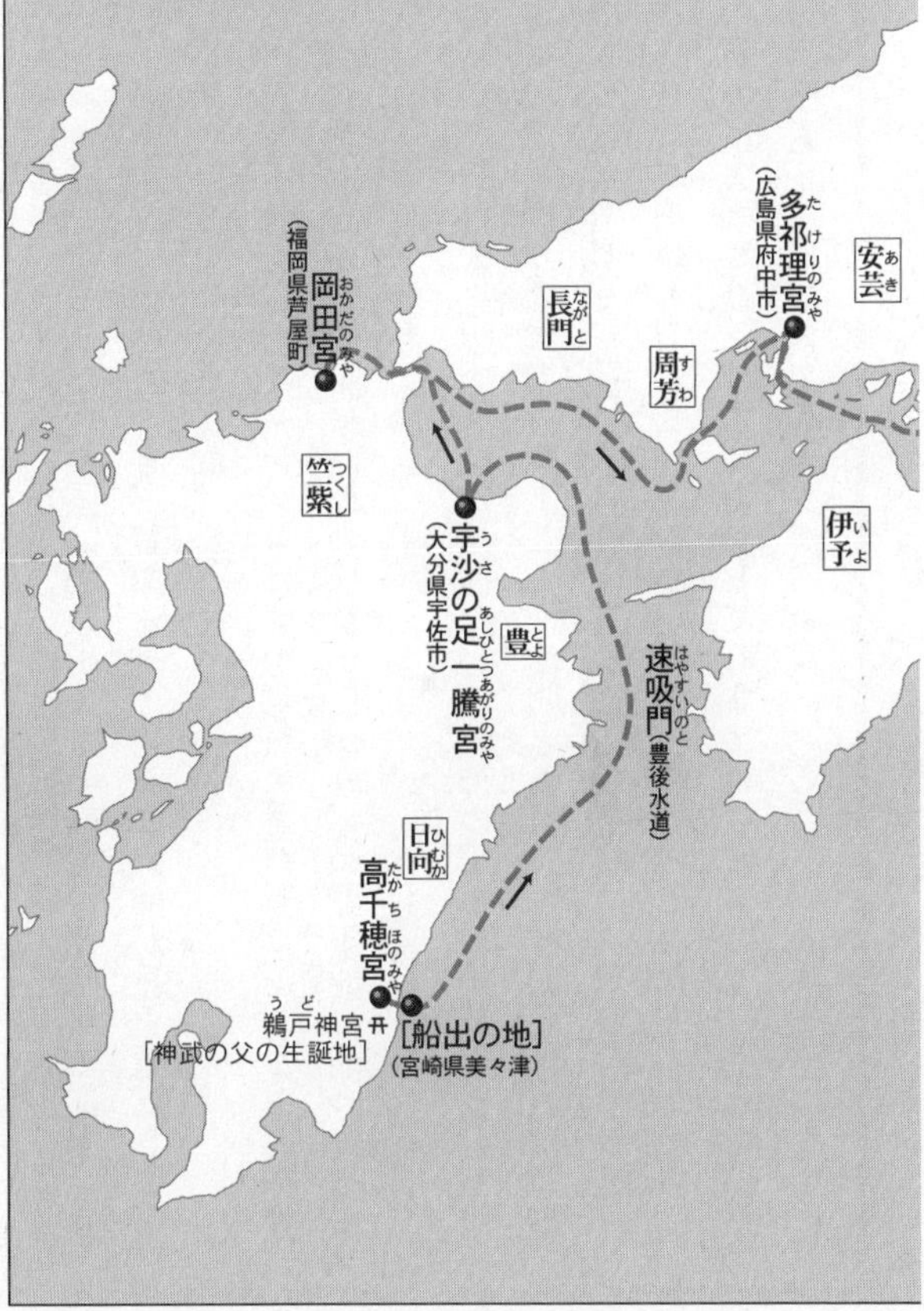

カムヤマトイワレビコが紀《き》の国《くに》（和歌山県《わかやまけん》）の南端《なんたん》を迂回《うかい》して進軍《しんぐん》、熊《くま》野《の》の村《むら》（新宮市《しんぐうし》）に入《はい》ったとき、荒《あら》ぶる神《かみ》の化身《けしん》の大熊《おおぐま》が見《み》え隠《かく》れしていたが、じきに行方《ゆくえ》をくらました。

ところが、それを見《み》たイワレビコは熊《くま》の毒気《どくけ》にあたり、たちまち心神喪《しんしんそう》失《しっ》して倒《たお》れた。しかも全軍《ぜんぐん》に同様《どうよう》の症状《しょうじょう》が広《ひろ》がり、戦闘不能《せんとうふのう》に陥《おちい》ってしまった。

この時《とき》、熊野《くまの》の人《ひと》タカクラジが、横《よこ》たわる天神《てんじん》の子《こ》イワレビコのもとにやって来《き》て、一振《ひとふ》りの大刀《たち》を献上《けんじょう》した。するとたちまちイワレビコは意識《いしき》を回復《かいふく》して起《お》き上《あ》がり、「長々《ながなが》と寝《ね》ていたものだなあ」と言《い》った。

イワレビコがその大刀《たち》を受《う》け取《と》るやいなや、熊野《くまの》の山《やま》の荒《あら》ぶる神《かみ》たちは、霊剣《れいけん》の威力《いりょく》によってひとりでに消滅《しょうめつ》してしまった。まもなく、倒《たお》れていた全軍《ぜんぐん》の兵士《へいし》も正気《しょうき》に戻《もど》って起《お》き上《あ》がった。

❖故神倭伊波礼毘古命《かれかむやまといはれびこのみこと》、其地《そこ》より廻《めぐ》り幸《い》でまして、熊野村《くまののむら》に到《いた》りましし時《とき》に、大《おほ》きなる熊《くま》、髪《くさ》より出《い》で入《い》りて即《すなは》ち失《う》せぬ。爾《ここ》に神倭伊波礼毘古命《かむやまといはれびこのみこと》倏忽《にはか》にをえまし、及御軍《またみいくさ》も皆《みな》をえて伏《ふ》しき。

此《こ》の時《とき》に熊野《くまの》の高倉下《たかくらじ》、一横刀《ひとふりのたち》を賷《も》ちて、天神《あまつかみ》の御子《みこ》の伏《こや》せる地《ところ》に到《いた》りて献《たてまつ》る時《とき》に、天神《あまつかみ》の御子《みこ》、即《すなは》ち寤《さ》め起《た》ちて、「長寝《ながい》しつるかも」と詔《の》りたまひき。

故其《かれそ》の横刀《たち》を受《う》け取《と》りたまふ時《とき》に、其《そ》の熊野山《くまのやま》の荒《あら》ぶる神自《かみおのづ》から皆切《みなき》り仆《たふ》さえき。爾《ここ》に其《そ》の惑《を》え伏《こや》せる御軍悉《みいくさことごと》に寤《さ》め起《た》ちき。

イワレビコが霊剣《れいけん》を入手《にゅうしゅ》したいきさつを尋《たず》ねると、タカクラジは、「私《わたし》はこんな夢《ゆめ》を見《み》たのでございます。アマテラス・タカギ（タカミムスヒ）の二《に》神《しん》が剣神《けんしん》タケミカズチをお呼《よ》びになって、『葦原《あしはら》の中《なか》つ国《くに》はいまだ政情不安定《せいじょうふあんてい》のようだ。地上《ちじょう》に降《くだ》った子孫《しそん》たちは心神喪失《しんしんそうしつ》しているらしい。葦原《あしはら》の中《なか》つ国《くに》はおまえ一人《ひとり》で平定《へいてい》した国《くに》である。だから、おまえが降《くだ》りなさい』と命《めい》じました。

これに対《たい》してタケミカズチは、『私《わたし》が降《くだ》らなくても、国《くに》を平定《へいてい》した大刀《たち》がありますので、この大刀《たち》を私《わたし》の代《か》わりに降《くだ》しましょう〔この大刀《たち》の名《な》はサジフツといい、別名《べつめい》ミカフツ、もう一《ひと》つの別名《べつめい》をフツノミタマという。この大刀《たち》は石上神宮《いそのかみじんぐう》に鎮座《ちんざ》している〕。この大刀《たち》を地上《ちじょう》に降《くだ》すには、タカクラジの屋敷《やしき》の倉《くら》の棟《むね》に穴《あな》をあけて、そこから落《お》とし入《い》れましょう』と答《こた》えました。

そして、私《わたし》タカクラジに向《む》かって、『朝起《あさお》きがけに、夢《ゆめ》で見《み》たとおりの大刀《たち》を発見《はっけん》したら、それを持参《じさん》して天神《てんじん》の子《こ》イワレビコに献上《けんじょう》しなさい』と命《めい》じました。それで、夢《ゆめ》のお告《つ》げどおり、翌朝《よくちょう》、私《わたし》の倉《くら》を見《み》ますと、確《たし》かにその大刀《たち》がありました。それで、この大刀《たち》を献上《けんじょう》するしだいです」

と説明《せつめい》した。

❖故《かれ》天神《あまつかみ》の御子《みこ》、其《そ》の横刀《たち》を獲《え》つる所由《ゆゑ》を問《と》ひたまひしかば、高倉下《たかくらじ》答《こた》へ曰《まを》さく、「己《おの》が夢《いめ》に云《い》はく、『天照大神《あまてらすおほみかみ》・高木神《たかぎのかみ》二柱《ふたはしら》の神《かみ》の命《みこと》以ちて、建御雷神《たけみかづちのかみ》を召《よ》びて詔《の》りたまはく、葦原中国《あしはらのなかつくに》はいたく騒《さや》ぎてありなり。我《わ》が御子《みこ》等不平《たちやくさ》み坐《ま》すらし。其《そ》の葦原中国《あしはらのなかつくに》は、専《もは》ら汝《いまし》が言向《ことむ》けつる国《くに》なり。故汝《かれいまし》建御雷神《たけみかづちのかみ》降《あも》らさね』とのりたまひき。

爾《ここ》に答《こた》へ曰《まを》さく、『僕《やつこ》降《あも》らずとも、専《もは》ら其《そ》の国《くに》を平《ことむ》けし横刀《たち》有《あ》れば、是《こ》の刀《たち》を降《くだ》さむ〔此《こ》の刀《たち》の名《な》は佐士布都神《さじふつのかみ》と云《い》ふ。亦《また》の名《な》は甕布都神《みかふつのかみ》と云《い》ふ。亦《また》の名《な》は布《ふ》都御魂《つのみたま》。此《こ》の刀《たち》は石上神宮《いそのかみのかむみや》に坐《ま》す〕。此《こ》の刀《たち》を降《くだ》さむ状《さま》は、高倉下《たかくらじ》が倉《くら》の頂《むね》を穿《うか》ちて、其《そこ》より堕《お》とし入《い》れむ。故《かれ》あさめよく汝《いまし》取《と》り持《も》ちて天神《あまつかみ》の御子《みこ》に献《たてまつ》れ』と、のりたまひき。

故夢《かれいめ》の教《をしへ》の如《まにま》、旦《あした》に己《おの》が倉《くら》を見《み》しかば、信《まこと》に横刀《たち》有《あ》りき。故是《かれこ》の横刀《たち》を以《も》ちて献《たてまつ》らくのみ」とまをしき。

さらにまた、タカギは夢《ゆめ》の中《なか》でイワレビコに、「天神《てんじん》の御子《みこ》よ。これ以《い》上《じょう》、奥《おく》に入《はい》ってはなりません。邪神《じゃしん》どもがたくさんおります。今《いま》、天上界《てんじょうかい》から八咫烏《やたがらす》を遣《つか》わします。その八咫烏《やたがらす》が道案内《みちあんない》をしますので、飛《と》んでいく後《うし》ろについて進《すす》みなさい」とさとした。

その教《おし》えのとおりに、八咫烏《やたがらす》の後《うし》ろをついて行《い》くと、吉野川《よしのがわ》の合流点《ごうりゅうてん》に着《つ》いた。そこに、筌《うえ》（細竹《ほそだけ》を編《あ》んだ筒型《つつがた》の道具《どうぐ》）をしかけて魚《さかな》を獲《と》っている人《ひと》がいた。天神《てんじん》の子《こ》イワレビコが「おまえは誰《だれ》か」と尋《たず》ねたところ、「私《わたし》は国《くに》の神《かみ》で、名《な》はニエモツの子《こ》と申《もう》します」と答《こた》えた〔これは阿陀《あだ》（五條市《ごじょうし》。阿田《あだ》）の鵜飼《うかい》の祖先《そせん》である〕。

また進《すす》むと、尾《お》のある人《ひと》が井戸《いど》の中《なか》から出《で》てきた。その井戸《いど》の水《みず》は光《ひか》っていた。「おまえは誰《だれ》か」と尋《たず》ねたところ、「私《わたし》は国《くに》の神《かみ》で、名《な》はイヒカと

八咫烏（三本足の烏）

武人埴輪（群馬県出土）東京国立博物館蔵

申《もう》します」と答《こた》えた〔これは吉野《よしの》の首《おびと》らの祖先《そせん》である〕。

そこから山《やま》に入《はい》ると、また尾《お》のある人《ひと》に出会《であ》った。この人《ひと》は岩《いわ》を押《お》し分《わ》けて出《で》てきた。「おまえは誰《だれ》か」と尋《たず》ねたところ、「私《わたし》は国《くに》の神《かみ》で、名《な》はイワオシワクの子《こ》と申《もう》します。今《いま》、天神《てんじん》の御子《みこ》がおいでになると聞《き》きましたので、お迎《むか》えに参《まい》りました」と答《こた》えた〔これは吉野《よしの》の国栖《くず》の祖先《そせん》である〕。

さらに、道《みち》なき道《みち》を踏《ふ》み越《こ》えて宇陀《うだ》（宇陀市《うだし》）に入《はい》った。この難渋《なんじゅう》した行軍《こうぐん》にちなみ、地名《ちめい》を宇陀《うだ》の穿《うがち》（菟田野区宇賀志《うたのくうかし》）とつけた。


❖是《ここ》に亦高木大神《またたかぎのおほかみ》の命《みこと》以《も》ちて、覚《さと》し白《まを》したまはく、「天神《あまつかみ》の御子《みこ》、此《これ》より奥《おく》つ方《かた》にな入《い》り幸《い》でまさしめそ。荒《あら》ぶる神甚多《かみいとさは》なり。今天《いまあめ》より八咫烏《やたがらす》を遣《つか》はさむ。故其《かれそ》の八咫烏《やたがらす》引道《みちび》きなむ。其《そ》の立《た》たむ後《しりへ》より幸行《い》でまさね」と、のりたまひき。

故其《かれそ》の教覚《みさとし》の随《まにま》に、其《そ》の八咫烏《やたがらす》の後《しりへ》より幸行《い》でまししかば、吉野河《えしののがは》の河尻《かはじり》に到《いた》りましき。時《とき》に筌《うへ》を作《う》ちて魚取《なと》る人有《ひとあ》り。爾《ここ》に天神《あまつかみ》の御子《みこ》、「汝《いまし》は誰《た》そ」と問《と》はしければ、答《こた》へ白《まを》さく、「僕《あ》は国神《くにつかみ》、名《な》は贄持之子《にへもつのこ》と謂《い》ふ」とまをしき〔此《こ》は阿《あ》陀《だ》の鵜養《うかひ》が祖《おや》なり〕。

其地《そこ》より幸行《い》でまししかば、尾生《をあ》る人《ひと》井《ゐ》より出《い》で来《く》。其《そ》の井光《ゐひかり》有《あ》り。爾《ここ》に、「汝《いまし》は誰《た》そ」と問《と》はしければ、答《こた》へ白《まを》さく、「僕《あ》は国神《くにつかみ》、名《な》は井氷鹿《ゐひか》と謂《い》ふ」とまをしき〔此《こ》は吉野首《えしののおびと》等《ら》が祖《おや》なり〕。

即《すなは》ち其《そ》の山《やま》に入《い》りまししかば、亦《また》尾生《をあ》る人《ひと》に遇《あ》へり。此《こ》の人《ひと》巌《いはほ》を押《お》し分《わ》けて出《い》で来《く》。爾《ここ》に、「汝《いまし》は誰《た》そ」と問《と》はしければ、答《こた》へ白《まを》さく、「僕《あ》は国神《くにつかみ》、名《な》は石押分《いはおしわく》之子《のこ》と謂《い》ふ。今天神《いまあまつかみ》の御子《みこ》幸行《い》でますと聞《き》きつ。故《かれ》、参向《まゐむ》かへまつらくのみ」とまをしき〔此《こ》は吉野国巣《えしののくず》が祖《おや》なり〕。

其地《そこ》より蹈《ふ》み穿《うか》ち越《こ》えて、宇陀《うだ》に幸《い》でましき。故《かれ》宇陀《うだ》の穿《うかち》といふ。

✽この神武東征の物語から神代を終えて人代に入る。人皇《じんのう》初代のカムヤマトイワレビコは勇躍、帝都建設にふさわしい土地を求めて東方へ軍を進めた。苦戦に耐えてついに大和《やまと》に入るまでを、挿話をつなぎながら描いた。

霊剣が威力を発揮したり、天上界から八咫烏の支援があったりする場面は、武神ならぬ神武天皇の戦記にふさわしい。

## ◆三輪《みわ》のオオモノヌシ、イクタマヨリビメに通《かよ》う——三輪山伝説《みわやまでんせつ》

＊＊＊＊＊＊＊＊＊＊＊＊＊

第十代崇神天皇《だいじゅうだいすじんてんのう》の御世《みよ》、流行病《はやりやまい》による死者《ししゃ》が国中《くにじゅう》にあふれた。憂慮《ゆうりょ》した天皇《てんのう》は神事《しんじ》を執《と》り行《おこな》い、夢《ゆめ》にオオモノヌシの神託《しんたく》を得《え》た。それによると、流行病《はやりやまい》はわが神意《しんい》によるもので、子孫《しそん》オオタタネコを神主《かんぬし》にして自分《じぶん》を祭《まつ》るならば、国《くに》は平穏《へいおん》を取《と》りもどすという。

さっそく神託《しんたく》をもとに、オオタタネコを探《さが》し出《だ》し、三輪山《みわやま》（奈良県《ならけん》桜井市《さくらいし》）にオオモノヌシを祭《まつ》るとともに、政府《せいふ》をあげて荘厳《そうごん》に神祭《かみまつ》りを奉仕《ほうし》した。その結果《けっか》、流行病《はやりやまい》は止《や》み、再《ふたた》び平安《へいあん》が訪《おとず》れた。

＊＊＊＊＊＊＊＊＊＊＊＊＊

オオタタネコがオオモノヌシの子孫《しそん》であることを言《い》い伝《つた》える話《はなし》にこんな物語《ものがたり》がある。

あのイクタマヨリビメは容姿端麗《ようしたんれい》な美人《びじん》だった。ところが、夜半《やはん》、すうっと鍵音《かぎおと》もたてずヒメの寝室《しんしつ》に忍《しの》び込《こ》んできた男《おとこ》がいた。見《み》れば、容姿《ようし》も

態度《たいど》も最高《さいこう》の男《おとこ》である。二人《ふたり》は一目《ひとめ》で相思《そうし》相愛《そうあい》の仲《なか》になり、親《おや》に秘密《ひみつ》の同《どう》棲生活《せいせいかつ》を始《はじ》めたが、まもなくヒメは妊娠《にんしん》してしまった。

当然《とうぜん》のことながら、娘《むすめ》の体《からだ》の異変《いへん》に気《き》づいた両親《りょうしん》は、「おまえは妊娠《にんしん》しているようだが、夫《おっと》もいないのに、どうしてそんな体《からだ》になったんだ」と問《と》いつめた。

「とてもすてきな方《かた》が現《あらわ》れて、名前《なまえ》も知《し》りませんが、毎夜《まいよ》、私《わたし》のもとに通《かよ》ってきて、いっしょに過《す》ごしているうちに、いつの間《ま》にかできてしまったの」とヒメは答《こた》えた。

返事《へんじ》を聞《き》いた両親《りょうしん》は、男《おとこ》の素姓《すじょう》を知《し》りたいと思《おも》い、娘《むすめ》に向《む》かって、「赤《あか》土《つち》を床《とこ》のあたりに撒《ま》き散《ち》らし、糸巻《いとまき》に巻《ま》いた麻糸《あさいと》を針《はり》に通《とお》し、その針《はり》を男《おとこ》の着物《きもの》の裾《すそ》に刺《さ》しておきなさい」と教《おし》えた。

娘《むすめ》は教《おし》えどおりにして、翌朝《よくあさ》、見《み》てみると、針《はり》に通《とお》した麻糸《あさいと》は戸《と》の鍵穴《かぎあな》から通《とお》り抜《ぬ》け、糸巻《いとまき》にはたった三輪《みわ》の麻糸《あさいと》だけが残《のこ》っている。これで、男《おとこ》が鍵穴《かぎあな》から抜《ぬ》け出《で》たことがわかった。その糸《いと》をたどって行《い》くと、三輪山《みわやま》に至《いた》り、神社《じんじゃ》で終《お》わっていた。
これが、オオタタネコを三輪《みわ》のオオモノヌシの子孫《しそん》とする系譜《けいふ》に伝《つた》わる話《はなし》である。
ちなみに、麻糸《あさいと》が糸巻《いとまき》に三輪《みわ》残《のこ》ったので、その土地《とち》を美和《みわ》（三輪《みわ》）と名《な》づけた〔このオオタタネコは神《みわ》の君《きみ》・鴨《かも》の君《きみ》の祖先《そせん》である〕。

❖此《こ》の意富多多泥古《おほたたねこ》と謂《い》ふ人《ひと》を、神《かみ》の子《こ》と知《し》れる所以《ゆゑ》は、上《かみ》に云《い》へる活玉依毗売《いくたまよりびめ》、其《そ》れ容姿《かほ》端正《きらきら》しかりき。是《ここ》に壮夫《をとこ》有《あ》りて、其《そ》の形姿《かたち》威儀《よそほひ》時《とき》に比無《たぐひな》きが夜半《さよなか》の時《とき》に倏忽《たちまち》到来《きた》り。故《かれ》相感《あひめ》でて共婚《まぐはひ》して、供住《す》める間《ほど》に、未《いま》だ幾時《いくだ》も経《あら》ねば、其《そ》の美人《をとめ》妊身《はら》みぬ。

爾《ここ》に父母《ちちはは》、其《そ》の妊《はら》める事《こと》を怪《あや》しみて、其《そ》の女《むすめ》に問《と》ひて曰《い》はく、「汝《いまし》は自《おのづ》から妊《はら》めり。夫无《ひこぢな》きに何由《いか》にかも妊《はら》める」といへば、答《こた》へて曰《い》はく、「麗美《うるは》しき壮夫《をとこ》の、其《そ》の姓名《な》も知《し》らぬが、夕毎《よごと》に到来《きた》りて供住《す》める間《ほど》に、自然《おのづ》からに懐妊《はら》みぬ」といひき。是《ここ》を以《も》ちて其《そ》の父母《ちちはは》、其《そ》の人《ひと》を知《し》らむと欲《おも》ひて、其《そ》の女《むすめ》に誨《をし》へて曰《い》はく、

「赤土《はに》を床《とこ》の前《へ》に散《ち》らし、へそ紡麻《を》を針《はり》に貫《ぬ》きて、其《そ》の衣《きぬ》の襴《すそ》に刺《さ》せ」とをしへき。故教《かれをし》へしが如《ごと》して、旦時《あした》に見《み》れば、針《はり》を著《つ》けたる麻《を》は、戸《と》の鉤穴《かぎあな》より控《ひ》き通《とほ》りて出《い》で、唯遺《ただのこ》れる麻《を》は、三勾《みわ》のみなりき。爾《ここ》に即《すなは》ち鉤穴《かぎあな》より出《い》でし状《さま》を知《し》りて、糸《いと》の従《まにま》に尋《たづ》ね行《ゆ》きしかば、美和山《みわやま》に至《いた》りて、神社《かみのやしろ》に留《とど》まりき。故其《かれそ》の神《かみ》の子《こ》なりとは知《し》りぬ。故其《かれそ》の麻《を》の三勾《みわ》遺《のこ》れるに因《よ》りて、其地《そこ》に名《な》づけて美和《みわ》と謂《い》ふなり〔此《こ》の意富多多泥古命《おほたたねこのみこと》は、神君《みわのきみ》・鴨君《かものきみ》が祖《おや》なり〕」。

✿三輪のオオモノヌシ（大物主神）は蛇神だったという話。

赤土を床に撒《ま》いたのは、邪霊を近づけないためだが、足跡を採るためでもある。しかし、オオモノヌシは邪霊ではなかったので赤土は役に立たず、また蛇体だったので足跡も残らなかった。

オオモノヌシにはもう一つ伝説がある。神武天皇《じんむ》の皇后はイスケヨリヒメだが、父はオオモノヌシだった。美人だったセヤダタラヒメを見初《みそ》め、赤い丹塗《にぬ》り矢《や》に変身して寝室に運び込まれ、元の男身に戻って結婚し、生まれたのがイスケヨリヒメである。

三輪山を御神体として、大物主の神を祭る大神神社

当時の風俗をしのばせる埴輪群
（群馬県上野塚廻り古墳出土）文化庁蔵

## ◆垂仁天皇《すいにんてんのう》と皇后《こうごう》サオビメの愛《あい》と死《し》の悲劇《ひげき》——サオビコ王《おう》の乱《らん》

垂仁天皇《すいにんてんのう》がサオビメを皇后《こうごう》にしていた時《とき》のこと、サオビメの兄《あに》サオビコ王《おう》が実《じつ》の妹《いもうと》に、「夫《おっと》の天皇《てんのう》と兄《あに》の自分《じぶん》とでは、どちらを愛《あい》しているか」と尋《たず》ねた。妹《いもうと》の皇后《こうごう》は「それは兄上《あにうえ》のほうを愛《あい》しています」と答《こた》えた。

すると、サオビコ王《おう》は謀反《むほん》の計画《けいかく》を妹《いもうと》に打《う》ち明《あ》けて、

「おまえがほんとうに私《わたし》を愛《あい》しているならば、私《わたし》はおまえと二人《ふたり》で天下《てんか》を治《おさ》めようと思《おも》う」と誘《さそ》い、十二分《じゅうにぶん》に鍛《きた》えた鋭利《えいり》な紐小刀《ひもかたな》を妹《いもうと》に与《あた》えて、「この小刀《かたな》で眠《ねむ》っている天皇《てんのう》を刺《さ》し殺《ころ》せ」と、そそのかした。

一方《いっぽう》、天皇《てんのう》はそうした陰謀《いんぼう》を知《し》るよしもなく、皇后《こうごう》の膝《ひざ》を枕《まくら》にして、心《こころ》安《やす》らかに休《やす》んでいた。この時機《じき》をとらえて、皇后《こうごう》サオビメは紐小刀《ひもかたな》で天皇《てんのう》の首《くび》を刺《さ》そうと、三度《さんど》それを振《ふ》り上《あ》げたが、つらくてつらくて、刺《さ》すことができない。皇后《こうごう》の流《なが》す涙《なみだ》は天皇《てんのう》の顔《かお》の上《うえ》に落《お》ちた。

この涙《なみだ》に天皇《てんのう》は目《め》が覚《さ》めて起《お》きあがり、皇后《こうごう》に、

「不思議《ふしぎ》な夢《ゆめ》を見《み》た。佐保《さほ》（奈良市《ならし》）の方《ほう》からにわか雨《あめ》が降《ふ》ってきて、急《きゅう》に顔《かお》を濡《ぬ》らしたのだ。それに、錦《にしき》の模様《もよう》のある小《ちい》さな蛇《へび》が、私《わたし》の首《くび》にぐるぐる巻《ま》きついた。この夢《ゆめ》は、いったい何《なん》の前兆《ぜんちょう》だろうか」と打《う》ち明《あ》けた。

❖此《こ》の天皇《すめらみこと》、沙本毗売《さほびめ》を后《きさき》と為《し》たまひし時《とき》に、沙本毗売命《さほびめのみこと》の兄《いろせ》、沙本毗古王《さほびこのみこ》、其《そ》のいろ妹《も》に問《と》ひて曰《い》はく、「夫《せ》と兄《いろせ》とは孰《いづ》れか愛《は》しき」といひしかば、答《こた》へて曰《い》はく、「兄《いろせ》を愛《は》しとおもふ」とこたへたまひき。爾《ここ》に沙本毗古王《さほびこのみこ》、謀《はか》りて曰《い》はく、「汝《みまし》寔《まこと》に我《あれ》を愛《は》しと思《おも》ほさば、吾《あれ》と汝《みまし》と天下《あめのした》治《し》らさむとす」といひて、即《すなは》ち八塩折《やしほをり》の紐小刀《ひもかたな》を作《つく》りて、其《そ》の妹《いろも》に授《さづ》けて曰《い》はく、「此《こ》の小刀《かたな》以《も》ちて、天皇《すめらみこと》の寝《みね》したまふを刺《さ》し殺《し》せまつれ」といふ。

故《かれ》天皇《すめらみこと》、其《そ》の謀《はかりこと》を知《し》らしめさずて、其《そ》の后《きさき》の御膝《みひざ》を枕《ま》きて、御寝《みね》し坐《ま》したまひき。爾《ここ》に其《そ》の后《きさき》、紐小刀《ひもかたな》以《も》ちて、其《そ》の天皇《すめらみこと》の御頸《おほみくび》を刺《さ》しまつらむと為《し》て、三度《みたび》挙《ふ》りたまひしかども、哀《かな》しとおもふ情《こころ》にえ忍《あ》へずして、頸《みくび》をえ刺《さ》しまつらずて、泣《な》く涙《なみだ》、御面《おほみおも》に落《お》ち溢《あふ》れき。

乃《すなは》ち天皇《すめらみこと》驚《おどろ》き起《た》ちたまひて、其《そ》の后《きさき》に問《と》ひて曰《の》りたまはく、「吾《あ》は異《け》しき夢《いめ》を見《み》つ。沙本《さほ》の方《かた》より、暴雨《はやさめ》の零《ふ》り来《き》て、急《にはか》に吾《あ》が面《おも》を沾《ぬら》しつ。又錦色《またにしきいろ》の小蛇《へみ》、我《あ》が頸《くび》に纏繞《まつ》はりつ。かかる夢《いめ》は、是《こ》れ何《なに》の表《しるし》に有《あ》らむ」とのりたまひき。

この夢《ゆめ》の話《はなし》を聞《き》いて、皇后《こうごう》はもはや隠《かく》しきれないと覚悟《かくご》して、その場《ば》で天皇《てんのう》に、

「私《わたし》の兄《あに》サオビコ王《おう》が私《わたし》に、『夫《おっと》と兄《あに》と、どちらを愛《あい》しているか』と聞《き》きましたが、面《めん》と向《む》かって言《い》われますと、つい気《き》おくれいたしまして、『兄《あに》上《うえ》のほうを愛《あい》しています』と答《こた》えました。すると、兄《あに》は私《わたし》を誘《さそ》って、『自《じ》分《ぶん》がおまえと一緒《いっしょ》に天下《てんか》を治《おさ》めよう。だから天皇《てんのう》を殺《ころ》しなさい』とそそのかし、とても鋭利《えいり》な紐小刀《ひもかたな》を私《わたし》に渡《わた》しました。これであなたの首《くび》を刺《さ》そうと、三度《さんど》振《ふ》り上《あ》げましたが、あまりにつらくて、首《くび》を刺《さ》すことはできません。流《なが》す涙《なみだ》が落《お》ちて、あなたの顔《かお》を濡《ぬ》らしたのです。夢《ゆめ》は、きっとこのことの暗示《あんじ》でございましょう」と、秘密《ひみつ》を打《う》ち明《あ》けた。

暗殺《あんさつ》の企《くわだ》てを聞《き》いて、天皇《てんのう》は、「危《あや》うく騙《だま》されるところだった」と言《い》うや、ただちに軍隊《ぐんたい》を召集《しょうしゅう》してサオビコ王《おう》を攻撃《こうげき》したが、サオビコ王《おう》は砦《とりで》(稲城《いなしろ》)を築《きず》いて迎《むか》え撃《う》った。

この時《とき》、サオビメは、兄《あに》を思《おも》う気持《きも》ちに負《ま》けて、宮廷《きゅうてい》の裏門《うらもん》から兄《あに》の稲《いな》城《しろ》へと逃《に》げ込《こ》んだ。

皇后《こうごう》は出産間近《しゅつさんまぢか》だった。天皇《てんのう》は、皇后《こうごう》が身重《みおも》であることと、三年《さんねん》に及《およ》ぶ深《ふか》い寵愛《ちょうあい》を思《おも》い、やり場《ば》のない悲《かな》しみに心《こころ》を痛《いた》めた。大軍《たいぐん》で砦《とりで》を包囲《ほうい》したものの、総攻撃《そうこうげき》は引《ひ》き延《の》ばしていた。

❖爾《ここ》に其《そ》の后《きさき》、争《あらそ》ふべくもあらじと以為《おも》ほして、即《すなは》ち天皇《すめらみこと》に白《まを》して言《まを》さく、「妾《やつこ》が兄《いろせ》 沙本毗古王《さほびこのみこ》、妾《やつこ》に、『夫《せ》と兄《いろせ》とは孰《いづ》れか愛《は》しき』と問曰《と》ひき。是《ここ》に面《まのあたり》に問《と》ふにえ勝《あ》へざりき。故《かれ》、妾《あれ》、『兄《いろせ》を愛《は》しとおもふ』と答曰《こた》へつれば、爾《ここ》に妾《あれ》に誂《あとら》へて曰《い》はく、『吾《あれ》と汝《みまし》と共《とも》に天下《あめのした》を治《し》らさむ。故《かれ》天皇《すめらみこと》を殺《し》せまつれ』と云《い》ひて、八塩折《やしほをり》の紐小刀《ひもかたな》を作《つく》りて妾《あれ》に授《さづ》けつ。是《ここ》を以《も》ちて御頸《おほみくび》を刺《さ》しまつらむとして、三度《みたび》挙《ふ》りしかども、哀《かな》しとおもふ情《こころ》忽《たちま》ちに起《お》こりて、頸《みくび》をえ刺《さ》しまつらずて、泣《な》く涙《なみだ》の落《お》ちて、御面《おほみおも》を沾《ぬら》しつ。必《かなら》ず是《こ》の表《しるし》に有《あ》らむ」とまをしたまひき。爾《ここ》に天皇《すめらみこと》詔《の》りたまはく、「吾《あ》は殆《ほとほと》に欺《あざむ》かえつるかも」とのりたまひて、乃《すなは》ち軍《いくさ》を興《おこ》して、沙本毗古王《さほびこのみこ》を撃《う》ちたまふ時《とき》に、其《そ》の王《みこ》稲城《いなき》を作《つく》りて、待《ま》ち戦《たたか》ひき。此《こ》の時《とき》沙本毗売命《さほびめのみこと》、其《そ》の兄《いろせ》にえ忍《あ》へずして、後《しり》つ門《みかど》より逃《に》げ出《い》でて、其《そ》の稲城《いなき》に納《い》りましき。

此《こ》の時《とき》に其《そ》の后《きさき》妊身《はら》みましき。是《ここ》に天皇《すめらみこと》、其《そ》の后《きさき》の、懐妊《はら》みませるに忍《あ》へず、及《また》愛重《めぐ》みたまへること、三年《みとせ》にも至《な》りにければ、其《そ》の軍《いくさ》を廻《かへ》して急《すむや》けくも攻迫《せ》めたまはざりき。

このように戦線《せんせん》が膠着《こうちゃく》している間《あいだ》に、砦《とりで》の皇后《こうごう》は安《やす》らかに出産《しゅっさん》した。そこで、皇后《こうごう》は生《う》まれた赤子《あかご》を砦《とりで》の外《そと》に置《お》いて、天皇《てんのう》に安産《あんざん》を知《し》らせるとともに、使者《ししゃ》を派遣《はけん》して、「この御子《みこ》を天皇御自身《てんのうごじしん》の御子《みこ》と思《おぼ》し召《め》すならば、どうぞお引《ひ》き取《と》りくださいませ」と願《ねが》い出《で》た。

天皇《てんのう》は、「兄《あに》は絶対《ぜったい》に許《ゆる》さないが、やはり皇后《こうごう》はいとしくてたまらない」と苦《くる》しい胸《むね》の内《うち》を語《かた》った。だが、そこには皇后《こうごう》を奪回《だっかい》しようという下心《したごころ》があった。

天皇《てんのう》は、兵士《へいし》の中《なか》から強力《ごうりき》で敏捷《びんしょう》な者《もの》を選抜《せんばつ》すると、「御子《みこ》を引《ひ》き取《と》る際《さい》に、同時《どうじ》に母親《ははおや》の皇后《こうごう》を奪《うば》い取《と》れ。皇后《こうごう》の髪《かみ》であろうと手《て》であろうと、どこでもつかんだら、そのまま引《ひ》きずり出《だ》してきてかまわんぞ」と、全軍《ぜんぐん》に総攻撃《そうこうげき》の命令《めいれい》を下《くだ》した。

❖かく逗留《とどこほ》る間《あひだ》に、其《そ》の妊《はら》める御子《みこ》既《すで》に産《あ》れましぬ。故《かれ》其《そ》の御子《みこ》を出《い》だして、稲城《いなき》の外《と》に置《お》きまつりて、天皇《すめらみこと》に白《まを》さしめたまはく、「若《も》し此《こ》の御子《みこ》を、天皇《すめらみこと》の御子《みこ》と思《おも》ほし看《め》さば、治《をさ》め賜《たま》ふべし」とまをしたまひき。是《ここ》に天皇《すめらみこと》詔《の》りたまはく、「其《そ》の兄《いろせ》を怨《うら》みつれども、猶《なほ》其《そ》の后《きさき》を愛《かな》しとおもふにえ忍《あ》へず」とのりたまひき。故《かれ》、即《すなは》ち后《きさき》を得《え》むとおもふ心《こころ》有《ま》しき。是《ここ》を以《も》ちて軍士《いくさびと》の中《なか》に力士《ちからびと》の軽捷《はやき》を選《え》り聚《つど》へて、宣《の》りたまはくは、「其《そ》の御子《みこ》を取《と》らむ時《とき》に、乃《すなは》ち其《そ》の母王《ははみこ》をも掠《かそ》び取《と》れ。髪《みかみ》にもあれ、手《みて》にもあれ、取《と》り獲《え》む随《まにま》に、掬《つか》みて控《ひ》き出《い》でよ」とのりたまひき。

一方《いっぽう》、皇后《こうごう》のほうも、以前《いぜん》から天皇《てんのう》が自分《じぶん》を取《と》りもどそうとする下心《したごころ》を見抜《みぬ》いていた。そこで、頭髪《とうはつ》をすっかり剃《そ》り落《お》とし、剃《そ》り落《お》とした髪《かみ》を鬘《かつら》にして頭《あたま》を覆《おお》うとともに、飾《かざ》り玉《だま》を貫《つらぬ》いた紐《ひも》を腐《くさ》らせて、三重《さんじゅう》に手首《てくび》に巻《ま》いた。さらに、酒《さけ》で着物《きもの》を腐蝕《ふしょく》させ、それを麗《うるわ》しい衣装《いしょう》のように身《み》にまとった。

こうして、用意周到《よういしゅうとう》に準備《じゅんび》を整《ととの》えた皇后《こうごう》は、御子《みこ》を抱《だ》いて砦《とりで》の外《そと》に出《で》た。これを見《み》て、強力《ごうりき》の精兵《せいへい》たちが御子《みこ》を奪《うば》い取《と》り、同時《どうじ》に皇后《こうごう》をも捕《と》らえようとした。

ところが、髪《かみ》を握《にぎ》ると髪《かみ》はひとりでに落《お》ち、手《て》を握《にぎ》ると手《て》に巻《ま》いた玉飾《たまかざ》りの紐《ひも》が切《き》れ、あげくに着物《きもの》をつかむと、つかむそばから千切《ちぎ》れていった。結局《けっきょく》、御子《みこ》は奪回《だっかい》できたが、皇后《こうごう》の身柄《みがら》は確保《かくほ》できなかった。そこで、特命《とくめい》を帯《お》びた兵士《へいし》たちは天皇《てんのう》に、「皇后《こうごう》の髪《かみ》はつかむだけで抜《ぬ》け落《お》ち、着《き》物《もの》は触《ふ》れるだけで破《やぶ》れ、手《て》に巻《ま》いた玉飾《たまかざ》りの紐《ひも》も手《て》を握《にぎ》るだけで切《き》れてしまったので、お連《つ》れできませんでした。ただ御子《みこ》は取《と》りもどして参《まい》りました」と報告《ほうこく》した。

天皇《てんのう》は、皇后《こうごう》の奪還《だつかん》に失敗《しっぱい》したという報告《ほうこく》を受《う》けて、頭《あたま》に血《ち》がのぼった。皇后《こうごう》の手《て》に巻《ま》かれた玉飾《たまかざ》りの製作者《せいさくしゃ》たちに八《や》つ当《あ》たりして、すべての所有《しょゆう》地《ち》を没収《ぼっしゅう》してしまった。それで、「土地《とち》を持《も》たない玉作《たまつくり》」という諺《ことわざ》ができたという。

❖爾《ここ》に其《そ》の后《きさき》、予《あらかじ》め其《そ》の情《みこころ》を知《し》りたまひて、悉《ことごと》に其《そ》の髪《みかみ》を剃《そ》りて、其《そ》の髪《みかみ》以《も》ちて其《そ》の頭《みかしら》を覆《おほ》ひ、亦《また》玉《たま》の緒《を》を腐《くた》して、手《みて》に三重《みへ》に纏《ま》かし、且《また》酒《さけ》以《も》ちて御衣《みけし》を腐《くた》して、全《また》き衣《みそ》の如服《ごとけ》せり。かく設《ま》け備《そな》へて、其《そ》の御子《みこ》を抱《むだ》きて、城《き》の外《と》に刺《さ》し出《い》でたまひき。爾《ここ》に其《そ》の力士等《ちからびとども》、其《そ》の御子《みこ》を取《と》りまつりて、即《すなは》ち其《そ》の御祖《みおや》を握《と》りまつらむとす。

爾《ここ》に其《そ》の御髪《みかみ》を握《と》れば、御髪《みかみ》自《おのづ》から落《お》ち、其《そ》の御手《みて》を握《と》れば、玉《たま》の緒《を》且《また》絶え、其《そ》の御衣《みけし》を握《と》れば、御衣《みけし》便《すなは》ち破《やぶ》れつ。是《ここ》を以《も》ちて其《そ》の御子《みこ》を取《と》り獲《え》まつりて、其《そ》の御祖《みおや》をばえ得《と》りまつらざりき。

故其《かれそ》の軍士等《いくさびとども》、還《かへ》り来《き》て、奏言《まを》さく、「御髪《みかみ》自《おのづ》から落《お》ち、御衣《みけし》破《やぶ》れ易《やす》く、亦御《またみ》手《て》に纏《ま》かせる玉《たま》の緒《を》も便《すなは》ち絶《た》えにしかば、御祖《みおや》を獲《え》まつらず、御子《みこ》を取《と》り得《え》まつりき」とまをす。

爾《ここ》に天皇《すめらみこと》悔い恨《うら》みたまひて、玉作《たまつく》りし人等《ひとども》を悪《にく》まして、其《そ》の地《ところ》を皆《みな》奪《と》りたまひき。故《かれ》諺《ことわざ》に、「地得《ところえ》ぬ玉作《たまつくり》」と曰《い》ふなり。

気《き》をとりなおして、天皇《てんのう》は皇后《こうごう》に使者《ししゃ》を送《おく》り、「もともと子《こ》どもの名前《なまえ》は必《かなら》ず母親《ははおや》がつけるものだが、この子《こ》は何《なん》と名《な》づけようか」と尋《たず》ねた。皇后《こうごう》は、「今《いま》こうして砦《とりで》が火《ひ》攻《ぜ》めを受《う》けている時《とき》に、燃《も》える炎《ほのお》の中《なか》で御《み》子《こ》はお生《う》まれになりました。ですから、名《な》はホムチワケ王《おう》とするのがよろしいかと存《ぞん》じます」と答《こた》えた。

また天皇《てんのう》が使者《ししゃ》を通《つう》じて、「どのようにして子《こ》を育《そだ》てようか」と聞《き》くと、皇后《こうごう》は、「乳母《めのと》をつけ、皇子《おうじ》の湯浴《ゆあ》みにお仕《つか》えする大湯坐《おおゆえ》・若湯坐《わかゆえ》を定《さだ》めて、養育《よういく》なさるのがよろしいでしょう」と返事《へんじ》した。それで皇后《こうごう》の言葉《ことば》どおりに御子《みこ》を養育《よういく》した。

またまた天皇《てんのう》が皇后《こうごう》に使者《ししゃ》をやって、「おまえが結《むす》び固《かた》めた私《わたし》の下紐《したひも》は誰《だれ》が解《と》くのだろうか。誰《だれ》を新《あら》たな妃《きさき》としたらよいものか」と尋《たず》ねると、皇后《こうごう》は、「丹波《たんば》のヒコタタスミチノウシ王《おう》の娘《むすめ》で、名《な》はエヒメ・オトヒメという姉妹《しまい》の女王《ひめみこ》がおります。二人《ふたり》とも貞節《ていせつ》を守《まも》る女性《じょせい》ですから、彼女《かのじょ》たちを妃《きさき》になさいませ」と紹介《しょうかい》した。

最終的《さいしゅうてき》に、天皇《てんのう》はサオビコ王《おう》を殺《ころ》したので、妹《いもうと》の皇后《こうごう》も兄《あに》のあとを追《お》って自害《じがい》した。

❖亦天皇《またすめらみこと》、其《そ》の后《きさき》に命詔《みことのり》したまはく、「凡《およ》そ子《こ》の名《な》は、必《かなら》ず母《はは》の名《な》づくるを、是《こ》の子《みこ》の御名《みな》を、何《なに》とか称《い》はむ」と言《の》りたまひき。爾《ここ》に答《こた》へて白《まを》さく、「今火《いまほ》の稲城《いなき》を火焼《や》く時《とき》に当《あ》たりて、火中《ほなか》に生《あ》れましつ。故其《かれそ》の御名《みな》は、本牟智和気御子《ほむちわけのみこ》と称《まを》すべし」とまをしたまひき。

又命詔《またみことのり》したまはく、「何《いか》に為《し》て日足《ひた》し奉《まつ》らむ」とのりたまへば、答《こた》へて白《まを》さく、「御母《みおも》を取《と》り、大湯坐《おほゆゑ》・若湯坐《わかゆゑ》を定《さだ》めて、日足《ひた》し奉《まつ》るべし」とまをしたまひき。故其《かれそ》の后《きさき》の白《まを》したまひし随《まにま》に、日足《ひた》し奉《まつ》りき。

又其《またそ》の后《きさき》に問《と》ひたまはく、「汝《みまし》の堅《かた》めしみづの小佩《をひも》は、誰《たれ》かも解《と》かむ」とのりたまひしかば、答《こた》へて白《まを》さく、「旦波比古多多須美智宇斯王《たにはのひこたたすみちうしのみこ》が女《むすめ》、名《な》は兄比《えひ》売《め》・弟比売《おとひめ》、この二女王《ふたはしらのひめみこ》、浄《きよ》き公民《おほみたから》にませば、使《つか》ひたまふべし」とまをしたまひき。

然《しか》ありて遂《つひ》に其《そ》の沙本比古王《さほひこのみこ》を殺《と》りたまへるに、其《そ》のいろ妹《も》も従《したが》ひたまひき。

✻サオビコ王《おう》の乱《らん》と題することが多いけれども、実際は垂仁《すいにん》天皇と皇后サオビメの悲劇である。サオビコ自身は愛の葛藤劇《かっとうげき》の狂言回しを演じるにすぎない。

サオビコ・サオビメ（サホビコ・サホビメとも）は同母の兄妹で、天皇とは従兄弟《いとこ》同士である。兄サオビコの王権奪取の野望が、妹サオビメの運命を狂わせた。あの兄の一言さえなければ、誕生したばかりの皇子を抱いて仲むつまじい夫妻生活を送れたものを。——「夫と兄と、どちらを愛しているか」——兄は、自己を主張できない妹の純真な性格を知りぬいた上で、政治的野望の生け贄《いにえ》にした。夫を愛することと、兄を愛することは次元の異なる愛なのに、二者択一を迫ったあげく、天皇刺殺を命じた。

暗殺計画が未然に発覚しても、なおも自らの一言ゆえに兄に組みするサオビメ。家名と氏族の運命に翻弄《ほんろう》される姿が哀れである。嫁ぎ先よりも実家を選ぶ女性はどうしても支配階級に多い。

敵陣にありながら、赤子に名をつけ、子育ての方法を示し、しかも後妻候補まで推《すい》薦《せん》する皇后。これを見て天皇はためらいを捨てた。

愛することの苦しみを描いて、『古事記』最高の芸術度を示す。この章段に限って言えば、女性の守り伝えた物語であると断言できる。

## ◆荒《あら》ぶる皇子《おうじ》オウス、兄《あに》オオウスを殺《ころ》す──ヤマトタケル以前《いぜん》

景行天皇《けいこうてんのう》はオウス（ヤマトタケル）に、「どうしておまえの兄《あに》オオウスは、朝夕《あさゆう》の食事《しょくじ》をともにしないのか。オオウスには何《なに》か不満《ふまん》があるのだろうが、よくなだめて言《い》い聞《き》かせなさい」と注意《ちゅうい》があった。しかし、それから五日《いつか》たっても、オオウスは食事《しょくじ》の席《せき》に現《あらわ》れなかった。

そこで、ふたたび天皇《てんのう》はオウスに、「どうしておまえの兄《あに》は顔《かお》を見《み》せないのだ。おまえはまだ言《い》い聞《き》かせていないのか」と問《と》いただした。

オウスは、「もうとっくになだめましたよ」と答《こた》えた。

「じゃあ、どうやってなだめたのだ」と聞《き》いた。これに対《たい》して、

「明《あ》けがた、兄《にい》さんが便所《べんじょ》に入《はい》ったとき、出《で》てくるのを待《ま》ちうけて、ねじり倒《たお》して手足《てあし》をもぎ取《と》り、死骸《しがい》を薦《こも》に包《つつ》んで投《な》げ捨《す》てておきました」と、オウスは返事《へんじ》した。

❖天皇《すめらみこと》、小碓命《をうすのみこと》に詔《の》りたまはく、「何《なに》とかも汝《みまし》の兄《いろせ》、朝夕《あしたゆふべ》の大御食《おほみけ》に参出来《まゐでこ》ざる。専《もは》ら汝《みまし》ねぎ教《をし》へ覚《さと》せ」とのりたまひき。かく詔《の》りたまひて以後《のち》、五日《いつか》に至《いた》るまでに、猶参出《なほまゐい》でず。

爾《ここ》に天皇《すめらみこと》、小碓命《をうすのみこと》に問《と》ひ賜《たま》はく、「何《な》ぞ汝《みまし》の兄《いろせ》、久《ひさ》しく参出《まゐい》でざる。若《も》し未《いま》だ誨《をし》へず有《あ》りや」ととひたまひしかば、答《こた》へて白《まを》さく、「既《すで》にねぎつ」とまをしたまひき。

又《また》、「如何《いか》にかねぎつる」と詔《の》りたまひしかば、答《こた》へて白《まを》さく、「朝曙《あさけ》に厠《かはや》に入《い》りし時《とき》、待《ま》ち捕《と》らへ搤《つか》み批《ひし》ぎて、其《そ》の枝《えだ》を引《ひ》き闕《か》きて、薦《こも》に裹《つつ》みて投《な》げ棄《う》てつ」とまをしたまひき。

✲この景行天皇の章には、天皇が温厚かつ気弱な性格だったのか、天皇自身にかかわる記事はほとんどない。代わりに、息子オウスことヤマトタケルの一代記といった趣がある。これは『古事記』全編を代表する英雄の戦いと恋のロマンで彩られた一章である。

この話の前に、兄オオウスが、父景行天皇の妃候補《きさきこうほ》を横取りした話がある。だが、天皇は処罰もできず、陰険《いんけん》な感情を押し包みながら仮面の親子生活を送っていた。そんなある日の会話から事件は始まる。

兄が食事に出て来れない理由は誰もが知っていた。だから、父の無念を自分が晴らしてやろうとオウスは考えた。父天皇の尊厳を守るのは自分だけという自負心もあった。

この凶暴な自然児のふるまいには、父に愛されたいという屈折した思いが潜んでいる。しかし、不幸なことにその思いは父天皇には通ぜず、父はひたすら恐れるばかりである。

なお、兄を殺すことを「ねぐ」と言うところにオウスの性格が出ている。「ねぐ」は、ねぎらう・慰める意であるが、それを殺す意に転用するとは。父の恐怖も当然だった。

## ◆ヤマトタケルの西征《せいせい》――クマソタケル・イズモタケルを討《う》つ

兄《あに》オオウスをひねり殺《ころ》したと告《つ》げられ、天皇《てんのう》はオウスの勇猛《ゆうもう》かつ凶暴《きょうぼう》な性格《せいかく》に恐怖心《きょうふしん》を抱《いだ》き、朝廷《ちょうてい》から遠《とお》ざけようと考《かんが》えた。

「西《にし》の方《ほう》にクマソタケルという兄弟《きょうだい》がいる。二人《ふたり》は朝廷《ちょうてい》に服従《ふくじゅう》しない無礼《ぶれい》者《もの》どもだ。彼《かれ》らを討《う》ち取《と》って参《まい》れ」とオウスに命《めい》じた。

西方征伐《せいほうせいばつ》を命《めい》じられた時《とき》、オウスはまだ、髪《かみ》を額《ひたい》で束《たば》ねた十五、六の少《しょう》年《ねん》だった。

勅命《ちょくめい》を受《う》けたオウスは、さっそく西征完遂《せいせいかんすい》を祈願《きがん》するために伊勢神宮《いせじんぐう》へ向《む》かった。伊勢《いせ》には斎宮《さいぐう》としてお仕《つか》えする叔母《おば》ヤマトヒメがいた。

この叔母《おば》から女装用《じょそうよう》の衣裳《いしょう》と懐剣《かいけん》を受《う》け取《と》って、オウスは勇気凛々《ゆうきりんりん》として西征《せいせい》に出発《しゅつぱつ》した。

❖爾《ここ》に天皇《すめらみこと》、其《そ》の御子《みこ》の建《たけ》く荒《あら》き情《こころ》を惶《かしこ》みて、詔《の》りたまひしく、「西《にし》の方《かた》に熊曾《くまそ》建二人《たけるふたり》有《あ》り。是《こ》れ伏《まつろ》はず、礼无《ゐやな》き人等《ひとども》なり。故其《かれそ》の人等《ひとども》を取《と》れ」とのりたまひて、遣《つか》はしたまひき。

此《こ》の時《とき》に当《あ》たりて、其《そ》の御髪《みかみ》を額《ぬか》に結《ゆ》はせり。爾《ここ》に小碓命《をうすのみこと》、其《そ》の姨倭比売命《みをばやまとひめのみこと》の御衣御裳《みそみも》を給《たま》はり、剣《つるぎ》を御懐《みふつころ》に納《い》れて幸行《い》でましき。

さて、クマソタケルの屋敷《やしき》に到着《とうちゃく》して周囲《しゅうい》を探《さぐ》ると、屋敷《やしき》をクマソ軍《ぐん》が三重《さんじゅう》に囲《かこ》んで厳重《げんじゅう》に警備《けいび》していた。屋敷《やしき》には建設中《けんせっちゅう》の防護壁《ぼうごへき》で囲《かこ》った特別室《とくべっしつ》が完成間近《かんせいまぢか》だった。完成《かんせい》したなら新築祝《しんちくいわ》いの大宴会《だいえんかい》を催《もよお》そうと、大騒《おおさわ》ぎで飲食物《いんしょくぶつ》の準備《じゅんび》をしていた。オウスは、屋敷《やしき》の周辺《しゅうへん》をぶらぶらしながら、祝宴《しゅくえん》の日《ひ》を待《ま》った。

子持家の埴輪
（宮崎県出土）東京国立博物館蔵

いよいよ祝宴《しゅくえん》の当日《とうじつ》となった。オウスは少女《しょうじょ》のように垂髪《すいはつ》にするため、額《ひたい》に束《たば》ねた髪《かみ》をくしけずって長《なが》く垂《た》らし、叔母《おば》からもらった衣裳《いしょう》を着《き》て、すっかり少女《しょうじょ》に変装《へんそう》した。それから、ほかの女《おんな》たちの中《なか》に紛《まぎ》れこんで、特《とく》別室《べっしつ》の内《うち》に入《はい》っていった。

するると、クマソタケルの兄弟二人《きょうだいふたり》は、オウスの変装《へんそう》した少女《しょうじょ》に一目《ひとめ》惚《ぼ》れして、自分《じぶん》たち二人《ふたり》の間《あいだ》に座《すわ》らせて、手拍子《てびょうし》よろしく大《おお》はしゃぎした。ちょうど宴《えん》たけなわとなった時分《じぶん》、オウスは叔母《おば》の授《さず》けた剣《けん》を懐中《かいちゅう》から取《と》り出《だ》すと、兄《あに》クマソの服《ふく》の衿《えり》をつかんで、胸《むね》に剣《けん》を刺《さ》し通《とお》した。それを見《み》た弟《おとうと》クマソは、驚《おどろ》き恐《おそ》れて逃《に》げ出《だ》した。すぐさまこれを追《お》って、階段《かいだん》の下《した》で追《お》いつき、背中《せなか》の皮《かわ》をつかんで、剣《けん》を尻《しり》から刺《さ》し通《とお》した。刺《さ》された弟《おとうと》のクマソタケルは、「その刀《たち》を動《うご》かさないでください。死《し》ぬ前《まえ》に申《もう》し上《あ》げることがあります」と哀願《あいがん》した。オウスは、申《もう》し出《で》を許《ゆる》して、しばらく押《お》し伏《ふ》せていた。

❖故熊曾建《かれくまそたける》が家《いへ》に到《いた》りて見《み》たまへば、其《そ》の家《いへ》の辺《ほとり》に、軍三重《いくさみへ》に囲《かこ》み、室《むろ》を作《つく》りて居《ゐ》たり。是《ここ》に御室楽為《みむろうたげせ》むと言《い》ひ動《とよ》みて、食物《をしもの》を設《ま》け備《そな》へたり。故其《かれそ》の傍《あたり》を遊行《ある》きて、其《そ》の楽《うたげ》する日《ひ》を待《ま》ちたまひき。

爾《ここ》に其《そ》の楽《うたげ》の日《ひ》に臨《な》りて、童女《をとめ》の髪《かみ》の如其《ごとそ》の結《ゆ》はせる御髪《みかみ》を梳《けづ》り垂《た》れ、其《そ》の姨《みをば》の御衣御裳《みそみも》を服《け》して、既《すで》に童女《をとめ》の姿《すがた》に成《な》りて、女人《をみな》の中《なか》に交《まじ》り立《た》ちて、其《そ》の室内《むろぬち》に入《い》り坐《ま》す。爾《ここ》に熊曾建兄弟二人《くまそたけるあにおとふたり》、其《そ》の嬢子《をとめ》を見感《め》でて、己《おの》が中《なか》に坐《ま》せて、盛《さか》りに楽《うた》げつ。

故其《かれそ》の酣《たけなは》なる時《とき》に臨《な》りて、懐《みふつころ》より剣《つるぎ》を出《い》だし、熊曾《くまそ》が衣《ころも》の衿《くび》を取《と》りて、剣《つるぎ》を其《そ》の胸《むね》より刺《さ》し通《とほ》したまふ時《とき》に、其《そ》の弟建《おとたける》 見畏《みかしこ》みて逃《に》げ出《い》でき。乃《すなは》ち其《そ》の室《むろ》の椅《はし》の本《もと》に追《お》ひ至《いた》りて、其《そ》の背《そびら》の皮《かは》を取《と》り、剣《つるぎ》を尻《しり》より刺《さ》し通《とほ》したまひき。爾《ここ》に其《そ》の熊曾建《くまそたける》白《まを》して言《まを》さく、「其《そ》の刀《かたな》をな動《うご》かしたまひそ。僕《やつこ》白言《まを》すべき言《こと》有《あ》り」とまをす。爾《ここ》に暫《しま》し許《ゆる》して押《お》し伏《ふ》せつ。

クマソタケルは苦《くる》しい息《いき》の下《した》から尋《たず》ねた。

「貴殿《きでん》はどなたでいらっしゃる」

　オウスは答《こた》えた。

「私《わたし》は、纏向《まきむく》の日代《ひしろ》の宮《みや》（桜井市《さくらいし》）で大八島《おおやしま》を統治《とうち》するオオタラシヒコオシロワケのスメラミコト（景行天皇《けいこうてんのう》）の皇子《おうじ》で、名《な》はヤマトオグナという者《もの》だ。おまえたちクマソタケル兄弟《きょうだい》が天皇《てんのう》に服従《ふくじゅう》しない無礼者《ぶれいもの》であると、天皇《てんのう》はお聞《き》きになり、おまえたちを討《う》ち取《と》れと、私《わたし》を派遣《はけん》したのだ」

　それを聞《き》いたクマソタケルは、こう言《い》い置《お》いた。

「私《わたし》どもが服従《ふくじゅう》しない無礼者《ぶれいもの》であるとは、たしかにそのとおりでしょう。西《にし》の方《ほう》では私《わたし》どもよりも勇猛な人間はおりません。しかし、大和の国には私どもより勇猛《ゆうもう》な男子《だんし》がおいでだったんですなあ。それでは、私《わたし》が貴殿《きでん》に新《あたら》しい名前《なまえ》を差《さ》し上《あ》げます。今後《こんご》はヤマトタケルの皇子《おうじ》とたたえられるでしょう」

　言《い》い終《お》わると、オウスはまるで熟《じゅく》した瓜《うり》を切《き》り裂《さ》くように、クマソタケルの体《からだ》をずたずたに引《ひ》き裂《さ》いて殺《ころ》した。

そんなわけで、この時以来《ときいらい》、名前《なまえ》をほめたたえてヤマトタケルの命《みこと》というのである。やがて、西方《せいほう》の山《やま》の神《かみ》・川《かわ》の神《かみ》また海峡《かいきょう》の神々《かみがみ》をすべて平定《へいてい》して、大和《やまと》の国《くに》の都《みやこ》に凱旋《がいせん》したのだった。

❖是《ここ》に白《まを》して言《まを》さく、「汝《な》が命《みこと》は誰《た》そ」とまをししかば、爾《ここ》に詔《の》りたまはく、「吾《あ》は纏向《まきむく》の日代宮《ひしろのみや》に坐《ましま》して、大八《おほや》島国知《しまぐにし》らしめす、大帯日子淤斯呂和気天皇《おほたらしひこおしろわけのすめらみこと》の御子《みこ》、名《な》は倭男具那王《やまとをぐなのみこ》なり。おれ熊曾建二人《くまそたけるふたり》、伏《まつろ》はず、礼無《ゐやな》しと聞《き》こし看《め》して、おれを取《と》殺れと詔《の》りたまひて、遣《つか》はせり」とのりたまひき。爾《ここ》に其《そ》の熊曾建白《くまそたけるまを》さく、「信《まこと》に然《しか》らむ。西《にし》の方《かた》に吾二人《われふたり》を除《お》きては、建《たけ》く強《こは》き人無《ひとな》し。然《しか》れども大倭国《おほやまとのくに》に、吾二人《あれふたり》に益《ま》して建《たけ》き男《を》は坐《いま》しけり。是《ここ》を以《も》ちて吾《あれ》、御名《みな》を献《たてまつ》らむ。今《いま》より以後《のち》、倭建御子《やまとたけるのみこ》と称《たた》へまをさむべし」とまをしき。是《こ》の事白《ことまを》し訖《を》へつれば、即《すなは》ち熟苽《ほぞち》の如《ごと》、振《ふ》り折《さ》きて殺《ころ》したまひき。故其《かれそ》の時《とき》より御名《みな》を称《たた》へて、倭建命《やまとたけるのみこと》と謂《まを》す。然《しか》ありて還《かへ》り上《のぼ》ります時《とき》に、山神《やまのかみ》・河神《かはのかみ》また穴戸神《あなとのかみ》を皆言向《みなことむ》け和《やは》して参上《まゐのぼ》りたまひき。

帰京《ききょう》の途中《とちゅう》のこと、ヤマトタケルは出雲《いずも》の国《くに》に入《はい》って、国《くに》の首長《しゅちょう》イズモタケルを討《う》ち取《と》ろうと秘策《ひさく》を練《ね》った。

まず、イズモタケルの屋敷《やしき》に到着《とうちゃく》すると、すぐに親友《しんゆう》づきあいを始《はじ》めた。一方《いっぽう》、こっそり赤檮《いちいのき》で偽《にせ》の木刀《ぼくとう》を作《つく》り、それを真剣《しんけん》として身《み》につけて、肥《ひ》の河《かわ》（斐伊川《ひいがわ》）に出《で》かけてイズモタケルと仲良《なかよ》く水浴《すいよく》した。

そして、ヤマトタケルは川《かわ》から先《さき》に上《あ》がって、イズモタケルが腰《こし》から外《はず》しておいた真剣《しんけん》を自分《じぶん》の腰《こし》につけると、「大刀《たち》を交換《こうかん》しよう」と言《い》い放《はな》った。何《なに》も気《き》づかないイズモタケルは川《かわ》から上《あ》がると、ヤマトタケルの偽《にせ》の木刀《ぼくとう》を腰《こし》につけた。

すると、ヤマトタケルはイズモタケルに、「さあ、試合《しあい》をしよう」と挑《ちょう》戦《せん》した。そこで、おのおの自分《じぶん》の大刀《たち》を抜《ぬ》こうとしたが、イズモタケルのほうは木刀《ぼくとう》だから鞘《さや》から抜《ぬ》くことができない。一方《いっぽう》、ヤマトタケルは真剣《しんけん》を抜《ぬ》いて、イズモタケルを一撃《いちげき》のもとに倒《たお》した。

この時《とき》、ヤマトタケルは歌《うた》を詠《よ》んだ。

やつめさす　出雲《いずも》建《たける》が　佩《は》ける刀《たち》　黒葛《つづら》多巻《さわま》き　さ身《み》無《な》しにあは《(ワ)》れ

（イズモタケルの帯《お》びた太刀《たち》。鞘《さや》だけ豪華《ごうか》な葛巻《つづらま》き。中身《なかみ》がなくて、ああおかしい。（「やつめさす」は枕詞《まくらことば》））

こうして、西方征伐《せいほうせいばつ》を完了《かんりょう》、都《みやこ》に帰還《きかん》して天皇《てんのう》に復命《ふくめい》した。

❖即《すなは》ち出雲国《いづものくに》に入《い》りまして、其《そ》の出雲国建《いづものくにのたける》を殺《と》らむと欲《おも》ほして、到《いた》りまして、即《すなは》ち結友《うるはしみ》したまひき。故窃《かれひそ》かに赤檮《いちひのき》以《も》ちて、詐刀《こだち》を作《つく》りて、御佩《みはかし》と為《し》て、共《とも》に肥河《ひのかは》に沐《かはあみ》したまひき。

爾《ここ》に倭建命《やまとたけるのみこと》、河《かは》より先《ま》づ上《あ》がりまして、出雲建《いづもたける》が解《と》き置《お》ける横刀《たち》を取《と》り佩《は》かして、「刀易《たちか》へ為《せ》む」と詔《の》りたまひき。故後《かれのち》に出雲建河《いづもたけるかは》より上《あ》がりて、倭建命《やまとたけるのみこと》の詐刀《こだち》を佩《は》きき。

是《こ》に《こ》倭建命《やまとたけるのみこと》、「いざ刀合《たちあ》はせむ」と誂云《あとら》へたまふ。爾《ここ》におのもおのも其《そ》の刀《たち》を抜《ぬ》く時《とき》に、出雲建《いづもたける》、詐刀《こだち》をえ抜《ぬ》かざりき。即《すなは》ち倭建命《やまとたけるのみこと》、其《そ》の刀《たち》を抜《ぬ》きて、出雲建《いづもたける》を打《う》ち殺《ころ》したまひき。

爾《ここ》に御歌《みうた》曰《よ》みしたまひしく、

夜都米佐須《やつめさす》　伊豆毛多祁流賀《いづもたけるが》　波祁流多知《はけるたち》

都豆良佐波麻岐《つづらさはまき》　佐味那志爾阿波礼《さみなしにあはれ》

（歌謡番号二四）

故《かれ》、かく撥《はら》ひ治《をさ》めて、参上《まゐのぼ》り覆奏《かへりごとまを》したまひき。

✻西国《さいこく》の征戦に出発したオウスがクマソタケルとイズモタケルを倒す手柄話《てがらばなし》である。だが、女装して近づいたり、木刀とすり替えたりする騙《だま》し討《う》ちの計略で、とても堂々たる武勲とは言いがたい。

しかし、負ければ一族全員が殺されるか奴隷にされる時代にあっては、騙し討ちもりっぱな戦術の一つだった。まさに「勝てば官軍」が戦争の現実なのである。

この征戦でオウスはヤマトタケルという称号を贈られ、以後ヤマトタケルと名乗るようになった。タケルは勇者・英雄の意。

## ◆ヤマトタケルの東征《とうせい》——父《ちち》への不信《ふしん》と叔母《おば》ヤマトヒメの慈愛《じあい》

西征《せいせい》から帰還《きかん》したばかりのヤマトタケルに、景行天皇《けいこうてんのう》はふたたび征討《せいとう》を命《めい》じた。このたびは東方征伐《とうほうせいばつ》であった。

「東方十二《とうほうじゅうに》か国《こく》の荒《あら》ぶる神々《かみがみ》、また服従《ふくじゅう》しない者《もの》どもを説得《せっとく》し征伐《せいばつ》せよ」と命《めい》じて、吉備《きび》の臣《おみ》らの祖先《そせん》ミスキトモミミタケヒコを副《そ》えて東国《とうごく》に派遣《はけん》した。その際《さい》に邪気《じゃき》を払《はら》う霊木《れいぼく》の柊《ひいらぎ》で作《つく》った長《なが》い矛《ほこ》を授与《じゅよ》した。

ヤマトタケルは出動《しゅつどう》に当《あ》たって、伊勢神宮《いせじんぐう》に参拝《さんぱい》し、叔母《おば》の斎宮《さいぐう》ヤマトヒメに、こう嘆《なげ》いた。

「天皇《てんのう》は私《わたし》なんか死《し》んでしまえとお思《おも》いなのか。でなければ、どうして、西方《せいほう》の反逆者《はんぎゃくしゃ》どもの征伐《せいばつ》に私《わたし》を派遣《はけん》し、都《みやこ》に帰《かえ》ってまだいくらもたたないのに、今度《こんど》は兵士《へいし》の数《かず》も不足《ふそく》したまま、東方十二《とうほうじゅうに》か国《こく》の反逆者《はんぎゃくしゃ》どもを平定《へいてい》せよとお命《めい》じになるのか。考《かんが》えれば考《かんが》えるほど、天皇《てんのう》はやはり私《わたし》を死《し》ねとお思《おも》いになっているに違《ちが》いないのです」

泣《な》き嘆《なげ》き、悲《かな》しみにくれながら、叔母《おば》に別《わか》れを告《つ》げようとしたとき、ヤマトヒメは神宝《しんぽう》の草薙《くさなぎ》の剣《つるぎ》を授《さず》け、また袋《ふくろ》（火打《ひう》ち袋《ぶくろ》）も授《さず》けて、「もし火急《かきゅう》のことが起《お》きたら、この袋《ふくろ》をお開《あ》けなさい」と優《やさ》しくさとした。

❖爾《ここ》に天皇《すめらみこと》、亦《また》頻《し》きて倭建命《やまとたけるのみこと》に、「東《ひむかし》の方十二道《かたとをまりふたみち》の荒《あら》ぶる神《かみ》、及《また》伏《まつろ》はぬ人《ひと》等《ども》を、言向《ことむ》け和平《やは》せ」と詔《の》りたまひて、吉備臣《きびのおみら》等が祖《おや》、名《な》は御鉏友耳建日子《みすきともみみたけひこ》を副《そ》へて遣《つか》はす時《とき》に、比比羅木《ひひらぎ》の八尋矛《やひろぼこ》を給《たま》ひき。

故《かれ》、命《みこと》を受《う》けたまはりて、罷《まか》り行《い》でます時《とき》に、伊勢大御神宮《いせのおほみかみのみや》に参入《まゐ》りて、神《かみ》の朝廷《みかど》を拝《をろが》みたまひき。

即《すなは》ち其《そ》の姨倭比売命《みをばやまとひめのみこと》に白《まを》したまひしくは、「天皇《すめらみこと》既《すで》に吾《あれ》を死《し》ねと思《おも》ほす所以《ゆゑ》にか、何《な》ぞ、西《にし》の方《かた》の悪《あ》しき人等《ひとども》を撃《と》りに遣《つか》はして、返《かへ》り参上《まゐのぼ》り来《こ》し間《ほど》、幾時《いくだ》も経《あ》らねば、軍衆《いくさびとども》をも賜《たま》はずて、今更《いまさら》に東《ひむかし》の方《かた》の十二道《とをまりふたみち》の悪《あ》しき人等《ひとども》を平《ことむ》けに遣《つか》はす。此《これ》に因《よ》りて思惟《おも》へば猶吾《なほあれ》を既《すで》に死《し》ねと思《おも》ほし看《め》すなり」とまをして、患《うれ》へ泣《な》きて罷《まか》りたまふ時《とき》に、倭比売命《やまとひめのみこと》、草那芸剣《くさなぎのつるぎ》を賜《たま》ひ、亦御嚢《またみふくろ》を賜《たま》ひて、「若《も》し急《とみ》の事有《ことあ》らば、茲《こ》の嚢《ふくろ》の口《くち》を解《と》きたまへ」と詔《の》りたまひき。

✻父に愛されていないという悲しみを、叔母のヤマトヒメにぶつけるヤマトタケル。父に愛されたい一心で戦いに明け暮れた日々は何だったのか。――ヤマトタケル物語の中でも胸にしみる名場面である。ヤマトヒメがタケルの愚痴《ぐち》には応じないところがいい。甥《おい》の運命を見通している霊能者は神剣と火打ち石を授けて、新たなる戦場に送り出す。その優しさは女神のようだ。『古事記』のみならず古典文芸における叔母の地位は、実母よりもはるかに重いものがある。

天照大御神を祭る皇大神宮（伊勢神宮内宮）
垂仁天皇（ヤマトタケルの祖父）の時、娘のヤマトヒメが、大和から伊勢に遷されたという。（提供：神宮司庁）

## ◆野火《のび》攻《ぜ》めの火線《かせん》を突破《とっぱ》する――叔母《おば》の授《さず》けた草薙《くさなぎ》の剣《つるぎ》と火打《ひう》ち石《いし》

尾張《おわり》の国《くに》（愛知県《あいちけん》）に到着《とうちゃく》したヤマトタケルは、尾張《おわり》の国《くに》の造《みやっこ》の祖先《そせん》ミヤズヒメの屋敷《やしき》に入《はい》った。結婚《けっこん》しようと思《おも》ったが、東征後《とうせいご》ここに無事帰還《ぶじきかん》したときに、と思《おも》い直《なお》し、ヒメと固《かた》い約束《やくそく》を交《か》わして東国《とうごく》へ進発《しんぱつ》していった。

ヤマトタケルは連戦連勝《れんせんれんしょう》して、次々《つぎつぎ》と山川《やまかわ》の荒《あら》ぶる神々《かみがみ》と反逆者《はんぎゃくしゃ》どもを平定《へいてい》していった。

相模《さがみ》の国《くに》に入《はい》ったとき、国《くに》の造《みやっこ》（郡長《ぐんちょう》）がヤマトタケルに嘘《うそ》をついて、「この野原《のはら》の中《なか》に大《おお》きな沼《ぬま》があります。沼《ぬま》の中《なか》に住《す》む神《かみ》は非常《ひじょう》に荒々《あらあら》しい神《かみ》でございます」といつわった。これを聞《き》いたヤマトタケルは、その神《かみ》を見《み》るために出《で》かけて、野原《のはら》に入《はい》った。

すると、国《くに》の造《みやっこ》は野原《のはら》に火《ひ》を放《はな》った。ヤマトタケルは、だまされたと気《き》づいて、叔母《おば》ヤマトヒメがくれた袋《ふくろ》の口《くち》を解《と》いて中《なか》を見《み》ると、火打《ひう》ち石《いし》が入《はい》っていた。そこで、まず叔母《おば》が授《さず》けた神剣《しんけん》で草《くさ》を刈《か》り払《はら》ってから、火打《ひう》ち石《いし》で火《ひ》を打《う》ち出《だ》し、迫《せま》ってくる火炎《かえん》に向《む》かって、こちらから草《くさ》に火《ひ》をつけて、火勢《かせい》を敵《てき》の方《ほう》へと退《しりぞ》かせた。
火炎《かえん》から脱出《だっしゅつ》したのち、国《くに》の造《みやつこ》どもを皆殺《みなごろ》しにして、その死体《したい》に火《ひ》をつけて焼《や》き払《はら》った。これにちなんで、現在《げんざい》その地《ち》を焼津《やきづ》（焼津市《やいずし》）という。

❖故尾張国《かれをはりのくに》に到《いた》りまして、尾張国《をはりのくにのみやつこ》造が祖《おや》、美夜受比売《みやずひめ》の家《いへ》に入坐《い》りたまひき。乃《すなは》ち婚《まぐはひ》せむと思《おも》ほししかども、亦還《またかへ》り上《のぼ》りなむ時《とき》に婚《まぐはひ》せむと思《おも》ほして、期《ちぎ》り定《さだ》めて、東国《あづまのくに》に幸《い》でまして、山河《やまかは》の荒《あら》ぶる神《かみ》及《また》伏《まつろ》はぬ人等《ひとども》を、悉《ことごと》に言向《ことむ》け平和《やは》したまひき。

故爾《かれここ》に相武国《さがむのくに》に到《いた》ります時《とき》に、其《そ》の国造《くにのみやつこ》、詐《いつは》りて白《まを》さく、「此《こ》の野《の》の中《なか》に大《おほ》きなる沼《ぬま》有《あ》り。是《こ》の沼《ぬま》の中《なか》に住《す》める神《かみ》、甚道速振《いとちはやぶ》る神《かみ》なり」とまをしき。爾《ここ》に其《そ》の国造《くにのみやつこ》、其《そ》の野《の》に火著《ひつ》けぬ。是《ここ》に其《そ》の神《かみ》を看行《みそな》はしに、其《そ》の野《の》に入《い》り坐《ま》しき。故欺《かれあざむ》かえぬと知《し》らして、其《そ》の姨倭比売命《みをばやまとひめのみこと》の給《たま》へる嚢《ふくろ》の口《くち》を解《と》き開《あ》けて見《み》たまへば、其《そ》の裏《うち》に火打《ひうち》有《あ》り。是《ここ》に先《ま》づ其《そ》の御刀《みはかし》以《も》ちて、草《くさ》を苅《か》り撥《はら》ひ、其《そ》の火打《ひうち》以《も》ちて火《ひ》を打《う》ち出《い》で、向《む》かひ火《び》を著《つ》けて焼《や》き退《そ》けて、還《かへ》り出《い》でまして、其《そ》の国造《くにのみやつこ》等《ども》を皆《みな》切《き》り滅《ほろぼ》し、即《すなは》ち火《ひ》著《つ》けて、焼《や》きたまひき。故《かれ》今《いま》に焼津《やきづ》と謂《い》ふ。

✿三種《さんしゅ》の神器《じんぎ》の一つ、草《くさ》薙《なぎ》の剣《つるぎ》の命名の由来を物語る戦闘場面である。野火攻めから脱出するために、草を薙《な》ぎ払《はら》うのに用いたところから命名されたという。

叔母ヤマトヒメの授けた神剣と火打ち石が、ヤマトタケルを危急から救ったのだ。剣神の加護がタケルの戦勝を揺るぎないものにしていた。

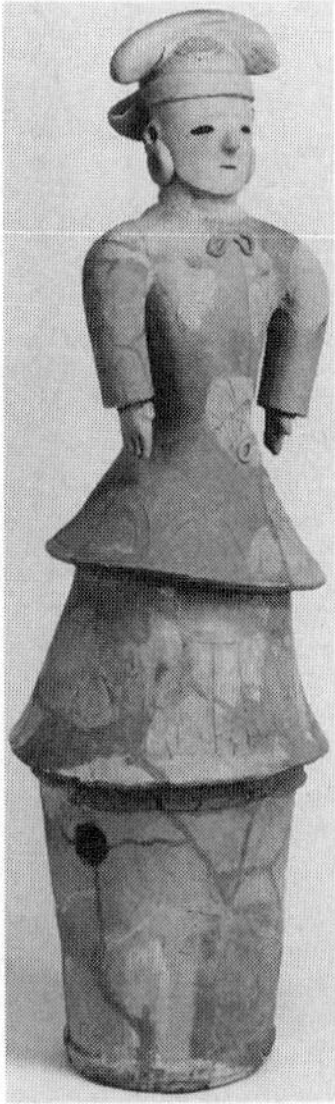

盛装の男女の埴輪　東京国立博物館蔵
（女性：群馬県出土）　（男性：埼玉県出土）

## ◆オトタチバナヒメ、怒濤《どとう》に身《み》を投《とう》じる——荒海《あらうみ》なぎ軍船進《ぐんせんすす》む

相模《さがみ》の国《くに》（神奈川県《かながわけん》）から東《ひがし》へ軍《ぐん》を進《すす》めて、走水《はしりみず》の海《うみ》（浦賀水道《うらがすいどう》）を渡《わた》ろうとしたとき、その海峡《かいきょう》の神《かみ》が怒《いか》って荒波《あらなみ》を起《お》こした。そのために軍船《ぐんせん》はぐるぐる回《まわ》って、前進《ぜんしん》することができなかった。

この時《とき》、ヤマトタケルの妃《きさき》オトタチバナヒメは、「神《かみ》の怒《いか》りを鎮《しず》めるために、私《わたし》があなたに代《か》わって海《うみ》に入《はい》りましょう。あなたは命《めい》じられた東征《とうせい》の任務《にんむ》を果《は》たして、天皇《てんのう》に復命《ふくめい》なさいませ」と進言《しんげん》した。そして海《うみ》に入《はい》るときに、菅《すげ》・皮《かわ》・絹《きぬ》の敷物《しきもの》をそれぞれ八枚重《はちまいかさ》ねて波《なみ》の上《うえ》に敷《し》き、その上《うえ》に降《お》り立《た》った。

すると、荒波《あらなみ》は自然《しぜん》に凪《な》いで、軍船《ぐんせん》は前進《ぜんしん》することができた。この時《とき》、ヒメが詠《よ》んだ歌《うた》、

さねさし　相武《さがむ》の小野《おの》に　燃《も》ゆる火《ひ》の　火中《ほなか》に立《た》ちて　問《と》ひ（イ）し君《きみ》はも

相模《さがみ》の野《の》、燃《も》え立《た》つ野火《のび》の、火《ひ》の中《なか》に立《た》って、私《わたし》を気遣《きづか》うあなた。（「さねさし」は枕詞《まくらことば》）

それから七日《なのか》たって、ヒメの櫛《くし》が海岸《かいがん》に流《なが》れついた。そこで、ヒメの霊《たま》代《しろ》である櫛《くし》を取《と》りあげ、墓《はか》を作《つく》って中《なか》に納《おさ》めた。


❖其《そこ》より入《い》り幸《い》でまして、走水海《はしりみづのうみ》を渡《わた》ります時《とき》に、其《そ》の渡神《わたりのかみ》、浪《なみ》を興《た》てて、船《みふね》を廻《もとほ》して、え進《すす》み渡《わた》りまさざりき。

爾《ここ》に其《そ》の后名《きさきな》は弟橘比売命《おとたちばなひめのみこと》の白《まを》したまはく、「妾《やつこ》、御子《みこ》に易《か》はりて海《うみ》に入《い》らむ。御子《みこ》は遣《つか》はさえし政《まつりごと》遂《と》げて、覆奏《かへりごとまを》したまはね」とまをして、海《うみ》に入《い》らむとする時《とき》に、菅畳《すがだたみ》八重《やへ》、皮畳《かはだたみ》八重《やへ》、絁畳《きぬだたみ》八重《やへ》を波《なみ》の上《うへ》に敷《し》きて、其《そ》の上《うへ》に下《お》り坐《ま》しき。

是《ここ》に其《そ》の暴《あら》き浪《なみ》自《おのづ》から伏《な》ぎて御船《みふね》え進《すす》みき。爾《ここ》に其《そ》の后《きさき》の歌曰《うたよ》みしたまひしく、

佐泥佐斯《さねさし》　佐賀牟能袁怒邇《さがむのをのに》　毛由流肥能《もゆるひの》　本那迦邇多知弖《ほなかにたちて》　斗比斯岐美波母《とひしきみはも》

（歌謡番号二五）

故《かれ》七日《なぬか》の後《のち》に、其《そ》の后《きさき》の御櫛《みくし》海辺《うみべた》に依《よ》りき。乃《すなは》ち其《そ》の櫛《くし》を取《と》りて、御陵《みはか》を作《つく》りて治《をさ》め置《お》きき。

ヤマトタケルはさらに東《ひがし》へ進軍《しんぐん》して、朝廷《ちょうてい》に反抗《はんこう》する蝦夷《えみし》どもをことごとく服従《ふくじゅう》させ、山川《やまかわ》の荒《あら》ぶる神々《かみがみ》を征伐《せいばつ》した。こうして東征《とうせい》の任務《にんむ》はほぼ完了《かんりょう》した。

都《みやこ》に帰《かえ》る途中《とちゅう》、足柄山《あしがらやま》（神奈川県《かながわけん》）の坂《さか》の麓《ふもと》で行軍用《こうぐんよう》の乾飯《ほしいい》を食《た》べているところに、坂《さか》の神《かみ》が白鹿《しろじか》に変身《へんしん》して現《あらわ》れた。これを見《み》て、すぐさま食《た》べ残《のこ》しの野蒜《のびる》の片端《かたはし》を鹿《しか》めがけて投《な》げつけると、目《め》に当《あ》たって白鹿《しろじか》は死《し》んでしまった。何《なに》か不吉《ふきつ》な前兆《ぜんちょう》を思《おも》わせる出来事《できごと》だった。

その後《のち》、ヤマトタケルは足柄《あしがら》の坂《さか》の上《うえ》に登《のぼ》り立《た》って、今《いま》は亡《な》きオトタチバナヒメを偲《しの》び、何度《なんど》も深《ふか》いため息《いき》をついて、「吾妻《あづま》はや（わが妻《つま》よ）」と嘆《なげ》いた。これにちなんで、この国《くに》をアヅマというのである。

さらに、相模《さがみ》の国《くに》を越《こ》えて甲斐《かい》の国《くに》（山梨県《やまなしけん》）に出《で》て、酒折《さかおり》の宮《みや》（甲府《こうふ》

市《し》）に滞在《たいざい》した時《とき》に詠《よ》んだ歌《うた》、

新治《にいばり》　筑波《つくば》を過《す》ぎて　幾夜《いくよ》か寝《ね》つる

（新治《にいばり》（桜川市《さくらがわし》）・筑波《つくば》（つくば市《し》）を過《す》ぎて、幾晩《いくばん》たったか。）

すると、夜警《やけい》の篝火《かがりび》を守《まも》る老人《ろうじん》がヤマトタケルの歌《うた》に合《あ》わせて、こう詠《よ》んだ。

日日並《かがな》べて　夜《よ》には九夜《ここのよ》　日《ひ》には十日《とおか》を

（日数重《ひかずかさ》ねて、夜《よる》は九夜《ここのよ》、日《ひ》では十日《とおか》を過《す》ごされました。）

みごとな即興《そっきょう》の歌《うた》に、ヤマトタケルはこの老人《ろうじん》をほめて東《あずま》の国《くに》の造《みやっこ》の姓《かばね》を授《さず》けた。

❖其《そこ》より入《い》り幸《い》でまして、悉《ことごと》に荒《あら》ぶる蝦夷等《えみしども》を言向《ことむ》け、亦山河《またやまかは》の荒《あら》ぶる神等《かみども》を平和《やは》して、還《かへ》り上《のぼ》り幸《い》でます時《とき》に、足柄《あしがら》の坂下《さかもと》に到《いた》りまして、御粮食《みかれひを》す処《ところ》に、其《そ》の坂神《さかのかみ》、白《しろ》き鹿《か》に化《な》りて来立《きた》ちき。爾《ここ》に即《すなは》ち其《そ》の咋《を》し遺《のこ》れる蒜《ひる》の片端《かたはし》以《も》ちて、待《ま》ち打《う》ちたまへば、其《そ》の目《め》に中《あた》りて、乃《すなは》ち打《う》ち殺《ころ》しつ。

故其《かれそ》の坂《さか》に登《のぼ》り立《た》ちて、三《み》たび歎《なげ》かして詔云《の》りたまひしく、「あづまはや」とのりたまひき。故其《かれそ》の国《くに》に号《なづ》けて阿豆麻《あづま》と謂《い》ふなり。

即《すなは》ち其《そ》の国《くに》より越《こ》えて、甲斐《かひ》に出《い》でて、酒折宮《さかをりのみや》に坐《まし》ます時《とき》に歌曰《うたよ》みしたまひしく、

邇比婆理《にひばり》　都久波袁須疑弖《つくばをすぎて》　伊久用加泥都流《いくよかねつる》　（歌謡番号二六）

爾《ここ》に其《そ》の御火焼《みひたき》の老人《おきな》、御歌《みうた》に続《つ》ぎて歌《うた》よみして曰《い》ひしく、

迦賀那倍弖《かがなべて》　用邇波許許能用《よにはこのよ》　比邇波登袁加袁《ひにはとをかを》　（歌謡番号二七）

とうたひき。是《ここ》を以《も》ちて其《そ》の老人《おきな》を誉《ほ》めて、即《すなは》ち東国造《あづまのくにのみやつこ》を給《たま》ひき。

✽オトタチバナヒメが海神の怒りを鎮めるために荒海に身を投じた（口絵・裏）。その七日後、海岸に櫛《くし》が流れ着いた。このさりげない一文が感涙を誘ってやまない。オトタチバナヒメの名は武蔵《むさし》の国橘樹郡《くにたちばなぐん》出身のオトヒメ（美女）の意。このオトタ

チバナヒメほど英雄ヤマトタケルにふさわしい妻はいない。一生を戦場で送ったタケルにとって、ヒメは戦陣の妻だった。

夫の勝利を願って一命を捧《ささ》げたヒメに、タケルは足柄山《あしがらやま》から「吾妻《あづま》はや」と呼びかけてその霊を慰めた。

走水の海は「潮の流れの速い海峡」という意味。当時、東海道の終点である常陸《ひたち》の国《くに》（茨城県《いばらきけん》）に行くためには、走水の海（浦賀水道《うらがすいどう》）を渡り、上総《かずさ》（千葉県）に上陸するのが最短のコースだった。

かすかに房総を臨む走水の海（浦賀水道）

## ◆ミヤズヒメとの再会《さいかい》と結婚《けっこん》、そして永別《えいべつ》——置《お》き忘《わす》れた神剣《しんけん》

甲斐《かい》の国《くに》から北進《ほくしん》して信濃《しなの》の国《くに》（長野県《ながのけん》）へと越《こ》えると、すぐに信濃《しなの》の坂《さか》（神坂峠《かみさかとうげ》）の神《かみ》を服従《ふくじゅう》させてから、ヤマトタケルは尾張《おわり》の国《くに》に再《ふたた》び帰《かえ》ってきた。

出発前《しゅっぱつまえ》に婚約《こんやく》したミヤズヒメの屋敷《やしき》に入《はい》り、食事《しょくじ》の接待《せったい》を受《う》けるとき、ミヤズヒメは立派《りっぱ》な杯《さかづき》を捧《ささ》げ持《も》ってヤマトタケルに献上《けんじょう》した。ところが、ミヤズヒメの上着《うわぎ》（襲《おすい》）の裾《すそ》に生理《せいり》の血《ち》がついていた。

それを見《み》てヤマトタケルが詠《よ》んだ歌《うた》、

ひさかたの　天《あめ》の香具山《かぐやま》　利鎌《とかま》に　さ渡《わた》る鵠《くび》
弱細《ひわぼそ》　手弱腕《たわやがいな》を　枕《ま》かむとは　我《あれ》はすれど
さ寝《ね》む（ン）とは　我《あれ》は思《おも》へ（エ）ど
汝《な》が著《け》せる　襲《おすい》の裾《すそ》に　月立《つきた》ちにけり

（聖《せい》なる天《あめ》の香具山《かぐやま》を、白《しろ》き利鎌《とかま》のさながらに、飛《と》び越《こ》え渡《わた》る白《しら》鳥《とり》よ。その細首《ほそくび》のさながらに、たおやかな腕《かいな》を枕《まくら》にして、あなたを抱《だ》きしめたいけれど、あなたと寝《ね》たく思《おも》うけど、あなたの上着《うわぎ》の裾《すそ》の上《うえ》、月《つき》（月経《げっけい》）がはっきり見《み》えてます。（「ひさかたの」は枕詞《まくらことば》））

❖其《そ》の国《くに》より科野国《しなののくに》に越《こ》えまして、乃《すなは》ち科野《しなの》の坂神《さかのかみ》を言向《ことむ》けて、尾張国《をはりのくに》に還《かへ》り来《き》まして、先《さき》の日《ひ》に期《ちぎ》りおかしし美夜受比売《みやずひめ》の許《もと》に入《い》り坐《ま》しき。是《ここ》に大御食《おほみけ》献《たてまつ》る時《とき》に、其《そ》の美夜受比売《みやずひめ》、大御酒盞《おほみさかづき》を捧《ささ》げて献《たてまつ》りき。爾《ここ》に美夜《みや》受比売《ずひめ》、其《そ》のおすひの襴《すそ》に月経《さはりのもの》著《つ》きたり。

故其《かれそ》の月経《さはりのもの》を見《み》そなはして、御歌曰《みうたよ》みしたまひしく、

比佐迦多能《ひさかたの》　阿米能迦具夜麻《あめのかぐやま》　斗迦麻邇《とかまに》　佐和多流久毘《さわたるくび》
比波煩曾《ひはぼそ》　多和夜賀比那袁《たわやがひなを》　麻迦牟登波《まかむとは》　阿礼波須礼杼《あれはすれど》
佐泥牟登波《さねむとは》　阿礼波意母閇杼《あれはおもへど》

那賀祁勢流《ながけせる》　意須比能須蘇爾《おすひのすそに》　都紀多知邇祁理《つきたちにけり》　（歌謡番号二八）

すると、ミヤズヒメはこの歌《うた》に答《こた》えて、こう詠《よ》んだ。

高光《たかひか》る　日《ひ》の御子《みこ》　やすみしし　我《わ》が大君《おおきみ》
あらたまの　年《とし》が来経《きふ》れば　あらたまの　月《つき》は来経往《きへゆ》く
諾《うべ》な諾《うべ》な　君待《きみま》ちがたに
我《わ》が著《け》せる　襲《おすい》の裾《すそ》に　月立《つきた》たなむ(ン)よ

（日神《にっしん》の御子《みこ》、大君《おおきみ》よ。年《とし》はたつもの、過《す》ぎるもの。月《つき》もたつもの、過《す》ぎるもの。あれからずいぶんたちました。ほんに話《はなし》はごもっとも。あなたのおいでを待《ま》ちきれなくて、私《わたし》の上着《うわぎ》の裾《すそ》の上《うえ》、月《つき》がたつのも無理《むり》ありません。（「高光《たかひか》る」「やすみしし」「あらたまの」は枕詞《まくらことば》））

こうして二人《ふたり》は結婚《けっこん》したが、いつも腰《こし》に帯《お》びていた草薙《くさなぎ》の剣《つるぎ》をヒメのもとに置《お》いたまま、伊吹山《いぶきやま》の神《かみ》を討《う》ちに出《で》かけた。

❖爾《ここ》に美夜受比売《みやずひめ》、御歌《みうた》に答《こた》へて曰《い》ひしく、

多迦比迦流《たかひかる》　比能美古《ひのみこ》　夜須美斯志《やすみしし》　和賀意富岐美《わがおほきみ》　阿良多麻能《あらたまの》
登斯賀岐布礼婆《としがきふれば》　阿良多麻能《あらたまの》　都紀波岐閇由久《つきはきへゆく》　宇倍那宇倍那《うべなうべな》
岐美麻知賀多邇《きみまちがたに》　和賀祁勢流《わがけせる》　意須比能須蘇爾《おすひのすそに》　都紀多多那牟余《つきたたなむよ》

（歌謡番号二九）

故爾《かれここ》に御合《みあ》ひしたまひて、其《そ》の御刀《みはかし》の草那芸剣《くさなぎのつるぎ》を、其《そ》の美夜受比売《みやずひめ》の許《もと》に置《お》きて、伊服岐《いぶき》の山《やま》の神《かみ》を取《と》りに幸行《い》でましき。

ヤマトタケルは、「この山《やま》の神《かみ》は素手《すで》で直接《ちょくせつ》討《う》ち取《と》ってやる」と、自信満々《じしんまんまん》、山《やま》に登《のぼ》ろうとして、山《やま》のほとりまで来《き》たとき、白《しろ》い猪《いのしし》と出会《であ》った。

猪《いのしし》の大《おお》きさは牛《うし》ほどもあった。そこで、ヤマトタケルは猪《いのしし》に向《む》かって、「白《しろ》い猪《いのしし》に化身《けしん》しているのは、伊吹山《いぶきやま》の神《かみ》の使《つか》いであろう。今殺《いまころ》さなくても、下山《げざん》する時《とき》に殺《ころ》してやる」と豪語《ごうご》して、山《やま》に登《のぼ》っていった。すると、怒《おこ》った山《やま》の神《かみ》が激《はげ》しい氷雨《ひさめ》を降《ふ》らして、ヤマトタケルを意識朦《いしきもう》朧《ろう》に陥《おちい》らせた〔この白《しろ》い猪《いのしし》に化身《けしん》していたのは、山《やま》の神《かみ》の使者《ししゃ》ではなく、山《やま》の神《かみ》の本体《ほんたい》であったが、大言《たいげん》を吐《は》いたために、意識《いしき》を混濁《こんだく》させられてしまったのだ〕。

やがて、下山《げざん》して玉倉部《たまくらべ》（不明《ふめい》）の清水《しみず》に着《つ》いて休憩《きゆうけい》したとき、正気《しょうき》を取《と》りもどした。それにちなんで、この清水《しみず》を居寤《いさめ》の清泉《しみず》と名《な》づけた。

❖是《ここ》に詔《の》りたまひしく、「玆《こ》の山神《やまのかみ》は徒手《むなで》に直《ただ》に取《と》りてむ」とのりたまひて、其《そ》の山《やま》に騰《のぼ》りたまふ時《とき》に、白猪《しろゐ》山《やま》の辺《へ》に逢《あ》へり。その大《おほ》きさ牛《うし》の如《ごと》くなり。爾《ここ》に言《こと》挙為《あげし》て詔《の》りたまひしく、「是《こ》の白猪《しろゐ》に化《な》れるは、その神《かみ》の使者《つかひ》にあらむ。今殺《いまと》らずとも還《かへ》らむ時《とき》に殺《と》りなむ」とのりたまひて騰《のぼ》り坐《ま》しき。

是《ここ》に大氷雨《おほひさめ》を零《ふ》らして、倭建命《やまとたけるのみこと》を打《う》ち或《まと》はしまつりき〔此《こ》の白猪《しろゐ》に化《な》れるは、其《そ》の神《かみ》の使者《つかひ》には非《あら》ずて、其《そ》の神《かみ》の正身《むざね》なりしを、言挙《ことあげ》したまへるに因《よ》りて、或《まと》はさえつるなり〕。

故還《かれかへ》り下《くだ》り坐《ま》して、玉倉部《たまくらべ》の清泉《しみづ》に到《いた》りて、息《いこ》ひ坐《ま》す時《とき》に、御心稍寤《みこころやや さ》めたまひき。故其《かれそ》の清泉《しみづ》に号《なづ》けて居寤清泉《ゐさめのしみづ》と謂《い》ふ。

✽東征の途中に婚約して、都に凱旋《がいせん》する帰り道、ようやくミヤズヒメと結婚できた。しかし、思いも寄らずこの結婚はヤマトタケルの運命を暗転させることになった。

伊吹山《いぶきやま》の神を退治に出かけたタケルは、剣を置き忘れたことに気づいたものの、剣が自分を守ってきたことに気づかなかった。

戦いが終わったという心のゆるみもあったが、それ以上に驕《おご》りがあった。自分の力を過信したタケルは、素手《すで》で神に立ち向かおうとした。この瞬間、剣神の加護はタケルのもとを離れた。

伊吹山の神の怒りに遭い、タケルは気絶した。すべては草薙《くさなぎ》の剣《つるぎ》をヒメのもとに置き忘れたことが原因である。だがタケルは気づこうとしない。暗い予感が漂い始めた場面である。

伊吹山
滋賀県と岐阜県の境に位置する1377mの山。古来より、修験道の霊山として知られる。頂上にはヤマトタケルの像が建てられている。

## ◆英雄《えいゆう》ヤマトタケル、帰郷《ききょう》の途中《とちゅう》、病《やまい》に倒《たお》る――望郷《ぼうきょう》の辞世歌《じせいか》

玉倉部《たまくらべ》を出発《しゅつぱつ》して、当芸野《たぎの》（岐阜県養老郡《ぎふけんようろうぐん》）付近《ふきん》まで来《き》たとき、ヤマトタケルは、「自分《じぶん》はいつも、空《そら》だって飛《と》んで行《い》ける気力《きりょく》があったけれど、今《いま》はもう歩《ある》けなくなって、足《あし》がこんなに腫《は》れ曲《ま》がって（たぎたぎしくなって）しまった」とこぼした。それで、この地《ち》を当芸《たぎ》と名《な》づけた。

そこからほんの少《すこ》し歩《ある》いたものの、あまりに疲労感《ひろうかん》が深《ふか》いので、お杖《つえ》をついてそろそろと歩《ある》いた。それで、この地《ち》を杖衝坂《つえつきざか》と名《な》づけた。

ようやく伊勢《いせ》の尾津《おつ》の前《さき》（「おづのさき」とも。三重県桑名市《みえけんくわなし》）の一本《いっぽん》松《まつ》のもとに着《つ》いたところ、かつて東征《とうせい》の途中《とちゅう》に食事《しょくじ》をして、そこに置《お》き忘《わす》れた大刀《たち》がそのまま残《のこ》っていた。その感慨《かんがい》を歌《うた》に詠《よ》んだ。

尾張《おわり》に　直《ただ》に向《む》かへ(エ)る　尾津《おつ》の崎《さき》なる　一《ひと》つ松《まつ》　あせを　一《ひと》つ松《まつ》
人《ひと》にありせば　大刀《たち》佩《は》けましを　衣著《きぬき》せましを　一《ひと》つ松《まつ》　あせを

（尾張《おわり》へと、真《ま》っ直《す》ぐに向《む》く一本松《いっぽんまつ》、尾津《おつ》の岬《みさき》の一本松《いっぽんまつ》。なあ、
おまえ。一本松《いっぽんまつ》が人《ひと》ならば、太刀《たち》を佩《は》かせてやるものを、着物《きもの》
を着《き》せてやるものを。一本松《いっぽんまつ》よ。なあ、おまえ。（「あせを」は
囃子詞《はやしことば》）

そこから進《すす》んで三重《みえ》の村《むら》（四日市市《よっかいちし》）に着《つ》いたとき、ふたたび「足《あし》は三《み》重《え》に曲《ま》げた餅《もち》のように腫《は》れ曲《ま》がり、ひどい疲《つか》れようだ」と嘆《なげ》いた。それで、そこを三重《みえ》と名《な》づけた。

❖其処《そこ》より発《た》たして、当芸野上《たぎののへ》に到《いた》ります時《とき》に、詔《の》りたまはくは、「吾《あ》が心《こころ》、恒《つね》は虚《そら》より翔《か》けり行《ゆ》かむと念《おも》ひつるを、然《しか》るに、今吾《いまあ》が足《あし》え歩《あゆ》まず、たぎたぎしく成《な》りぬ」とのりたまひき。故其地《かれそこ》に号《なづ》けて当芸《たぎ》と謂《い》ふ。
其地《そこ》より差少《ややすこ》し幸行《い》でますに、甚《いた》く疲《つか》れませるに因《よ》りて、御杖《みつゑ》を衝《つ》かして、稍《やや》に歩《あゆ》みたまひき。故其地《かれそこ》に号《なづ》けて杖衝坂《つゑつきざか》と謂《い》ふ。

尾津前《をつのさき》の一《ひと》つ松《まつ》の許《もと》に到《いた》り坐《ま》ししに、先《さき》に、御食《みをし》せし時《とき》、其地《そこ》に忘《わす》らしし御刀《みはかし》、失《う》せずて猶有《なほあ》りけり。爾《ここ》に御歌《みうた》曰《よ》みしたまひしく、

袁波理邇《をはりに》　多陀邇牟迦幣流《ただにむかへる》　袁都能佐岐那流《をつのさきなる》　比登都麻都《ひとつまつ》　阿勢袁《あせを》
比登都麻都《ひとつまつ》　比登邇阿理勢婆《ひとにありせば》　多知波気麻斯袁《たちはけましを》　岐奴岐勢麻斯袁《きぬきせましを》
比登都麻都《ひとつまつ》　阿勢袁《あせを》　（歌謡番号三〇）

其地《そこ》より幸《い》でまして、三重村《みへのむら》に到《いた》ります時《とき》に、亦詔《またの》りたまはく、「吾《あ》が足三《あしみ》重《への》勾《まがり》の如《ごと》くして、甚《いた》く疲《つか》れたり」とのりたまひき。故其地《かれそこ》に号《なづ》けて三重《みへ》と謂《い》ふ。

そこからさらに進《すす》んで、能煩野《のぼの》（三重県亀山市《みえけんかめやまし》）に着《つ》いたとき、望郷《ぼうきょう》の歌《うた》を詠《よ》んだ。

倭《やまと》は　国《くに》のまほろば　たたなづく　青垣《あおかき》　山隠《やまごも》れる　倭《やまと》し　美《うるわ》し
［大和《やまと》の国《くに》のすばらしさ。姿《すがた》かたちの美《うつく》しさ。重《かさ》なり合《あ》える山並《やまな》みに、青《あお》い垣根《かきね》の山並《やまな》みに、こもれる大和《やまと》うるわしき。］

命《いのち》の　全《また》けむ（ン）人《ひと》は　畳薦《たたみこも》　平群《へぐり》の山《やま》の
熊白檮《くまかし》が葉《は》を　髻華《うず》に挿《さ》せ　その子《こ》
〔無事《ぶじ》に元気《げんき》で帰《かえ》ったら、平群《へぐり》の山《やま》（生駒郡《いこまぐん》）の大《おお》きなる、聖《せい》なる樫《かし》の葉《は》をとりて、挿頭《かざし》にさして、神々《かみがみ》に感謝《かんしゃ》をしろよ。おまえたち。（「畳薦《たたみこも》」は枕詞《まくらことば》）〕

この二《に》首《しゅ》は国思《くにしの》び歌《うた》という名《な》の歌《うた》である。次《つぎ》にまた、

愛《は》しけやし　吾家《わぎえ》の方《かた》よ　雲居《くもい》立《た》ち来《く》も
〔ああ、なつかしい。ふるさとのわが家《や》のほうだ。あの雲《くも》が湧《わ》き起《お》こり来《く》る方角《ほうがく》は。〕

これは片歌《かたうた》という形式《けいしき》の歌《うた》である。この時《とき》、病気《びょうき》が急変《きゅうへん》して危篤《きとく》に陥《おちい》った。その時《とき》の歌《うた》、

嬢子《おとめ》の 床《とこ》の辺《べ》に 我《わ》が置《お》きし つるぎの大刀《たち》 その大刀《たち》はや
（あの女《ひと》の寝床《ねどこ》のそばに、置《お》いて出《で》た、ああ、あの剣《つるぎ》、あの大刀《たち》よ。あれがこの手《て》にあったらなあ。）

歌《うた》い終《お》わると同時《どうじ》に、お隠《かく》れになった。ただちに、薨去《こうきょ》を知《し》らせる急使《きゅうし》の早馬《はやうま》が大和《やまと》へ走《はし》った。

❖其《そこ》より幸行《い》でまして、能煩野《のぼの》に到《いた》ります時《とき》に、国思《くにしの》はして歌曰《うたよ》みしたまひしく、

夜麻登波《やまとは》 久爾能麻本呂婆《くにのまほろば》 多多那豆久《たたなづく》 阿袁加岐《あをかき》 夜麻碁母礼流《やまごもれる》
夜麻登志《やまとし》 宇流波斯《うるはし》 （歌謡番号三一）

また、歌曰《うたよ》みしたまひしく、

伊能知能《いのちの》 麻多祁牟比登波《またけむひとは》 多多美許母《たたみこも》 弊具理能夜麻能《へぐりのやまの》 久麻加志賀波袁《くまかしがはを》
宇受爾佐勢《うずにさせ》 曾能古《そのこ》 （歌謡番号三二）

此《こ》の歌《うた》は思国歌《くにしのひうた》なり。又歌曰《またうたよ》みしたまひしく、

波斯祁夜斯《はしけやし》　和岐幣能迦多用《わぎへのかたよ》　久毛韋多知久母《くもゐたちくも》　（歌謡番号三二）

此《こ》は片歌《かたうた》なり。此《こ》の時御病甚急《ときみやまひいとにはか》になりぬ。爾《ここ》に御歌曰《みうたよ》みしたまひしく、

袁登売能《をとめの》　登許能弁爾《とこのべに》　和賀淤岐斯《わがおきし》　都流岐能多知《つるぎのたち》　曽能多知波夜《そのたちはや》　（歌謡番号三四）

と歌《うた》ひ竟《を》へて、即《すなは》ち崩《かむあが》りたまひき。爾《ここ》に駅使《はゆまづかひ》を貢上《たてまつ》りき。

✻戦い終わった英雄は必ず故郷をめざす。だが、剣の霊力に見離された英雄は、ひとり滅びの道を歩むほかなかった。「一本松」を自分の分身に見立てるほど、絶望的な孤独感がタケルをむしばんでいく。今ようやく剣を置き忘れる過ちに気づいたタケルだったが、時すでに遅かった。

やがて、故郷にたどりつけないという死の予感に襲われはじめた。「倭は国のまほろば」という望郷の念をこめた絶唱が悲しく響く。長く苦しかった戦いの疲れが死病を呼び込んで、英雄ヤマトタケルはここに倒れた。

いかなる英雄も剣霊に見離されたならば滅びるほかない。この刀剣信仰は、『古事記』の敬神思想を太く鋭くつらぬいている。

## ◆白鳥《しらとり》となって天翔《あまが》ける英雄《えいゆう》ヤマトタケルの霊魂《れいこん》――白鳥《しらとり》の御陵《みささぎ》

ヤマトタケルの訃報《ふほう》を受《う》け取《と》り、大和《やまと》にいる妃《きさき》たちや御子《みこ》たちはみな能《の》煩《ぼ》野《の》に下《くだ》って墓《はか》を作《つく》り、周《まわ》りの水《みず》に浸《つ》かった田《た》を這《は》いまわり、大声《おおごえ》をあげて泣《な》きに泣《な》いて、

なづきの田《た》の　稲幹《いながら》に　稲幹《いながら》に　匍《は》ひ《(イ)》廻《もと》ほ《(オ)》ろふ《(ウ)》　野老蔓《ところづら》

〔水《みず》に浸《つ》かった稲田《いなだ》の茎《くき》に、その茎《くき》に、這《は》いまわりつく山芋《やまいも》の、
その蔓《つる》のように、亡《な》き人《ひと》の墓《はか》にまつわり、泣《な》き這《は》いまわる。〕

と歌《うた》った。そうしている間《ま》に、ヤマトタケルの魂《たましい》は大《おお》きな白鳥《しらとり》に変身《へんしん》して、天高《てんたか》く飛《と》び立《た》ち、浜《はま》に向《む》かっていった。これを見《み》て、妃《きさき》や御子《みこ》たちは、小《し》竹《の》の切《き》り株《かぶ》で足《あし》を傷《きず》つけながらも痛《いた》さを忘《わす》れ、泣《な》きながら追《お》いかけた。

この時《とき》に妃《きさき》や御子《みこ》たちの詠《よ》んだ歌《うた》、

浅小竹原《あさじのはら》　腰《こし》なづむ　空《そら》は行《ゆ》かず　足《あし》よ行《ゆ》くな

〔低《ひく》い篠原《しのはら》かき分《わ》け行《ゆ》けば、腰《こし》に篠竹《しのだけ》まつわりついて、どうにも前《まえ》に進《すす》めない。白鳥《しらとり》は空《そら》を飛《と》ぶのに、こちらは飛《と》べず、てくてく歩《ある》くもどかしさ。〕

❖是《ここ》に倭《やまと》に坐《ま》す后等《きさきたち》、及《また》御子《みこ》等《たち》諸《もろもろ》下《くだ》り到《き》まして、御陵《みはか》を作《つく》りき。即《すなは》ち其地《そこ》のなづき田《た》に匍匐《はらば》ひ廻《もとほ》りて、哭《みねな》か為《し》つつ歌曰《うたよ》みしたまひしく、

那豆岐能多能《なづきのたの》　伊那賀良邇《いながらに》　伊那賀良爾《いながらに》　波比母登富呂布《はひもとほろふ》　登許呂豆良《ところづら》

（歌謡番号三五）

是《ここ》に八尋白智鳥《やひろしろちとり》に化《な》りて、天《あめ》に翔《か》けりて、浜《はま》に向《む》きて飛《と》び行《い》でます。爾《ここ》に其《そ》の后《きさき》と御子《みこ》等《たち》、其《そ》の小竹《しの》の苅杙《かりくひ》に、足跳《あしき》り破《やぶ》るれども、其《そ》の痛《いた》みをも忘《わす》れて、哭《な》きつつ追《お》ひいでましき。此《こ》の時《とき》、歌曰《うたよ》みしたまひしく、

阿佐士怒波良《あさじのはら》　許斯那豆牟《こしなづむ》　蘇良波由賀受《そらはゆかず》　阿斯用由久那《あしよゆくな》

（歌謡番号三六）

また、妃《きさき》や御子《みこ》たちが海水《かいすい》に浸《つ》かって、苦労《くろう》しながら白鳥《しらとり》を追《お》いかけた時《とき》の歌《うた》、

海処《うみが》行《ゆ》けば　腰《こし》なづむ　大河原《おおかわら》の　植ゑ草《う(エ)ぐさ》　海処《うみが》は　いさよふ《(ウ)》

〔海《うみ》を進《すす》めば、腰《こし》まで浸《つ》かる。どうにも前《まえ》に進《すす》めない。広《ひろ》い川面《かわも》の水草《みずくさ》のよう、海《うみ》を進《すす》めば、ただようばかり。どうにも前《まえ》に進《すす》めない。〕

また、白鳥《しらとり》が浜《はま》から飛《と》び立《た》って、岩石《がんせき》の多《おお》い磯《いそ》にとまっているときの歌《うた》、

浜《はま》つ千鳥《ちどり》　浜《はま》よ行《ゆ》かず　磯伝ふ《いそづた(ウ)》

〔浜《はま》の千鳥《ちどり》のいる浜《はま》を、浜《はま》を行《ゆ》かずに白鳥《しらとり》は、岩場《いわば》の多《おお》い磯伝《いそつた》い、磯《いそ》を伝《つた》って飛《と》んで行《ゆ》く。〕

この四首《よんしゅ》の歌《うた》は、すべてヤマトタケルの葬儀《そうぎ》で歌《うた》われた。それがもとで、今《いま》に至《いた》るも、天皇《てんのう》の御大葬《ごたいそう》に歌《うた》われるのである。

さて、白鳥《しらとり》は伊勢《いせ》の国《くに》から空高《そらたか》く飛《と》び立《た》って、河内《かわち》の国《くに》の志幾《しき》（大阪府《おおさかふ》羽曳野市《はびきのし》）に降《お》り立《た》った。妃《きさき》や御子《みこ》たちはそこにお墓《はか》を作《つく》って、ヤマトタケルの霊《れい》を鎮《しず》めた。そのお墓《はか》を白鳥《しらとり》の御陵《みささぎ》と名《な》づけた。

けれども、白鳥《しらとり》は、そこから再《ふたた》び空高《そらたか》く飛《と》び去《さ》った。

およそ、ヤマトタケルが諸国平定《しょこくへいてい》に出動《しゅつどう》した際《さい》には、久米《くめ》の直《あたえ》の祖先《そせん》、七拳脛《ななつかはぎ》が必《かなら》ず料理人《りょうりにん》として従軍《じゅうぐん》した。

❖又其《またそ》の海塩《うしほ》に入《い》りて、なづみ行《い》でます時《とき》、歌曰《うたよ》みしたまひしく、

宇美賀由気婆《うみがゆけば》　許斯那豆牟《こしなづむ》　意富迦波良能《おほかはらの》　宇恵具佐《うゑぐさ》　宇美賀波《うみがは》　伊佐用布《いさよふ》

（歌謡番号三七）

又飛《またと》びて其《そ》の磯《いそ》に居《ゐ》たまふ時《とき》、歌曰《うたよ》みしたまひしく、

波麻都知登理《はまつちとり》　波麻用由迦受《はまよゆかず》　伊蘇豆多布《いそづたふ》　（歌謡番号三八）

是《こ》の四歌《よつのうた》は、皆其《みなそ》の御葬《みはぶり》に歌《うた》ひき。故今《かれいま》に至《いた》るまで、其《そ》の歌《うた》は天皇《すめらみこと》の大御葬《おほみはぶり》に歌《うた》ふなり。

故其《かれそ》の国《くに》より飛《と》び翔《か》けり行《ゆ》きまして、河内国《かふちのくに》の志幾《しき》に留《とど》まりたまひき。故其地《かれそこ》に御陵《みはか》を作《つく》りて、鎮《しづ》まり坐《ま》さしめき。即《すなは》ち其《そ》の御陵《みはか》に号《なづ》けて白鳥御陵《しらとりのみささぎ》と謂《い》ふ。然《しか》れども亦其地《またそこ》より更《さら》に天《あめ》に翔《か》けりて飛《と》び行《い》でましき。

凡《およ》そ此《こ》の倭建命《やまとたけるのみこと》、国平《くにむ》けに廻《めぐ》り行《い》でましし時《とき》、久米直《くめのあたへ》が祖《おや》、名《な》は七拳脛《ななつかはぎ》、恒《つね》に膳夫《かしはで》と為《し》て従《したが》ひ仕《つか》へ奉《まつ》りき。

✻死んだヤマトタケルの魂は白鳥となって空高く飛んだ。それを妻子たちはどこまでも追いかけて行く。白鳥は一度は御陵《ごりよう》に鎮《しず》まったが、再び大空に飛び立った。それからどこへ行ったのか、だれも知らない。波瀾万丈《はらんばんじよう》の生涯を送った英雄の死にふさわしいフィナーレである。死んだ後、黄泉《よみ》や根《ね》の国《くに》や常世《とこよ》に渡ったなどという記事はない。それが、どれほど英雄の死を清々しく神々しくしていることか。物語の伝承者の深い心くばりを感じる。

白鳥御陵は付録「史跡案内」二九一ページ参照。

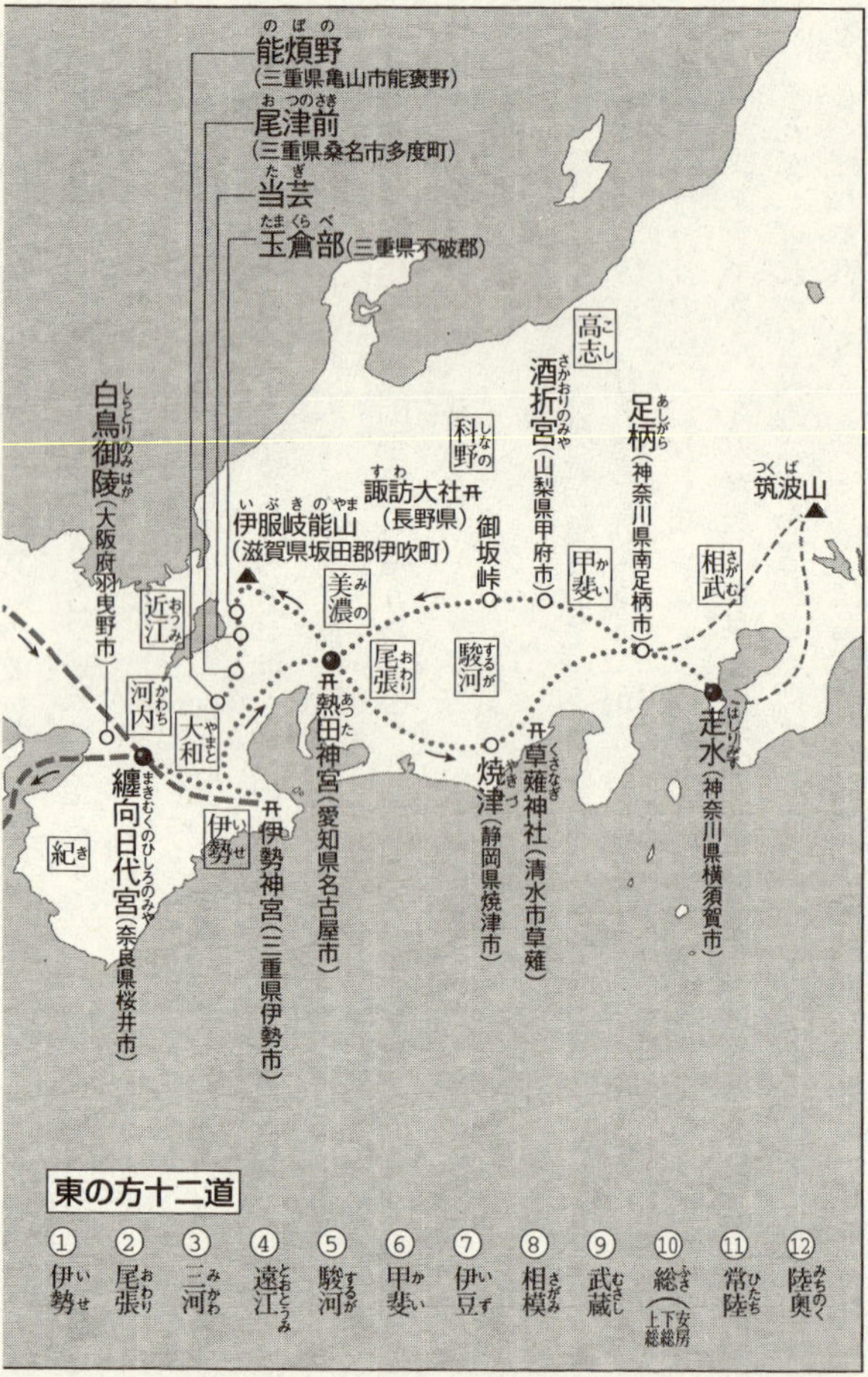
能煩野《のぼの》
(三重県亀山市能褒野)
尾津前《おつのさき》
(三重県桑名市多度町)
当芸《たぎ》
玉倉部《たまくらべ》(三重県不破郡)
高志《こし》
酒折宮《さかおりのみや》(山梨県甲府市)
足柄《あしがら》(神奈川県南足柄市)
白鳥御陵《しらとりのみはか》(大阪府羽曳野市)
科野《しなの》
諏訪《すわ》大社
(長野県)
筑波山《つくば》
伊服岐能山《いぶきのやま》
(滋賀県坂田郡伊吹町)
御坂峠
甲斐《かい》
相武《さがむ》
美濃《みの》
近江《おうみ》
尾張《おわり》
駿河《するが》
河内《かわち》
熱田《あつた》神宮(愛知県名古屋市)
大和《やまと》
草薙《くさなぎ》神社(清水市草薙)
焼津《やきつ》(静岡県焼津市)
走水《はしりみず》(神奈川県横須賀市)
纏向日代宮《まきむくのひしろのみや》(奈良県桜井市)
伊勢《いせ》
伊勢神宮(三重県伊勢市)
紀《き》
東の方十二道
① 伊勢《いせ》
② 尾張《おわり》
③ 三河《みかわ》
④ 遠江《とおとうみ》
⑤ 駿河《するが》
⑥ 甲斐《かい》
⑦ 伊豆《いず》
⑧ 相模《さがみ》
⑨ 武蔵《むさし》
⑩ 総《ふさ》(上総 下総 安房)
⑪ 常陸《ひたち》
⑫ 陸奥《みちのく》

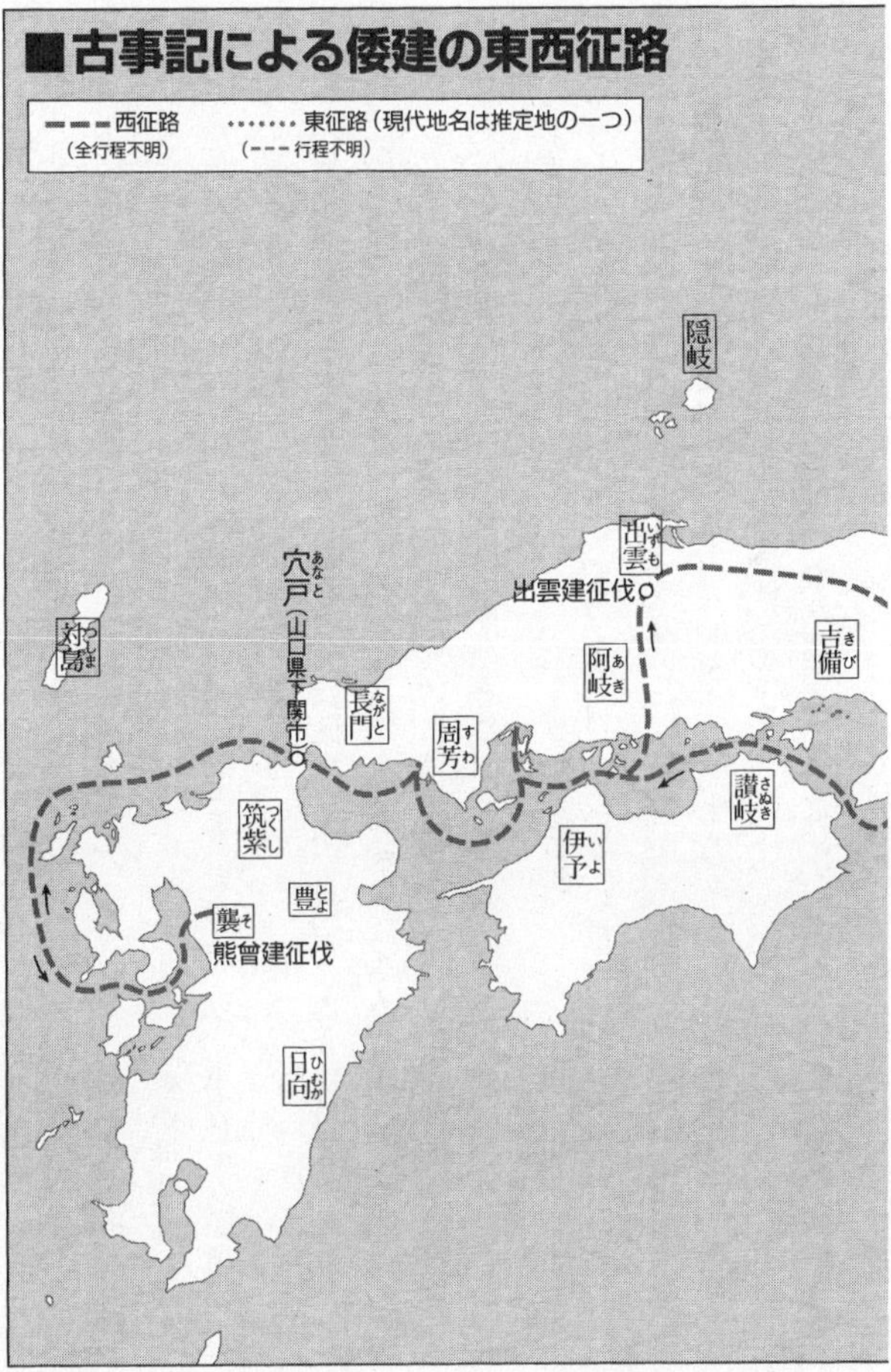
■古事記による倭建の東西征路
西征路
（全行程不明）
東征路（現代地名は推定地の一つ）
（--- 行程不明）
隠岐
出雲《いずも》
出雲建征伐
穴戸《あなと》（山口県下関市）
対馬《つしま》
吉備《きび》
阿岐《あき》
長門《ながと》
周芳《すわ》
讃岐《さぬき》
筑紫《つくし》
伊予《いよ》
豊《とよ》
襲《そ》
熊曾建征伐
日向《ひむか》

★『古事記《こじき》』と『日本書紀《にほんしょき》』とは異母兄弟《いぼきょうだい》

日本の神話のほとんどが『古事記』と『日本書紀』に収録されている。日本神話のことを、書名の末尾を合わせて「記紀神話《ききしんわ》」というのも、二書が神話集の代表だからである。その点からすれば二書は兄弟ともいえる。が、事はそう簡単ではない。

この兄弟、父親は天武天皇《てんむてんのう》であることは確かだが、母親が違う異母兄弟なのだ。『古事記』の母親役は太安万侶《おおのやすまろ》、『日本書紀』の母親役は舎人親王《とねりしんのう》（天武天皇の子）。だが、公的に認知されているのは『日本書紀』で、『古事記』のほうは官選の歴史書から無視された日陰者《ひかげもの》扱いだ。その理由はいろいろ取りざたされているが、真相は今ひとつはっきりしない。

こうした出生の違いが、『古事記』と『日本書紀』の性格に大きな影を落としている。思いつくままに並べ立てると、アマテラスは日神なのだが、『古事記』は一貫して「天照大御神」と記して日神とは言わない。『日本書紀』では日神であり、本名のヒルメのヒに日（太陽）の字を当てている。

スサノオもしかり。『古事記』の建速須佐之男《たけはやすさのお》は字づらからして、勇猛果敢《ゆうもうかかん》な自然児を思わせるのに対して、『日本書紀』の素戔嗚は字義をたどると、生まれつき泣きわめいてものごとをだめにする意である。最初から悪神の名を付けられている。

オオクニヌシも、あの因幡《いなば》の白兎《しろうさぎ》の話は『日本書紀』には出てこない。敵役《かたきやく》にはもったいないからかどうか、その辺の事情はわからないが。

さらに、ヤマトタケルにいたっては人格ががらりと変わる。『古事記』では、兄を殺したり、父から見捨てられたと叔母《おば》に訴えたりする不肖《ふしょう》の息子だが、こんな話は『日本書紀』にはまったくない。『日本書紀』のヤマトタケルは父の命令に従って、勇んで蝦夷征伐《えみしせいばつ》におもむく自慢の息子である。どだい『古事記』の「倭建命《やまとたけるのみこと》」と『日本書紀』の「日本武尊《やまとたけるのみこと》」では、見た目にも違いすぎるというものだ。

挙げればきりがないので省略するが、『日本書紀』には「一書《いっしょ》に曰《い》はく」として、異文がたくさん出てくる。要するに、出所不明の兄弟が何人もいるのだ。

というわけで、日本神話をきちんと読むには、『古事記』『日本書紀』の二書を、読み比べる必要があるのである。

## ◆神功皇后《じんぐうこうごう》の神《かみ》がかりと、神罰《しんばつ》を受《う》けた仲哀天皇《ちゅうあいてんのう》——新羅親征《しらぎしんせい》

仲哀天皇《ちゅうあいてんのう》の皇后《こうごう》オキナガタラシヒメ（神功皇后《じんぐうこうごう》）は神《かみ》がかりしたことがあった。それは、仲哀天皇《ちゅうあいてんのう》が筑紫《つくし》の香椎《かしい》の宮《みや》（福岡市《ふくおかし》）に出向《でむ》いて、熊曾《くまそ》の国《くに》を討《う》とうとした時《とき》のことである。

天皇《てんのう》は神《かみ》を招《まね》くために琴《こと》を弾《ひ》き、建内《たけしうち》の宿禰《すくね》の大臣《だいじん》は聖《せい》なる庭《にわ》で熊曾討《くまそとう》伐《ばつ》の是非《ぜひ》に答《こた》える神託《しんたく》を待《ま》っていた。

そのとき、皇后《こうごう》は神《かみ》がかりして神《かみ》の言葉《ことば》を発《はっ》し、「西《にし》の方《ほう》に国《くに》（新羅《しらぎ》）がある。そこには、金銀《きんぎん》をはじめとして目《め》もくらむような珍《めずら》しい宝物《たからもの》がたくさんある。私《わたし》は今《いま》、その国《くに》をそなたに授《さず》けようと思《おも》う」と伝《つた》えた。熊曾《くまそ》討伐《とうばつ》など二《に》の次《つぎ》だというのである。

これを聞《き》いた天皇《てんのう》は、「高《たか》い所《ところ》に登《のぼ》って西《にし》の方《ほう》を望《のぞ》むと、国土《こくど》は見《み》えず、ただ大海《たいかい》が広《ひろ》がるだけです」と反論《はんろん》した。

しかも、うそつきの神《かみ》と決《き》めつけて、琴《こと》をかたわらに押《お》しやり、弾《ひ》くの

を止《や》めて押《お》し黙《だま》った。

❖其《そ》の大后息長帯日売命《おほきさきおきながたらしひめのみこと》は、当時《そのかみ》神帰《かみよ》せしたまひき。故《かれ》天皇《すめらみこと》筑紫《つくし》の訶《か》志《し》比宮《ひのみや》に坐《ましま》して熊曾国《くまそのくに》を撃《う》たむとしたまふ時《とき》に、天皇《すめらみこと》御《み》琴《こと》を控《ひ》かして、建内宿禰大臣《たけしうちのすくねのおほおみ》沙庭《さには》に居《ゐ》て、神《かみ》の命《みこと》を請《こ》ひまつりき。是《ここ》に大后《おほきさき》、神帰《かみよ》せして、言教《ことをし》へ覚《さと》し詔《の》りたまひつらくは、「西《にし》の方《かた》に国有《くにあ》り。金《くがね》・銀《しろがね》を本《はじめ》と為《し》て、目《め》の炎耀《かかや》く種々《くさぐさ》の珍宝《うづたから》其《そ》の国《くに》に多《さは》在《な》るを、吾《われ》今《いま》其《そ》の国《くに》を帰《よ》せ賜《たま》はむ」とのりたまひつ。

ここに天皇《すめらみこと》、答《こた》へ白《まを》したまはく、「高《たか》き地《ところ》に登《のぼ》りて西《にし》の方《かた》を見《み》れば、国土《くに》は見《み》えず、唯大海《ただおほうみ》のみ有《あ》り」とまをして、

琴をひく男子の埴輪
（群馬県出土）相川考古館蔵

詐《いつは》り為《せ》す神《かみ》と謂《おも》ほして、御琴《みこと》を押《お》し退《そ》けて、控《ひ》きたまはず、黙《もだ》し坐《いま》しき。

神《かみ》の怒《いか》りはすさまじかった。「この国《くに》はそなたの統治《とうち》すべき国《くに》ではない。なんじは死《し》の国《くに》へ一直線《いっちょくせん》の道《みち》を進《すす》むがよい」と宣告《せんこく》した。

驚《おどろ》いた建内《たけしうち》の宿禰《すくね》の大臣《だいじん》は、「畏《おそ》れ多《おお》いことでございます。陛下《へいか》、やはりその琴《こと》をお弾《ひ》きなさい」と促《うなが》した。天皇《てんのう》はのろのろと琴《こと》を引《ひ》き寄《よ》せ、しぶしぶと弾《ひ》いた。

ところが、まもなく琴《こと》の音《ね》がぴたりと止《と》まった。すぐに灯《ひ》をともして見《み》ると、天皇《てんのう》はすでに亡《な》くなっていた。

その場《ば》に居《い》あわせた政府高官《せいふこうかん》たちは驚《おどろ》き恐《おそ》れて、御遺体《ごいたい》を御大葬《ごたいそう》の宮殿《きゅうでん》に移《うつ》し、諸国《しょこく》から罪《つみ》・穢《けがれ》を祓《はら》うための供物《くもつ》を納《おさ》めさせた。そして、国民《こくみん》が犯《おか》した、家畜虐殺《かちくぎゃくさつ》・農地破壊《のうちはかい》・祭場冒瀆《さいじょうぼうとく》・近親相姦《きんしんそうかん》・獣姦《じゅうかん》などをはじめとする、あらゆる罪《つみ》の類《たぐい》を一括《いっかつ》して、国《くに》をあげて祓《はら》い清《きよ》める大祓《おおはらえ》の行事《ぎょうじ》を執《と》り行《おこな》った。

そのうえで、あらためて建内《たけしうち》の宿禰《すくね》が聖《せい》なる祭《まつり》の庭《にわ》で神託《しんたく》を願《ねが》った。すると、先日《せんじつ》と同《おな》じように仲哀天皇《ちゅうあいてんのう》を認《みと》めず、「この国《くに》は皇后《こうごう》の御腹《おなか》の御子《みこ》が統治《とうち》すべき国《くに》である」という神託《しんたく》が下《くだ》った。

❖爾《ここ》に其《そ》の神大《かみいた》く忿《いか》りて詔《の》りたまはく、「凡《およ》そ茲《こ》の天下《あめのした》は、汝《みまし》の知《し》らすべき国《くに》に非《あら》ず、汝《みまし》は一道《ひとみち》に向《む》かひたまへ」とのりたまひき。是《ここ》に建内宿禰大臣《たけしうちのすくねのおほおみ》白《まを》さく、「恐《かしこ》し、我《わ》が天皇《おほきみ》。猶《なほ》其《そ》の大御琴《おほみこと》あそばせ」とまをす。爾《ここ》に稍《やや》に其《そ》の御琴《みこと》を取《と》り依《よ》せて、なまなまに控《ひ》き坐《いま》す。故《かれ》、幾久《いくだ》も未《あら》ずて、御琴《みこと》の音聞《ねき》こえずなりぬ。即《すなは》ち火《ひ》を挙《あ》げて見《み》まつれば、既《すで》に崩《かむあが》りたまひつ。

爾《ここ》に驚《おどろ》き懼《かしこ》みて、殯宮《あらきのみや》に坐《ま》せまつりて、更《さら》に国《くに》の大《おほ》ぬさを取《と》りて、生剝《いきはぎ》、逆剝《さかはぎ》、阿離《あはなち》、溝埋《みぞうみ》、屎戸《くそへ》、上通下通婚《おやこたはけ》、馬婚《うまたはけ》、牛婚《うしたはけ》、鶏婚《とりたはけ》、犬婚《いぬたはけ》の罪《つみ》の類《たぐひ》を種々求《くさぐさま》ぎて、国《くに》の大祓《おほはらへ》為《し》て、亦《また》建内宿禰《たけしうちのすくね》沙庭《さには》に居《ゐ》て、神《かみ》の命《みこと》を請《こ》ひまつりき。是《ここ》に教《をし》へ覚《さと》したまふ状《さま》、具《つぶ》さに先《さき》の日《ひ》の如《ごと》くありて、「凡《およ》そ此《こ》の国《くに》は、汝命《いましみこと》の御腹《みはら》に坐《ま》す御子《みこ》の知《し》らさむ国《くに》なり」とさとしたまひき。

✻天皇位は神が授与するものである。神を冒瀆《ぼうとく》する天皇は死の道を歩むしかない。

この話は、祭政一致が揺らぎはじめた時代の、中興の祖を讃《たた》える伝説である。神功皇后の実像は不透明だが、ここに見るように神がかりする巫女《みこ》でもあった。『日本書紀』が『魏志《ぎし》』倭人伝《わじんでん》の卑弥呼に重ねているのも不当とは言えない。

東アジアの政治情勢をからませながら、神意にそって挙国一致の精神のもと、国外に領土を拡張しようとする政治神話といえる。

神功皇后には卑弥呼ばかりか、アマテラスの戦う女神像も重なる。そもそも『古事記』に登場する女性像は、男性像よりも力強く輝いているものがはるかに多い。

*************

そこで、建内《たけしうち》の宿禰《すくね》が御子《みこ》の性別《せいべつ》を問《と》うと、神《かみ》は男子《だんし》（のちの応神天《おうじんてん》皇《のう》）であると答《こた》えた。さらに相手《あいて》の神《かみ》の名《な》を尋《たず》ねると、自分《じぶん》は住吉《すみよし》の神《かみ》であり、すべてはアマテラスの思《おぼ》し召《め》しによると答《こた》えた。そして、もし神託《しんたく》に従《したが》って西方《せいほう》の国《くに》を従《したが》えたいのならば、自分《じぶん》を祭《まつ》るよう指示《しじ》した。

皇后《こうごう》は、神《かみ》の指示《しじ》どおりに行動《こうどう》して、みずから大船団《だいせんだん》を率《ひき》いて進撃《しんげき》し、新羅《しらぎ》の国《くに》を占領《せんりよう》した。神命《しんめい》により天皇《てんのう》に指名《しめい》され、皇后《こうごう》の腹《はら》の中《なか》にあって征戦《せいせん》に参加《さんか》した御子《みこ》の応神天皇《おうじんてんのう》を、とくに胎中天皇《たいちゆうてんのう》と呼《よ》ぶことがある。

*************

## ◆応神天皇《おうじんてんのう》が木幡《こはた》のヤカワエヒメに贈《おく》った求愛《きゅうあい》の歌《うた》――蟹《かに》の歌《うた》

応神天皇《おうじんてんのう》が木幡村《こはたむら》（京都府宇治市《きょうとふうじし》）に出《で》かけたとき、道《みち》の辻《つじ》で美《うつく》しい娘《むすめ》と出会《であ》った。天皇《てんのう》がその娘《むすめ》に、「おまえは誰《だれ》の子《こ》か」と尋《たず》ねると、「私《わたし》はワニノヒフレノオオミの娘《むすめ》で、宮主《みやぬし》ヤカワエヒメと申《もう》します」と答《こた》えた。

天皇《てんのう》は、さらに娘《むすめ》に向《む》かって、「明日《あす》、都《みやこ》に帰《かえ》る前《まえ》におまえの家《いえ》に立《た》ち寄《よ》ろうと思《おも》う」と求愛《きゅうあい》した。家《いえ》に戻《もど》ったヤカワエヒメは、事《こと》のしだいを詳《くわ》しく父《ちち》に話《はな》した。

話《はなし》を聞《き》いた父《ちち》は、「その方《かた》は天皇《てんのう》でいらっしゃるぞ。畏《おそ》れ多《おお》いことだ。ヒメよ、お話《はなし》を承知《しょうち》して、お仕《つか》えしなさい」とたいそう喜《よろこ》んだ。大急《おおいそ》ぎで、天皇《てんのう》をお迎《むか》えするために、屋敷《やしき》をりっぱに飾《かざ》りたてて待《ま》ち受《う》けた。

翌日《よくじつ》、天皇《てんのう》がおいでになった。料理《りょうり》を差《さ》し上《あ》げるとき、父《ちち》は娘《むすめ》のヤカワエヒメに特別製《とくべつせい》の杯《さかづき》を運《はこ》ばせ、酌《しゃく》の世話《せわ》をさせた。

❖故《かれ》木幡村《こはたのむら》に到《いた》り坐《ま》す時《とき》に、其《そ》の道衢《ちまた》に、麗美《かほよ》き嬢子《をとめ》遇《あ》へり。爾《ここ》に天皇《すめらみこと》、其《そ》の嬢子《をとめ》に問《と》ひたまはく、「汝《いまし》は誰《た》が子《こ》ぞ」ととはしければ、答《こた》へて白《まを》さく、「丸邇《わに》之比布礼能意富美《のひふれのおほみ》が女《むすめ》、名《な》は宮主矢河枝比売《みやぬしやかはえひめ》」とまをしき。天皇《すめらみこと》即《すなは》ち其《そ》の嬢子《をとめ》に詔《の》りたまはく、「吾《あれ》明日《あすのひ》還《かへ》り幸《い》でまさむ時《とき》、汝《いまし》の家《いへ》に入《い》り坐《ま》さむ」とのりたまひき。故《かれ》矢河枝比売《やかはえひめ》、委曲《つぶさ》に其《そ》の父《ちち》に語《かた》りき。是《ここ》に父《ちち》答《こた》へて曰《い》はく、「是《こ》は天皇《おほきみ》に坐《ま》すなり。恐《かしこ》し、我《あ》が子《こ》仕《つか》へ奉《まつ》れ」と云《い》ひて、其《そ》の家《いへ》を厳飾《かざ》りて、候《さもら》ひ待《ま》ちしかば、明日《あすのひ》入《い》り坐《ま》しき。故《かれ》大御饗《おほみあへ》献《たてまつ》る時《とき》に、其《そ》の女《むすめ》矢河枝比売命《やかはえひめのみこと》に大御酒盞《おほみさかづき》を取《と》らしめて献《たてまつ》る。

天皇《てんのう》はヒメの酌《しゃく》を受《う》けながら、こんな歌《うた》を詠《よ》んだ。

この蟹《かに》や　何処《いずく》の蟹《かに》　百伝《ももづた》ふ《(ウ)》　角鹿《つぬが》の蟹《かに》
横《よこ》さらふ《(ウ)》　何処《いずく》に到《いた》る　伊知遅島《いちじしま》　美島《みしま》に著《と》き
鳰鳥《みおどり》の　潜《かず》き息衝《いきづ》き　しなだゆふ《(ウ)》　佐佐那美道《さざなみじ》を

すくすくと　吾《わ》が行《い》ませばや　木幡《こはた》の道《みち》に　遇《あ(ワ)》はしし嬢子《おとめ》
後方《うしろで》は　小楯《おだて》ろかも　歯並《はなみ》は　椎菱《しいひし》なす
櫟井《いちいい》の　丸邇坂《わにさ》の土《に》を　初土《はつに》は　膚赤《はだあか》らけみ
底土《しわに》は　に黒《ぐろ》き故《ゆえ》　三栗《みつぐり》の　その中《なか》つ土《に》を
頭著《かぶつ》く　真火《まひ》には当《あ》てず　眉画《まよが》き　濃《こ》に画《か》き垂《た》れ
遇《あ(ワ)》はしし女《おみな》
かもがと　吾《あ》が見《み》し児《こ》ら　かくもがと　吾《あ》が見《み》し児《こ》に
うたたけだに　向《む》かひ居《(イ)お》るかも　い副《そ》ひ居《(イ)お》るかも

この蟹《かに》はどこの蟹《かに》だ。はるばるやってきた角鹿《つぬが》（敦賀市《つるがし》）の蟹《かに》だ。横歩《よこある》きしてどこへ行《ゆ》く。伊知遅島《いちじしま》・美島《みしま》に着《つ》いて、水鳥《みずとり》よろしく潜《もぐ》ったり浮《う》いたり、ふうふう息《いき》をつきながら、楽浪《ささなみ》（琵琶湖西南岸《びわこせいなんがん》）へのでこぼこ道《みち》を、ずんずんと、このおれさま（蟹《かに》）がおでましになったのさ。するとね、木幡《こはた》の道《みち》でばったりと、きれいなお嬢《じょう》さんに出《で》くわした。

後《うし》ろ姿《すがた》は小楯《おだて》のようにすらりとして、前《まえ》から見《み》ると、歯並《はなら》び
は菱《ひし》や椎《しい》の実《み》のように真《ま》っ白《しろ》さ。
櫟井《いちいい》（天理市《てんりし》）の丸邇坂《わにさ》の土《つち》の、上《うえ》の土《つち》は赤茶《あかちゃ》けて、下《した》の土《つち》
はどす黒《ぐろ》く、どちらも眉墨《まゆずみ》に使《つか》えない。そこで、三《み》つ栗《ぐり》の中《なか》の
実《み》よろしく、中《なか》の土《つち》を取《と》り、顔《かお》がほてるような直火《じかび》には当《あ》てず、
弱火《よわび》で作《つく》った眉墨《まゆずみ》で、眉《まゆ》を引《ひ》き、こんなふうに長《なが》く引《ひ》いた、道《みち》
で出会《であ》ったお嬢《じょう》さん。
こうなりゃ、いいなあと、一目惚《ひとめぼ》れしたお嬢《じょう》さん。ああなりゃ
いいなあと、一目惚《ひとめぼ》れしたお嬢《じょう》さんに、何《なん》ともすげえことに、
今《いま》、どんと向《む》かい合《あ》っているんだぜ。ぴったし寄《よ》り添《そ》っている
んだぜ。

こうして二人《ふたり》が結婚《けっこん》して、生《う》まれた御子《みこ》がウジノワキイラッコである。

❖是《こ》に天皇《すめらみこと》、其《そ》の大御《おほみ》酒盞《さかづき》を取《と》らしつつ、御歌《みうた》曰《よ》みしたまひしく、

許能迦邇夜《このかにや》　伊豆久能迦邇《いづくのかに》　毛毛豆多布《ももづたふ》　都奴賀能迦邇《つぬがのかに》
余許佐良布《よこさらふ》　伊豆久邇伊多流《いづくにいたる》　伊知遅志麻《いちぢしま》　美志麻邇斗岐《みしまにとき》
美本杼理能《みほどりの》　迦豆伎伊岐豆岐《かづきいきづき》　志那陀由布《しなだゆふ》　佐佐那美遅袁《さざなみぢを》
酒久酒久登《すくすくと》　和賀伊麻勢婆夜《わがいませばや》　許波多能《こはたの》　美知邇《みちに》　阿波志斯袁登売《あはししをとめ》
宇斯呂伝波《うしろでは》　袁陀弖呂迦母《をだてろかも》　波那美波《はなみは》　志比比斯那須《しひひしなす》
伊知比韋能《いちひゐの》　和邇佐能邇袁《わにさのにを》　波都邇波《はつには》　波陀阿可良気美《はだあからけみ》
志波邇波《しはには》　邇具漏岐由恵《にぐろきゆゑ》　美都具理能《みつぐりの》　曾能那迦都邇袁《そのなかつにを》
加夫都久《かぶつく》　麻肥邇波阿弖受《まひにはあてず》　麻用賀岐《まよがき》　許邇加岐多礼《こにかきたれ》
阿波志斯袁美那《あはししをみな》
迦母賀登《かもがと》　和賀美斯古良《わがみしこら》　迦久母賀登《かくもがと》　阿賀美斯古邇《あがみしこに》
宇多多気陀邇《うたたけだに》　牟迦比袁流迦母《むかひをるかも》　伊蘇比袁流迦母《いそひをるかも》　（歌謡番号四二）

かくて御合《みあ》ひまして、生《う》みませる御子《みこ》、宇遅能和紀郎子《うぢのわきいらつこ》なり。

✻明るくおおらかな祝宴の芸能である。蟹に扮《ふん》した演者が、美女の後ろ姿に惹《ひ》かれて、のこのこと付いて行き、追い越してぐるりと振り返り、真っ正面から顔を見つめる。そんな滑稽《こっけい》なしぐさが、満座に笑いを広げる光景が想像されて楽しい。

ちなみに、古代の蟹料理は保存のきく塩漬け蟹か、干し蟹である。彩りのよい茹《ゆ》で蟹は、取れたてを味わえる漁村にはあったろうが、文献には残らない。

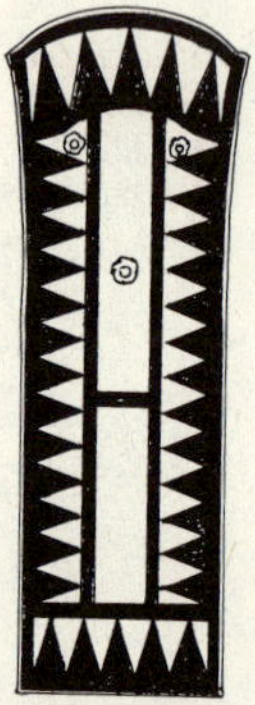

楯（参考：和泉塚古墳出土）

## ◆秋山《あきやま》の下氷壮夫《したひおとこ》と春山《はるやま》の霞壮夫《かすみおとこ》――兄弟神《きょうだいがみ》の争《あらそ》いと母《はは》の祈《いの》り

イズシの大神《おおかみ》の娘《むすめ》でイズシオトメという神《かみ》がいた。たくさんの神々《かみがみ》が、このイズシオトメに求婚《きゅうこん》したけれども、誰《だれ》とも結婚《けっこん》しようとはしなかった。さて、兄神《あにがみ》を秋山《あきやま》の下氷壮夫《したひおとこ》（秋山紅葉雄《あきやまもみじお》）、弟神《おとうとがみ》を春山《はるやま》の霞壮夫《かすみおとこ》（春《はる》山霞雄《やまかすみお》）といった兄弟《きょうだい》の神《かみ》がいた。

ある日《ひ》、兄《あに》が弟《おとうと》に向《む》かって、「私《わたし》はイズシオトメを妻《つま》に望《のぞ》んだが、どうしても結婚《けっこん》することができない。おまえは彼女《かのじょ》を妻《つま》にすることができるか」と挑《いど》んだ。弟《おとうと》は、「たやすいことですよ」と大口《おおぐち》をたたいた。

すると、兄《あに》は、「もしおまえが彼女《かのじょ》と結婚《けっこん》できるなら、おれは衣服《いふく》ひと揃《そろ》いを脱《ぬ》ぎ、おまえの身長《しんちょう》と同《おな》じ高《たか》さの甕《かめ》いっぱいに酒《さけ》を造《つく》り、山川《さんせん》の珍《ちん》味《み》を用意《ようい》して、賭物《かけもの》にしてやろうじゃないか」と、けしかけた。

❖故茲《かれこ》の神《かみ》の女《むすめ》、名《な》は伊豆志袁登売神《いづしをとめのかみ》坐《いま》す。故八十神《かれやそがみ》、是《こ》の伊豆志袁登売《いづしをとめ》を得《え》むとすれども、皆《みな》え婚《まぐはひ》せず。

是《ここ》に二神《ふたはしらのかみ》有《あ》り。兄《あに》は秋山之下氷壮夫《あきやまのしたひをとこ》と号《い》ひ、弟《おと》は春山之霞壮夫《はるやまのかすみをとこ》と号《い》ひき。故其《かれそ》の兄《あに》、其《そ》の弟《おと》に謂《い》ひて、「吾《われ》、伊豆志袁登売《いづしをとめ》を乞《こ》へども、え婚《まぐはひ》せず。汝此《いましこ》の嬢子《をとめ》を得《え》むや」といひしかば、答《こた》へて曰《い》はく、「易《やす》く得《え》む」といひき。爾《ここ》に其《そ》の兄《あに》の曰《い》はく、「若《も》し汝《いまし》、此《こ》の嬢子《をとめ》を得《う》ること有《あ》らば、上下《かみしも》の衣服《きもの》を避《さ》り、身《み》の高《たけ》を量《はか》りて甕《みか》に酒《さけ》を醸《か》み、亦山河《またやまかは》の物《もの》を悉《ことごと》に備《そな》へ設《ま》けて、うれづくを為《せ》む」と云《い》ふ。

家《いえ》に帰《かえ》った弟《おとうと》は、兄《あに》の言《い》った言葉《ことば》をそのまま詳《くわ》しく母親《ははおや》に告《つ》げた。すると、母親《ははおや》はすぐに藤《ふじ》の蔓《つる》を取《と》ってきて、一晩《ひとばん》のうちに衣服上下《いふくじょうげ》、それに靴《くつ》下《した》や靴《くつ》を織《お》って縫《ぬ》いあげ、さらに弓矢《ゆみや》一式《いっしき》まで作製《さくせい》した。

さて、母親《ははおや》が藤《ふじ》の蔓製《つるせい》の衣服《いふく》を弟《おとうと》に着《き》せ、弓矢《ゆみや》を持《も》たせて、イズシオトメの家《いえ》に行《い》かせたところ、衣服《いふく》も弓矢《ゆみや》もすっかり藤《ふじ》の花《はな》と変《へん》じた。そこで、春山《はるやま》の霞壮夫《かすみおとこ》はその弓矢《ゆみや》をヒメの家《いえ》の便所《べんじょ》に掛《か》けておいた。こうして霞《かすみ》壮夫《おとこ》は藤《ふじ》の花《はな》に変身《へんしん》したのだった。

　イズシオトメは、満開《まんかい》の藤《ふじ》の花《はな》を不思議《ふしぎ》に思《おも》い、便所《べんじょ》からそれを持《も》って出《で》た。その時《とき》、霞壮夫《かすみおとこ》はヒメのあとについて、彼女《かのじょ》の部屋《へや》に入《はい》り、そこでヒメと結《むす》ばれた。そして子《こ》どもが一人《ひとり》できた。

　今《いま》や、弟《おとうと》の霞壮夫《かすみおとこ》は兄《あに》の下氷壮夫《したひおとこ》に、「私《わたし》はイズシオトメを手《て》に入《い》れました」と報告《ほうこく》した。だが、兄《あに》は弟《おとうと》がヒメと結婚《けっこん》したことを妬《ねた》ましく思《おも》い、例《れい》の賭物《かけもの》を渡《わた》さなかった。


❖爾《ここ》に其《そ》の弟《おと》、兄《あに》の言《い》へる如《ごと》、具《つぶ》さに其《そ》の母《はは》に白《まを》ししかば、即《すなは》ち其《そ》の母《はは》、ふぢ葛《かづら》を取《と》りて、一宿《ひとよ》の間《あひだ》に、衣《きぬ》、褌《はかま》、及襪《またしたくつ》、沓《くつ》を織《お》り縫《ぬ》ひ、亦弓矢《またゆみや》を作《つく》りて、其《そ》の衣《きぬ》・褌等《はかまども》を服《き》せ、其《そ》の弓矢《ゆみや》を取《と》らしめて、其《そ》の嬢子《をとめ》の家《いへ》に遣《や》りしかば、其《そ》の衣服《きもの》も弓矢《ゆみや》も悉《ことごと》に藤《ふぢ》の花《はな》に成《な》りき。是《ここ》に其《そ》の春山之霞壮夫《はるやまのかすみをとこ》、其《そ》の弓矢《ゆみや》を嬢子《をとめ》の厠《かはや》に繋《か》けたるを、爾《ここ》に伊豆志袁登売《いづしをとめ》、其《そ》の花《はな》を異《あや》しと思《おも》ひて、将《も》ち来《く》る時《とき》に、其《そ》の嬢子《をとめ》の後《しり》に立《た》ちて、其《そ》の屋《や》に入《い》りて、即《すなは》ち婚《まぐはひ》しつ。故《かれ》一子《ひとりのこ》を生《う》みき。

爾《ここ》に其《そ》の兄《あに》に白《まを》して曰《い》はく、「吾《あ》は伊豆志袁登売《いづしをとめ》を得《え》つ」といふ。是《ここ》に其《そ》の兄《あに》、弟《おと》の婚《あ》ひつることを慷愾《ねた》みて、其《そ》のうれづくの物《もの》を償《つぐの》はざりき。

霞壮夫《かすみおとこ》が嘆《なげ》いて、ふたたび母親《ははおや》に訴《うった》えたところ、「この現世《げんせ》のことは、すべて神《かみ》の行為《こうい》を見習《みなら》うべきなのです。それなのに、現世《げんせ》の人々《ひとびと》の悪癖《あくへき》を見習《みなら》ったせいなのでしょうか、その賭物《かけもの》を償《つぐな》わないとは」と、兄《あに》である子《こ》を非難《ひなん》した。

さっそく、母親《ははおや》は、出石川《いずしがわ》（兵庫県豊岡市《ひょうごけんとよおかし》）の州《す》に生《は》えている一節竹《ひとよだけ》を取《と》ってきて、編《あ》み目《め》の多《おお》い荒籠《あらこ》を作《つく》り、川《かわ》の石《いし》を取《と》ってきて、その石《いし》に塩《しお》をまぶして竹《たけ》の葉《は》に包《つつ》んで呪《のろ》いの品《しな》を作《つく》った。

次《つぎ》に、霞壮夫《かすみおとこ》に呪文《じゅもん》を唱《とな》えさせ、「この竹《たけ》の葉《は》が青《あお》むように、この竹《たけ》の葉《は》がしおれるように、生気《せいき》を失《うしな》って青《あお》ざめ萎《な》えてしまえ。潮《しお》に満《み》ち干《ひ》があるように、生気《せいき》の満《み》ち干《ひ》に苦《くる》しめ。また、この石《いし》が沈《しず》むように、重《おも》い病《やまい》に沈《しず》んでしまえ」と呪《のろ》わせた。そうして、竈《かまど》の上《うえ》に呪《のろ》いの品《しな》を置《お》かせた。

やがて、呪《のろ》いが効《き》いて、兄《あに》は八年《はちねん》の間《あいだ》、体《からだ》は枯《か》れ衰《おとろ》え、重病《じゅうびょう》にあえいだ。兄《あに》は泣《な》き苦《くる》しんで、母親《ははおや》に詫《わ》びたので、すぐに母親《ははおや》は呪《のろ》いの品《しな》を取《と》り除《のぞ》かせた。すると、兄《あに》の体《からだ》はもとどおりに健康《けんこう》を回復《かいふく》した〔これは「神《かみ》うれづく」(神《かみ》に誓《ちか》った賭《かけ》)という言葉《ことば》の由来《ゆらい》である〕。

❖爾《ここ》に其《そ》の母《はは》に愁《うれ》へ白《まを》す時《とき》に、御祖《みおや》の答《こた》へて曰《い》はく、「我《わ》が御世《みよ》の事《こと》、能《よ》くこそ神習《かみなら》はめ。又《また》うつしき青人草習《あをひとくさなら》へや、其《そ》の物償《ものつぐの》はぬ」といひて、其《そ》の兄《あに》なる子《こ》を恨《うら》みて、乃《すなは》ち其《そ》の伊豆志河《いづしかは》の河嶋一節竹《かはしまのひとよだけ》を取《と》りて、八目《やつめ》の荒籠《あらこ》を作《つく》り、其《そ》の河《かはの》石《いし》を取《と》り、塩《しほ》に合《あ》へて、其《そ》の竹葉《たけのは》に裹《つつ》み、詛《とこ》はしめしく、「此《こ》の竹葉《たかば》の青《あを》むが如《ごと》、此《こ》の竹葉《たかば》の萎《しな》ゆるが如《ごと》、青《あを》み萎《しな》えよ。又此《またこ》の塩《しほ》の盈《み》ち乾《ふ》るが如《ごと》、盈《み》ち乾《ひ》よ。又此《またこ》の石《いし》の沈《しづ》むが如《ごと》、沈《しづ》み臥《こや》せ」とかく詛《とこ》ひて、烟《へつひ》の上《うへ》に置《お》かしめき。

是《ここ》を以《も》ちて、其《そ》の兄八年《あにやとせ》の間《あひだ》、干《かわ》き萎《しな》え病《や》み枯《か》れき。故其《かれそ》の兄患《あにうれ》へ泣《な》きて、其《そ》の御祖《みおや》に請《こ》ひしかば、即《すなは》ち其《そ》の詛戸《とこひと》を返《かへ》さしめき。是《ここ》に其《そ》の身本《みもと》の如《ごと》くに安平《やすら》ぎき〔此《こ》は神《かみ》うれづくといふ言《こと》の本《もと》なり〕。

✻この兄弟神の神話には多くの話型が組み込まれているという。妻争い、末子《ばっし》成功、春秋優劣の争い、丹塗《にぬ》り矢《や》伝説等々。その点ではかなり新作の神話といえそうだ。

おもしろいのは、春山の弟神が菊人形ならぬ藤《ふじ》人形となって、恋人の寝室にまんまと入り込む場面だ。勝者の弟神に藤が使われているが、この藤は地名の「藤原」と関係がありそうだ。

すぐれた呪術師《じゅじゅつし》らしい母親が、神の掟《おきて》が人間界では守られないと嘆く。それが、実の子であろう兄神を厳しく罰する理由だとすれば、この母親に母性愛はほとんど感じられない。いったい、この母親は何者なのだろうか、興味津々《きょうみしんしん》である。

なお、兄弟神に愛されるイズシオトメ（出石乙女）はイズシ大神の娘であるが、イズシ大神は但馬《たじま》の国《くに》（兵庫県）の出石神社（豊岡市出石町）に鎮座している。

★原文の読みかた――歴史的仮名遣《れきしてきかなづか》いの発音

○語中・語尾の「はひふへほ」は、「ワイウエオ」と発音する。

また、ワ行の「ゐ・ゑ」は「イ・エ」と発音する。

例　にほひ（匂ひ）→ニオイ　　おほん（御）→オオン

語頭はそのまま……はひ（灰）↓ハイ　こゑ（声）↓コエ
ゐなか（田舎）↓イナカ

○母音「アイエオ」＋ウ＝長音「ー」
・アウ↓オー……さぶらふ（候ふ）↓サブラウ↓サブロウ↓サブロー
あふぎ（扇）↓アウギ↓オーギ　やう（様・益）↓ヨー
・イウ↓ユー……いう（優）↓ユー　いふ（言ふ）↓ユー
・エウ↓ヨー……えう（要）↓ヨー　けふ（今日）↓ケウ↓キョー
・オウ↓オー……きのふ（昨日）↓キノウ↓キノー　しろう（白う）↓シロー

○きう・きふ↓キュー　しう・しふ↓シュー　ちう・ちふ↓チュー
にう・にふ↓ニュー　きやう・けう・けふ↓キョー
しやう・せう・せふ↓ショー　ちやう・てう・てふ↓チョー
ねう↓ニョー　ひやう・へう↓ヒョー　みやう・めう↓ミョー
りやう・れう・れふ↓リョー

○くわ・ぐわ↓カ・ガ……くわんげん（管弦）↓カンゲン
む↓ウ……むま（馬）↓ウマ　むめ（梅）↓ウメ

## ◆仁徳天皇《にんとくてんのう》、高山《たかやま》に登《のぼ》り人家《じんか》の炊煙《すいえん》を望遠《ぼうえん》する——聖帝《せいてい》の御世《みよ》

仁徳天皇《にんとくてんのう》の御世《みよ》に、皇后《こうごう》イワノヒメの御名《みな》の記念《きねん》として葛城部《かずらきべ》を定《さだ》めるとともに、御子達《みこたち》にも同《おな》じように、皇太子《こうたいし》イザホワケには壬生部《みぶべ》、ミズハワケには蝮部《たじひべ》、大日下王《おおくさかのみこ》には大日下部《おおくさかべ》、若日下部王《わかくさかべのみこ》には若日下部《わかくさかべ》を、それぞれ定《さだ》めた。部《べ》は、朝廷《ちょうてい》が所有《しょゆう》・管理《かんり》する民《たみ》の集団《しゅうだん》で、居住地《きょじゅうち》や職業《しょくぎょう》によって編成《へんせい》されたが、これらの部《べ》は皇族《こうぞく》に所属《しょぞく》した。

一方《いっぽう》、帰化人《きかじん》の秦人《はたびと》を使《つか》って、茨田《まむた》の堤《つつみ》（大阪市鶴見区《おおさかしつるみく》。茨田《まった》）と、茨田《まむた》の屯倉《みやけ》（大阪府寝屋川市《おおさかふねやがわし》）を造《つく》り、また丸邇《わに》の池《いけ》（奈良市《ならし》）、依網《よさみ》の池《いけ》（堺市《さかいし》）を造《つく》り、また難波《なにわ》の堀江《ほりえ》を掘《ほ》って河水《かわみず》を海《うみ》に通《とお》し、さらに難波《なにわ》に小椅《おはし》の江《え》（天王寺区《てんのうじく》。小橋《おばせ》）を掘《ほ》り、住吉《すみよし》の港《みなと》（住吉区《すみよしく》）を開《ひら》いた。大規《だいき》模《ぼ》な治水事業《ちすいじぎょう》によって国土《こくど》の開発《かいはつ》に貢献《こうけん》したのである。

❖此《こ》の天皇《すめらみこと》の御世《みよ》に、大后石之比売命《おほきさきいはのひめのみこと》の御名代《みなしろ》と為《し》て、葛城部《かづらきべ》を定《さだ》めたまひ、亦太子《またひつぎのみこ》伊耶本和気命《いざほわけのみこと》の御名代《みなしろ》と為《し》て、壬生部《みぶべ》を定《さだ》めたまひ、亦水歯別命《またみづはわけのみこと》の御名《みな》代《しろ》と為《し》て、蝮部《たぢひべ》を定《さだ》めたまひ、亦大日下王《またおほくさかのみこ》の御名代《みなしろ》と為《し》て、大日下部《おほくさかべ》を定《さだ》めたまひ、若日下部王《わかくさかべのみこ》の御名代《みなしろ》と為《し》て、若日下部《わかくさかべ》を定《さだ》めたまひき。又秦人《またはたひと》を役《えだ》てて、茨田堤《まむたのつつみ》と茨田三宅《まむたのみやけ》とを作《つく》り、又丸邇池《またわにのいけ》、依網池《よさみのいけ》を作《つく》り、又難《またなに》波《は》の堀江《ほりえ》を掘《ほ》りて、海《うみ》に通《かよ》はし、又小椅江《またをはしのえ》を掘《ほ》り、又墨江《またすみのえ》の津《つ》を定《さだ》めたまひき。

さて、仁徳天皇《にんとくてんのう》は高《たか》い山《やま》に登《のぼ》り、四方《しほう》を見渡《みわた》して、「どこにも炊事《すいじ》の煙《けむり》が見《み》えない。人々《ひとびと》の生活《せいかつ》が貧《まず》しいからだ。今後《こんご》三年《さんねん》の間《あいだ》、国民《こくみん》の租税《そぜい》・労《ろう》役《えき》をすべて免除《めんじょ》せよ」と命《めい》じた。

この免税措置《めんぜいそち》がもとで、宮殿《きゅうでん》が破損《はそん》してあちこち雨漏《あまも》りしても、全《まった》く修《しゅう》理《り》せず、容器《ようき》で雨漏《あまも》りを受《う》け、天皇自身《てんのうじしん》は雨漏《あまも》りしない所《ところ》に移《うつ》るといった有様《ありさま》だった。

しかし、その結果《けっか》、三年後《さんねんご》に国中《くにじゅう》を見渡《みわた》したところ、どこもかしこも炊《すい》事の煙《けむり》が一面《いちめん》に立《た》っていた。こうして、天皇《てんのう》は生活《せいかつ》が安定《あんてい》したことを確認《かくにん》し、課税《かぜい》・課役《かえき》を再開《さいかい》したのだった。

天皇《てんのう》の執政《しっせい》によって、国民《こくみん》の生活《せいかつ》は豊《ゆた》かになり、課税《かぜい》・課役《かえき》に苦《くる》しむことはなかった。それで、この御世《みよ》を讃《たた》えて、聖帝《せいてい》の御世《みよ》というのである。


❖是《こ》に天皇《すめらみこと》、高山《たかやま》に登《のぼ》りて、四方《よも》の国《くに》を見《み》たまひて、詔《の》りたまひしく、「国中《くぬち》に烟《けぶり》発《た》たず、国《くに》皆《みな》貧窮《まづ》し。故《かれ》今《いま》より三年《みとせ》に至《いた》るまで、悉《ことごと》に人民《おほみたから》の課《みつき》・役《えだち》を除《ゆる》せ」とのりたまひき。

是《こ》を以《も》ちて大殿《おほとの》破《や》れ壊《こほ》れて、悉《ことごと》に雨《あめ》漏《も》れども、都《かつ》て脩理《をさ》めたまはず、械《うつはもの》を以《も》ちて其《そ》の漏《も》る雨《あめ》を受《う》けて、漏《も》らざる処《ところ》に遷《うつ》り避《さ》りたまひき。

後《のち》に国中《くぬち》を見《み》たまへば、国《くに》に烟《けぶり》満《み》ちたり。故《かれ》、人民《おほみたから》富《と》めりと為《おも》ほして、今《いま》は課《みつき》・役《えだち》科《おほ》せたまひき。

是《こ》を以《も》ちて、百姓《おほみたから》栄《さか》えて役使《えたち》に苦《くる》しまざりき。故《かれ》其《そ》の御世《みよ》を称《たた》へて聖帝《ひじりのみかど》の世《みよ》と謂《まを》す。

✻仁徳天皇の仁政《じんせい》を讃美する政治説話として有名であるが、かなり儒教色《じゅきょうしょく》で上塗《うわぬ》りされている。もとの地色《じいろ》から、古代天皇の「国見《くにみ》」の儀礼を取り出してみよう。国見は、天皇が高山に登って領国を遠望し、地勢をほめたたえて豊穣《ほうじょう》を祈願する農耕儀礼である。

『万葉集』にも例歌の多い「国見」は、五穀豊穣《よしゅく》を予祝する農耕儀礼だから、祝意のこもった言葉を並べるのが筋である。舒明《じょめい》天皇が天《あま》の香具山《かぐやま》に登って国見をしたときも、

…国見《くにみ》をすれば　国原《くにはら》は　煙立《けぶりた》ち立《た》つ　海原《うなはら》は　鷗立《かまめた》ち立《た》つ　うまし国《くに》そ
蜻蛉島《あきつしま》　大和《やまと》の国《くに》は　(万葉集・巻一・二)

とほめ言葉を満載している。ここでは「煙立つ」だが、『古事記』では「国中《くぬち》に烟立《けぶりた》たず、国皆貧窮《くにみなまず》し」である。これでは予祝どころか視察である。

素朴な予祝儀礼ではどうにもならない時代が始まったのだ。仁徳天皇から『古事記』下巻が始まるのも、天皇を聖帝にしたてるのも、そうした政情の変化があったせいだろう。

(上)仁徳天皇の国見(戦前の教科書挿絵)　(下)仁徳天皇陵(大阪府堺市)

## ◆ハヤブサワケ王《おう》と女鳥王《めどりのみこ》の炎《ほのお》の恋《こい》――死出《しで》の恋路《こいじ》の逃避行《とうひこう》

仁徳天皇は、弟ハヤブサワケ王を仲人に立てて、異母妹《いぼまい》の女鳥王《めどりのみこ》に結婚《けっこん》を申《もう》し込《こ》んだ。

しかし、女鳥王《めどりのみこ》はハヤブサワケに、「皇后《こうごう》イワノヒメ様《さま》がとても嫉妬《しっと》深《ぶか》くて、お姉《ねえ》さま（妃《きさき》の八田若郎女《やたのわきいらつめ》）もおつらかったと聞《き》いております。私《わたし》はお話《はなし》をお受《う》けしたくありませんわ。むしろあなたと結婚《けっこん》したいのです」と返事《へんじ》した。美《うつく》しい女鳥王《めどりのみこ》の思《おも》いがけない求愛《きゅうあい》に、ハヤブサワケは自分《じぶん》の任務《にんむ》を忘《わす》れ、たちまち二人《ふたり》は恋《こい》の虜《とりこ》になった。こうなった以上《いじょう》、ハヤブサワケは天皇《てんのう》に女鳥王《めどりのみこ》の返事《へんじ》を伝《つた》えなかった。

そこで、天皇《てんのう》は自身《じしん》で女鳥王《めどりのみこ》の屋敷《やしき》を訪《おとず》れ、彼女《かのじょ》の部屋《へや》に入《はい》った。女鳥《めどりの》王《みこ》はちょうど織機《おりき》で布《ぬの》を織《お》っていたところだった。彼女《かのじょ》に向《む》かって天皇《てんのう》は歌《うた》を贈《おく》った。

女鳥《めどり》の　吾《わ》が王《おおきみ》の　織《お》ろす機《はた》
誰《た》が料《たね》ろかも
（女鳥《めどり》さん、いとしい私《わたし》の王女《おうじょ》さま。織《お》ってる布《ぬの》は、誰《だれ》のかな。）

女鳥王《めどりのみこ》の返歌《へんか》。

高行《たかゆ》くや　速総別《はやぶさわけ》の　みおすひ（イ）がね
（空高《そらたか》く　翔《か》けるハヤブサ、あの方《かた》の　上着《うわぎ》をつくる布《ぬの》ですわ。）

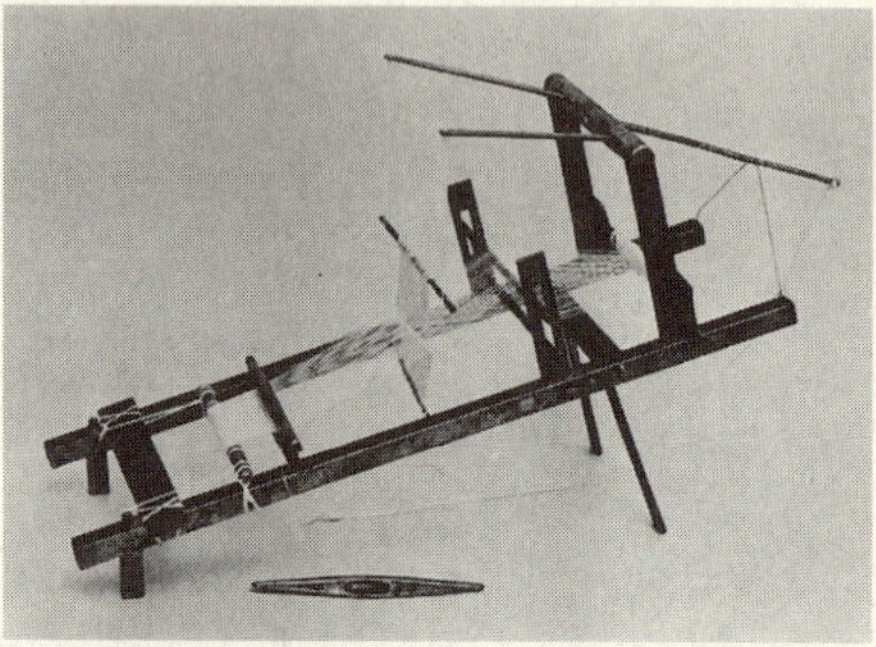

織機（沖ノ島出土金銅雛形織機）宗像大社蔵

歌《うた》を聞《き》いた天皇《てんのう》は、ハヤブサワケが自分《じぶん》に女鳥王《めどりのみこ》の返事《へんじ》を伝《つた》えなかった訳《わけ》が直感《ちょっかん》できたので、そのまま宮殿《きゅうでん》に戻《もど》った。

❖亦天皇《またすめらみこと》、其《そ》の弟速総別王《おとはやぶさわけのみこ》を媒《なかだち》と為《し》て、庶妹女鳥王《ままいもめどりのみこ》を乞《こ》ひたまひき。爾《ここ》に女鳥王《めどりのみこ》、速総別王《はやぶさわけのみこ》に語《かた》りて曰《い》はく、「大后《おほきさき》の強《おず》きに因《よ》りて、八田若郎女《やたのわきいらつめ》を治《をさ》め賜《たま》はず。故《かれ》、仕《つか》へ奉《まつ》らじと思《おも》ふ。吾《あ》は汝《な》が命《みこと》の妻《め》に為《な》らむ」といひて、即《すなは》ち相婚《あ》ひましつ。是《ここ》を以《も》ちて速総別王《はやぶさわけのみこ》復奏《かへりごとまを》さざりき。

爾《ここ》に天皇《すめらみこと》、直《ただ》に女鳥王《めどりのみこ》の坐《いま》す所《ところ》に幸《い》でまして、其《そ》の殿戸《とのど》の閾《しきみ》の上《へ》に坐《いま》しき。是《ここ》に女鳥王《めどりのみこ》機《はた》に坐《ま》して、服《みそ》織《お》りたまふ。爾《ここ》に天皇《すめらみこと》、歌曰《うたよ》みしたまひしく、

売杼理能《めどりの》　和賀意富岐美能《わがおほきみの》　於呂須波多《おろすはた》　他賀多泥呂迦母《たがたねろかも》　（歌謡番号六七）

女鳥王《めどりのみこ》、答《こた》へ歌曰《うた》ひたまひしく、

多迦由久夜《たかゆくや》　波夜夫佐和気能《はやぶさわけの》　美淤須比賀泥《みおすひがね》　（歌謡番号六八）

故天皇《かれすめらみこと》、其《そ》の情《こころ》を知《し》らして、宮《みや》に還《かへ》り入《い》りましき。

まもなく、何《なに》も知《し》らない夫《おっと》のハヤブサワケが帰《かえ》ってきた。妻《つま》の女鳥王《めどりのみこ》は

夫《おっと》に歌《うた》を詠《よ》んで、決起《けっき》を促《うなが》した。

雲雀《ひばり》は　天《あめ》に翔《か》ける　高行《たかゆ》くや　速総別《はやぶさわけ》
鷦鷯取《さざきと》らさね

（雲雀《ひばり》は、高《たか》く空《そら》を舞《ま》う。それより高《たか》いハヤブサよ、速《はや》く鷦鷯《さざき》（仁徳天《にんとくてん》皇《のう》）をお捕《と》りなさい。）

謀反《むほん》を察知《さっち》した天皇《てんのう》は激怒《げきど》し、軍《ぐん》に出動《しゅつどう》を命《めい》じて二人《ふたり》を処刑《しょけい》しようとした。ハヤブサワケと女鳥王《めどりのみこ》もすばやく対応《たいおう》し、倉椅山《くらはしやま》（奈良《なら》県十市《けんとおち》郡《ぐん》）に逃走《とうそう》した。そのときハヤブサワケが詠《よ》んだ歌《うた》。

梯立《はした》ての　倉椅山《くらはしやま》を　嶮《さが》しみと　岩《いわ》かきかねて　吾《わ》が手《て》取《と》らすも

鷦鷯（ミソサザイ）

隼（ハヤブサ）

〔倉椅《くらはし》の　山《やま》のけわしさ、梯子《はしご》なれば、岩《いわ》にすがらず、わが手《て》にすがる。〕

梯立《はした》ての　倉椅山《くらはしやま》は　嶮《さが》しけど　妹《いも》と登《のぼ》れば　嶮《さが》しくもあらず

〔倉椅《くらはし》の　山嶮《やまさが》しくも、さにあらず。愛《かな》しき妻《つま》と　ともに登《のぼ》れば。〕

そこから、さらに逃走《とうそう》を続《つづ》けたが、宇陀《うだ》の蘇邇《そに》（曾爾村《そにむら》）で捜索隊《そうさくたい》に捕《つか》まり、二人《ふたり》とも殺害《さつがい》された。

❖此《こ》の時《とき》、其《そ》の夫速総別王《ひこぢはやぶさわけのみこ》の到来《きた》れる時《とき》に、其《そ》の妻女鳥王《みめめどりのみこ》の歌《うた》曰ひたまひしく、

比婆理波《ひばりは》　阿米邇迦気流《あめにかける》　多迦由玖夜《たかゆくや》　波夜夫佐和気《はやぶさわけ》　佐耶岐登良佐泥《さざきとらさね》

（歌謡番号六九）

天皇《すめらみこと》此《こ》の歌《うた》を聞《き》かして、即《すなは》ち軍《いくさ》を興《おこ》して、殺《と》りたまはむとす。爾《ここ》に速総別王《はやぶさわけのみこ》、女鳥王《めどりのみこ》、共《とも》に逃《のが》れ退《そ》きて、倉椅山《くらはしやま》に騰《あが》りましき。是《ここ》に速総別王《はやぶさわけのみこ》歌《うた》曰ひたまひしく、

波斯多弖能《はしたての》　久良波斯夜麻袁《くらはしやまを》　佐賀志美登《さがしみと》
伊波迦伎加泥弖《いはかきかねて》　和賀弖登良須母《わがてとらすも》　（歌謡番号七〇）
また歌曰《うた》ひたまひしく、
波斯多弖能《はしたての》　久良波斯夜麻波《くらはしやまは》　佐賀斯祁杼《さがしけど》
伊毛登能煩礼波《いもとのぼれば》　佐賀斯玖母阿良受《さがしくもあらず》　（歌謡番号七一）
故其地《かれそこ》より逃亡《のが》れて、宇陀《うだ》の蘇邇《そに》に到《いた》りましし時《とき》に、御軍《みいくさ》追《お》ひ到《いた》りて、殺《し》せまつりき。

　このとき、部隊《ぶたい》の司令官《しれいかん》山部《やまべ》の大楯《おおたて》は、女鳥王《めどりのみこ》の死体《したい》から玉製《ぎょくせい》の腕輪《うでわ》を剝《は》ぎとり、自分《じぶん》の妻《つま》に与《あた》えた。ほどなく宮中《きゅうちゅう》で盛大《せいだい》な宴会《えんかい》が行《おこな》われ、氏族《しぞく》を代表《だいひょう》する貴婦人《きふじん》たちが着飾《きかざ》って列席《れっせき》したが、大楯《おおたて》の妻《つま》は女鳥王《めどりのみこ》の腕輪《うでわ》をつけて臨《のぞ》んだ。
　皇后《こうごう》イワノヒメは手《て》ずから、酒《さけ》を盛《も》った柏葉《かしわば》の酒器《しゅき》を貴婦人《きふじん》たちに授《さず》けたが、大楯《おおたて》の妻《つま》には与《あた》えず、その場《ば》から退席《たいせき》を命《めい》じた。大楯《おおたて》の妻《つま》がつけていた腕輪《うでわ》が女鳥王《めどりのみこ》のものであることに気《き》づいたからだった。

皇后《こうごう》はただちに大楯《おおたて》を呼《よ》びつけて、

「あのハヤブサワケ王《おう》と女鳥王《めどりのみこ》は、不敬《ふけい》の罪《つみ》によって死《し》を賜《たまわ》りました。それは当然《とうぜん》です。それなのに、おまえは、自分《じぶん》の主君筋《しゅくんすじ》にあたる女鳥王《めどりのみこ》の腕輪《うでわ》を、死《し》んで膚《はだ》の温《ぬく》もりも冷《さ》めやらぬうちに剝《は》ぎ取《と》って、自分《じぶん》の妻《つま》に与《あた》えたのですね」と激怒《げきど》して、即刻《そっこく》、死刑《しけい》に処《しょ》した。


❖其《そ》の将軍山部大楯連《いくさのきみやまべのおほたてのむらじ》、其《そ》の女鳥王《めどりのみこ》の、御手《みて》に纏《ま》かせる玉釧《たまくしろ》を取《と》りて、己《おの》が妻《め》に与《あた》へき。此《こ》の時《とき》の後《のち》、豊楽《とよのあかり》為《し》たまはむとする時《とき》に、氏々《うぢうぢ》の女等《をみなども》皆《みな》朝参《みかどまゐ》りす。爾《ここ》に大楯連《おほたてのむらじ》が妻《め》、其《そ》の王《みこ》の玉釧《たまくしろ》を、己《おの》が手《て》に纏《ま》きて参赴《まゐむ》けり。是《ここ》に大后石之日売命《おほきさきいはのひめのみこと》、自《みづか》ら大御酒《おほみき》の柏《かしは》を取《と》らして、諸氏々《もろもろうぢうぢ》の女等《をみなども》に賜《たま》ひき。爾《ここ》に大后《おほきさき》、其《そ》の玉釧《たまくしろ》を見知《みし》りたまひて、御酒《みき》の柏《かしは》を賜《たま》はずて、乃《すなは》ち引《ひ》き退《そ》けて、其《そ》の夫《を》大楯連《おほたてのむらじ》を召《め》し出《い》でて、詔《の》りたまはく、「其《そ》の王等《みこたち》、礼无《ゐやな》きに因《よ》りて退《しりぞ》け賜《たま》へる、是《こ》は異《け》しき事無《ことな》くこそ。夫《そ》れの奴《やつこ》や、己《おの》が君《きみ》の御手《みて》に纏《ま》かせる玉釧《たまくしろ》を、膚《はだ》も熅《あたた》けきに剝《は》ぎ持《も》ち来《き》て、即《すなは》ち己《おの》が妻《め》に与《あた》へつること」と詔《の》りたまひて、乃《すなは》ち死刑《ころすつみ》に給《おこな》ひたまひき。

✿男女三人がくりひろげる恋と野望に満ちた政治抗争劇である。三人の名が雄鳥《おんどり》のハヤブサ（隼）とサザキ（鷦鷯）に女鳥《めどり》（雌鳥《めんどり》）と、鳥の名でそろえたあたり、できすぎた感がないでもない。いささか劇画調ともいえる。

しかし、男女の愛欲をからませた凄絶《せいぜつ》な政治ドラマは、『古事記』の中ではめずらしいものではない。古代の政界ではこの種の事件はよくあったようだ。まだ、天皇家は絶対不動の権威を確立したわけではなかった。

あるいは、この三人とも事件の犠牲者なのかも知れない。ほんとうの事件の首謀者は皇后イワノヒメ（磐之媛とも書く）ではなかろうか。もとはと言えば、彼女の嫉妬《しっと》深《ぶか》さが事件のきっかけだった。憎い女鳥を死罪にしておきながら、その女鳥の腕輪を盗んだとして、自分に忠義な将軍を処刑してしまう。その自己中心ぶりには背筋が凍りつくような冷酷さがある。その名の通り、岩のような心を持った強い女だった。恐妻家の仁徳天皇になんとも同情を禁じえない。

## ◆同母《どうぼ》の軽太子《かるのたいし》と軽大郎女《かるのおおいらつめ》の道《みち》ならぬ恋《こい》——狂恋《きょうれん》の果《は》ての心中《しんじゅう》

允恭天皇《いんぎょうてんのう》が崩御《ほうぎょ》したのち、皇太子《こうたいし》の木梨《きなし》の軽王《かるのみこ》は皇位《こうい》を継《つ》ぐはずだったが、まだ即位《そくい》しないうちに同母《どうぼ》の妹《いもうと》の軽大郎女《かるのおおいらつめ》と密通《みっつう》して、こんな歌《うた》を詠《よ》んだ。

あしひきの　山田《やまだ》を作《つく》り　山高《やまたか》み　下樋《したび》を走《わし》せ
下娉《したど》ひに（イ）　我《わ》が娉《と》（ウ）ふ妹《いも》を　下泣《したな》きに　我《わ》が泣《な》く妻《つま》を
昨夜《こぞ》こそは　安《やす》く肌触《はだふ》れ

山《やま》に田作《たつく》り、山高《やまたか》ければ、地《ち》に樋《ひ》をくぐらせ、水《みず》を引《ひ》く。会《あ》うに会《あ》えない女《ひと》なれば、われはひそかに言《い》い寄《よ》れり、われはひそかに忍《しの》び泣《な》く。いとしき女《ひと》に今宵《こよい》こそ、心《こころ》ゆくまで膚《はだ》を触《ふ》る。

（「あしひきの」は枕詞《まくらことば》）

これは、終句《しゅうく》を尻上《しりあ》がりに歌《うた》う志良宜歌《しらげうた》という歌謡《かよう》の一種《いっしゅ》である。

❖天皇《すめらみこと》崩《かむあが》りまして後《のち》、木梨之《きなしの》軽《かるの》太子《ひつぎのみこ》、日《ひ》継《つぎ》知《し》らしめすに定《さだ》まりて、未《いま》だ位《くらゐ》に即《つ》きたまはざりし間《ほど》に、其《そ》のいろ妹《も》軽大郎女《かるのおほいらつめ》に奸《たは》けて、歌曰《うたよ》みしたまひしく、

阿志比紀能《あしひきの》　夜麻陀袁豆久理《やまだをつくり》　夜麻陀加美《やまだかみ》　斯多備袁和志勢《したびをわしせ》
志多杼比爾《したどひに》　和賀登布伊毛袁《わがとふいもを》　斯多那岐爾《したなきに》　和賀那久都麻袁《わがなくつまを》
許存許曽波《こぞこそは》　夜須久波陀布礼《やすくはだふれ》

（歌謡番号七九）

此《こ》は志良宜歌《しらげうた》なり。

また、軽王《かるのみこ》の詠《よ》んだ歌《うた》。

笹葉《ささは》に　打《う》つや霰《あられ》の　たしだしに　率寝《いね》てむ《(ン)》後《のち》は　人《ひと》は離《か》ゆとも

「笹《ささ》の葉《は》を、霰打《あられう》つ音《おと》タシダシに、たしかに共寝《ともね》をしたならば、いとしき女《ひと》も、世《よ》の人《ひと》も、我《われ》から離《はな》れ行《い》くとても、いよよいと」

（しさつのるなり。

愛《うるわ》しと　さ寝《ね》しさ寝《ね》てば　刈薦《かりこも》の　乱《みだ》れば乱《みだ》れ　さ寝《ね》しさ寝《ね》てば

［心《こころ》ゆくまで共寝《ともね》せば、二人《ふたり》の仲《なか》も世《よ》の中《なか》も、刈薦《かりこも》のごと乱《みだ》ると
も、いよいよいとしさつのるなり。心《こころ》ゆくまで共寝《ともね》せば。］

これは民謡風《みんようふう》の夷振《ひなぶ》りという歌謡《かよう》で、調子《ちょうし》を上《あ》げて歌《うた》う上《あ》げ歌《うた》である。）

❖又歌曰《またうたよ》みしたまひしく、

佐佐波爾《さ さ は に》　宇都夜阿良礼能《う つ や あ ら れ の》　多志陀志爾《た し だ し に》
韋泥弖牟能知波《ゐ ね て む の ち は》　比登波加由登母《ひ と は か ゆ と も》　（歌謡番号八〇）

宇流波斯登《う る は し と》　佐泥斯佐泥弖婆《さ ね し さ ね て ば》　加理許母能《か り こ も の》
美陀礼婆美陀礼《み だ れ ば み だ れ》　佐泥斯佐泥弖婆《さ ね し さ ね て ば》　（歌謡番号八一）

此《こ》は夷振《ひなぶり》の上歌《あげうた》なり。

＊＊＊＊＊＊＊＊＊＊

即位前《そくいまえ》に同母《どうぼ》の妹《いもうと》と過《あやま》ちを犯《おか》した軽王《かるのみこ》は、急速《きゅうそく》に国民《こくみん》の支持《しじ》を失《うしな》い、代《か》わりに弟《おとうと》の穴穂御子《あなほのみこ》（のちの安康天皇《あんこうてんのう》）が急浮上《きゅうふじょう》する。危険《きけん》を察知《さっち》した軽王《かるのみこ》は、後援者《こうえんしゃ》である大臣《だいじん》の屋敷《やしき》に駆《か》け込《こ》んだ。それを追《お》って、弟穴穂《おとうとあなほ》の率《ひき》いる軍《ぐん》が屋敷《やしき》を包囲《ほうい》すると、すでに軽王《かるのみこ》に見切《みき》りをつけていた大臣《だいじん》は、みずから軽王《かるのみこ》を逮捕《たいほ》して引《ひ》き渡《わた》した。

＊＊＊＊＊＊＊＊＊＊

さて、軽王《かるのみこ》は伊予《いよ》（愛媛県《えひめけん》）の道後温泉《どうごおんせん》（松山市《まつやまし》）に流《なが》されたが、軽《かるの》大郎女《おおいらつめ》は狂《くる》おしい思《おも》いに堪《た》えかねて、あとを追《お》った。その時《とき》に詠《よ》んだ歌《うた》。

君《きみ》が往《ゆ》き　け長《なが》くなりぬ　山《やま》たづの　迎《むか》へ（エ）を行《ゆ》かむ（ン）　待《ま》つには待《ま》たじ

（あなたの旅《たび》は、あまりに長《なが》くなりました。わたしはとても、待《ま》ち切《き》れません。そちらへ迎《むか》えに参《まい》ります。「山《やま》たづの」は枕詞《まくらことば》）

ようやく軽王《かるのみこ》のもとに着《つ》いたとき、待《ま》ち受《う》けていた軽王《かるのみこ》は、妹《いもうと》に愛《あい》の讃《さん》歌《か》をささげた。

隠《こも》り処《く》の　泊瀬《はつせ》の山《やま》の
大峡《おおお》には　幡張《はたは》り立《た》て　さ小峡《おお》には　幡張《はたは》り立《た》て
大峡《おおお》にし　なかさだめる　思《おも》ひ《(イ)》妻《づま》あは《(ワ)》れ
槻弓《つくゆみ》の　臥《こ》やせる臥《こ》やりも　梓弓《あずさゆみ》　起《た》てり起《た》てりも
後《のち》も取《と》り見《み》る　思《おも》ひ《(イ)》妻《づま》あは《(ワ)》れ

山並《やまな》みにこもる泊瀬《はつせ》（桜井市《さくらいし》）の峰々《みねみね》に、幡《はた》（葬送用《そうそうよう》の旗《はた》）を張《は》り立《た》て、果《は》てる人《ひと》をかの世《よ》に送《おく》る。果《は》てるおれに、すがるおまえ。今《いま》ははや、逃《のが》れられない二人《ふたり》の運命《さだめ》。いとしい女《ひと》よ、ああ。寝《ね》ているときも、起《お》きてるときも、これからおまえを離《はな》しはしない。いとしい女《ひと》よ、ああ。

隠《こも》り処《く》の　泊瀬《はつせ》の河《かわ》の
上《かみ》つ瀬《せ》に　斎杭《いくい》を打《う》ち　下《しも》つ瀬《せ》に　真杭《まくい》を打《う》ち
斎杭《いくい》には　鏡《かがみ》を懸《か》け　真杭《まくい》には　真玉《またま》を懸《か》け
真玉《またま》如《な》す　吾《あ》が思《も》ふ《(ウ)》妹《いも》　鏡《かがみ》如《な》す　吾《あ》が思《も》ふ《(ウ)》妻《つま》
ありと言《い》は《(ワ)》ばこそよ　家《いえ》にも行《ゆ》かめ　国《くに》をも偲《しの》は《(ワ)》め

山並《やまな》みにこもる泊瀬《はつせ》の、川上《かわかみ》に川下《かわしも》に、神《かみ》を祭《まつ》れる杭《くい》を打《う》ち、鏡《かがみ》を懸《か》け、玉《たま》を懸《か》く。その玉《たま》のように愛《あい》する女《ひと》。その鏡《かがみ》のように愛《あい》する女《ひと》。この世《よ》に生《い》きているのなら、家《いえ》を訪《たず》ねよう、故郷《こきょう》をなつかしもう。もう、あの女《ひと》はいない。家《いえ》にも故郷《こきょう》にも、どこにもいない。

このように絶唱《ぜっしょう》して、二人《ふたり》はともに命《いのち》を断《た》った。この二《ふた》つの歌《うた》は、朗読《ろうどく》するように歌《うた》う読《よ》み歌《うた》という歌曲《かきょく》である。

故後《かれのち》に亦恋慕《またしのひ》に堪《あ》へかねて、追《お》ひ往《い》でましし時《とき》、歌《うた》曰ひたまひしく、

岐美賀由岐《きみがゆき》　気那賀久那理奴《けながくなりぬ》　夜麻多豆能《やまたづの》
牟加閇袁由加牟《むかへをゆかむ》　麻都爾波麻多士《まつにはまたじ》
（歌謡番号八八）

故追《かれお》ひ到《いた》りましし時《とき》に、待《ま》ち懐《おも》ひて、歌《うた》曰ひたまひしく、

許母理久能《こもりくの》　波都世能夜麻能《はつせのやまの》　意富袁爾波《おほをには》　波多波理陀弖《はたはりだて》　佐袁袁爾波《さををには》
波多波理陀弖《はたはりだて》　意富袁爾斯《おほをにし》　那加佐陀売流《なかさだめる》　淤母比豆麻阿波礼《おもひづまあはれ》
都久由美能《つくゆみの》　許夜流許夜理母《こやるこやりも》　阿豆佐由美《あづさゆみ》　多弖理多弖理母《たてりたてりも》
能知母登理美流《のちもとりみる》　意母比豆麻阿波礼《おもひづまあはれ》
（歌謡番号八九）

又歌《またうた》曰ひたまひしく、

許母理久能《こもりくの》　波都勢能賀波能《はつせのかはの》　加美都勢爾《かみつせに》　伊久比袁宇知《いくひをうち》　斯毛都勢爾《しもつせに》
麻久比袁宇知《まくひをうち》　伊久比爾波《いくひには》　加賀美袁加気《かがみをかけ》　麻久比爾波《まくひには》　麻多麻袁加気《またまをかけ》
麻多麻那須《またまなす》　阿賀母布伊毛《あがもふいも》　加賀美那須《かがみなす》　阿賀母布都麻《あがもふつま》　阿理登《ありと》
伊波婆許曾余《いはばこそよ》　伊弊爾母由加米《いへにもゆかめ》　久爾袁母斯能波米《くにをもしのはめ》
（歌謡番号九〇）

かく歌《うた》ひて、即《すなは》ち共《とも》に自《みづか》ら死《し》せたまひき。故此《かれこ》の二歌《ふたつのうた》は読歌《よみうた》なり。

✻いわゆる近親相姦《きんしんそうかん》という許されぬ恋だから、同情に値しない事件といえる。しかし、愛を貫くために皇位を捨てた純粋さに、驚くとともに深い感動を覚える。

血縁で結ばれた氏族が同じ土地で生活した古代では、この種の事件は現代人の想像するよりもはるかに多かったようだ。というよりも、同母・異母の兄弟・姉妹がいっしょに暮らす生活環境が、事件を誘発する危険を秘めているのである。

それだからこそ、近親相姦を大罪とする罰則が設けられたのであろう。とすると、この二人は時代の犠牲者なのかも知れない。ある憐《あわ》れみの情に誘われるのも、二人の恋に社会通念の枠を超えた至純な魂の輝きを見るからかも知れない。

## ◆雄略天皇《ゆうりやくてんのう》、一言主《ひとことぬし》の神《かみ》と問答《もんどう》する――神威《しんい》と王威《おうい》との出会《であ》い

ある時《とき》、雄略天皇《ゆうりやくてんのう》は葛城山《かずらきやま》（大阪府《おおさかふ》・奈良県境《ならけんざかい》）に登《のぼ》った。山上《さんじょう》で大《おお》きな猪《いのしし》に遭遇《そうぐう》したので、すぐさま天皇《てんのう》は鳴鏑《なりかぶら》の矢《や》で射《い》た。猪《いのしし》は怒《いか》り狂《くる》い、唸《うな》り声《ごえ》をあげて、猛然《もうぜん》と襲《おそ》いかかってきた。天皇《てんのう》は猪《いのしし》の唸《うな》り声《ごえ》に恐《おそ》れ、榛《はり》の木《き》に登《のぼ》って逃《に》げた。この時《とき》、天皇《てんのう》が詠《よ》んだ歌《うた》。

やすみしし　我《わ》が大君《おおきみ》の　遊《あそ》ばしし　猪《しし》の　病《や》み猪《しし》の
唸《うた》き畏《かしこ》み　我《わ》が逃《に》げ登《のぼ》りし　在《あ》り丘《お》の　榛《はり》の木《き》の枝《えだ》

〔天下《てんか》を治《おさ》める大王《だいおう》の、その大王《だいおう》のわがはいに、射《い》られた猪《しし》のうなり声《ごえ》、手負《てお》いの猪《しし》のうなり声《ごえ》、恐《おそ》れおののき逃《に》げまどい、丘《おか》の上《うえ》なる榛《はり》の木《き》の、梢《こずえ》も高《たか》くよじのぼる。〕

❖又一時《またあるとき》、天皇《すめらみこと》葛城《かづらき》の山《やま》の上《うへ》に登《のぼ》り幸《い》でましき。爾《ここ》に大《おほ》きなる猪《しし》出《い》でたり。即《すなは》ち天皇《すめらみこと》鳴鏑《なりかぶら》を以《も》ちて其《そ》の猪《しし》を射《い》たまふ時《とき》に、其《そ》の猪怒《ししいか》りて、うたき依《よ》り来《く》。故《かれ》天皇《すめらみこと》、其《そ》のうたきを畏《かしこ》みて、榛《はりのき》の上《うへ》に登《のぼ》りましき。爾《ここ》に歌曰《みうたよ》みしたまひしく、

夜須美斯志《やすみしし》　和賀意富岐美能《わがおほきみの》　阿蘇婆志斯《あそばしし》
志斯能《ししの》　夜美斯志能《やみししの》　宇多岐加斯古美《うたきかしこみ》
和賀爾宜能煩理斯《わがにげのぼりし》　阿理袁能《ありをの》　波理能紀能延陀《はりのきのえだ》

（歌謡番号九九）

榛の木（ハリノキ・ハンノキ）

その後《のち》また、天皇《てんのう》が葛城山《かずらきやま》に登《のぼ》ったことがあった。随行《ずいこう》する大《おお》ぜいの役人《やくにん》たちは全員《ぜんいん》が、天皇《てんのう》から頂《いただ》いたお揃《そろ》いの、紅《あか》い紐《ひも》をつけた青摺《あおすり》の衣服《いふく》を着《き》ていた。

その時《とき》、向《む》かいの山《やま》の尾根《おね》伝《づた》いに山上《さんじょう》めざして登《のぼ》っていく一行《いっこう》があった。その行列《ぎょうれつ》はまったく天皇《てんのう》の一行《いっこう》とそっくりで、服装《ふくそう》の色《いろ》も、随行《ずいこう》する人《ひと》た

ちも、まるで天皇《てんのう》の一行《いっこう》そのものであった。

天皇《てんのう》はその一行《いっこう》を遠《とお》くから眺《なが》めて、従者《じゅうしゃ》をやってこう尋《たず》ねた。

「この大和《やまと》の国《くに》に、私《わたし》のほかに大王《だいおう》はいないのだが、今《いま》、私《わたし》のとそっくりな行列《ぎょうれつ》をつくるおまえは何者《なにもの》だ」と。

ところが、向《む》こうから答《こた》える返事《へんじ》の言葉《ことば》もまた、天皇《てんのう》が尋《たず》ねた質問《しつもん》の言《こと》葉《ば》とまったく同《おな》じだった。

天皇《てんのう》はかんかんに怒《おこ》って、弓《ゆみ》に矢《や》をつがえた。同時《どうじ》に、大《おお》ぜいの役人《やくにん》たちも全員《ぜんいん》、弓《ゆみ》に矢《や》をつがえた。すると、向《む》こうの行列《ぎょうれつ》もまた、同《おな》じように弓《ゆみ》に矢《や》をつがえた。

❖又一時《またあるとき》、天皇《すめらみこと》葛城山《かづらきやま》に登《のぼ》り幸《い》でます時《とき》に、百官《つかさつかさ》の人等《ひとども》、悉《ことごと》に紅《あか》き紐《ひも》著《つ》けたる青摺《あをすり》の衣《きぬ》を給《たま》はりて服《き》たり。

彼《そ》の時《とき》に其《そ》の向《む》かひの山《やま》の尾《を》より、山《やま》の上《うへ》に登《のぼ》る人《ひと》有《あ》り。既《すで》に天皇《すめらみこと》の鹵簿《みゆきのつら》に等《ひと》しく、亦其《またそ》の束装《よそひ》の状《さま》、及人衆《またひとども》も、相似《あひに》て傾《かたぶ》かず。

爾《ここ》に天皇《すめらみこと》望《みさ》けたまひて、問《と》曰はしめたまはく、「茲《こ》の倭国《やまとのくに》に、吾《あ》を除《お》きて亦王《またきみ》は無《な》きを。今誰《いまたれ》人かかくて行《ゆ》く」ととはしめたまひしかば、即《すなは》ち答《こた》へ曰《まを》せる状《さま》も、天皇《すめらみこと》の命《みこと》の如《ごと》くなりき。是《ここ》に天皇《すめらみこと》大《いた》く忿《いか》りて、矢刺《やさ》したまひ、百官《つかさつかさ》の人等《ひとども》、悉《ことごと》に矢刺《やさ》しければ、爾《ここ》に其《そ》の人等《ひとども》も皆《みな》矢刺《やさ》せり。

そこで、ふたたび天皇《てんのう》は尋《たず》ねた。

「そんなら、まず名《な》を名《な》のれ。互《たが》いに名《な》のり合《あ》ってから、矢《や》を放《はな》とうじゃないか」と。

すると、向《む》こうから、「私《わたし》は先《さき》に尋《たず》ねられたので、私《わたし》のほうから先《さき》に名《な》のりをあげよう。私《わたし》は、凶事《きようじ》も一言《ひとこと》、吉事《きちじ》も一言《ひとこと》で解決《かいけつ》する神《かみ》、葛城《かずらき》の一《ひと》言主《ことぬし》の大神《おおかみ》である」という返事《へんじ》があった。

天皇《てんのう》は、大神《おおかみ》の返事《へんじ》にすっかり恐縮《きようしゆく》してしまい、「畏《おそ》れ多《おお》いことです。わが大神《おおかみ》よ、あなたがこの世《よ》に人間《にんげん》の姿《すがた》で現《あらわ》れようとは存《ぞん》じ上《あ》げませんでした」と謝罪《しゃざい》した。そして、自身《じしん》の大刀《たち》や弓矢《ゆみや》をはじめとして、随行《ずいこう》する役人《やくにん》たちの衣服《いふく》を脱《ぬ》がせ、拝礼《はいれい》して献上《けんじょう》したのだった。

それを見《み》て、一言主《ひとことぬし》の大神《おおかみ》は大《おお》いに喜《よろこ》び、お礼《れい》の拍手《はくしゅ》をして、天皇《てんのう》からの献上品《けんじょうひん》を受《う》け取《と》った。しかも、天皇《てんのう》が皇居《こうきょ》に帰《かえ》るとき、大神《おおかみ》の一行《いっこう》は山《さん》頂《ちょう》に全員集合《ぜんいんしゅうごう》して、そこから皇居《こうきょ》のある泊瀬山《はつせやま》の入口《いりぐち》までお送《おく》りした。ちなみに、一言主《ひとことぬし》の大神《おおかみ》というのは、このとき初《はじ》めて人間《にんげん》の姿《すがた》で現《あらわ》れたのである。

❖故《かれ》天皇《すめらみこと》、亦《また》問《と》曰ひたまはく、「其《そ》の名《な》を告《の》らさね。爾《ここ》におのもおのも名《な》を告《の》りて、矢《や》弾《はな》たむ」とのりたまふ。是《ここ》に答《こた》へて曰《の》りたまはく、「吾先《あれま》づ問《と》はえたれば、吾先《あれま》づ名告《なの》り為《せ》む。吾《あれ》は悪事《まがこと》も一言《ひとこと》、善事《よごと》も一言《ひとこと》、言離神《ことさかのかみ》、葛城一言主大神《かづらきのひとことぬしのおほかみ》なり」とのりたまひき。

天皇《すめらみこと》是《ここ》に惶畏《かしこ》みて白《まを》したまはく、「恐《かし》こし、我《あ》が大神《おほかみ》、うつしおみ有《ま》さむとは、覚《し》らざりき」と白《まを》して、大御刀《おほみたち》と弓矢《ゆみや》を始《はじ》めて、百官《つかさつかさ》の人等《ひとども》の服《け》せる衣服《きもの》を脱《ぬ》かしめて、拝《をろが》み献《たてまつ》りき。

爾《ここ》に其《そ》の一言主大神《ひとことぬしのおほかみ》、手打《てう》ちて其《そ》の奉物《たてまつりもの》を受《う》けたまひき。故《かれ》天皇《すめらみこと》の還《かへ》り幸《い》でます時《とき》、其《そ》の大神《おほかみ》、山《やま》の末《すゑ》に満《いは》みて、長谷山口《はつせのやまのくち》に送《おく》り奉《まつ》りき。故是《かれこ》の一言主之大《ひとことぬしのおほ》神《かみ》は、彼《そ》の時《とき》に顕《あらは》れたまへるなり。

✻二つの話題から構成されている。

第一話は、猪《いのしし》に追いかけられて榛《はり》の木によじ登った臆病《おくびよう》な天皇の話だ。しかし、危険から救った榛の木をほめてやることで天皇の面目は保たれたという。木を相手にするのもおかしな話だが、後世、鷺《さぎ》に五位《ごい》の位を授けた天皇もいることだし、案外まともなのかも知れない。

第二話も、天皇は一言主《ひとことぬし》の大神《おおかみ》にひたすら敬意を払って畏《かしこ》まるのだが、宮中に帰るときに大神一行が見送ったから、おあいこで天皇の権威は守られたとする。もっとも、この一言主の大神はくせのある地神《じがみ》で、役行者《えんのぎょうじゃ》(修験道《しゅげんどう》の祖)と対立して朝廷に中傷し流刑《るけい》にさせたが、逆に役行者に呪縛《じゅばく》されて解脱《げだつ》できないでいるという話など、話題にこと欠かない。

要するに、天皇の王威と神威とが対等だった時代の、いささかユーモラスな話である。やがて訪れる律令時代《りつりょうじだい》には、こんな話など生まれようもないほど、神威は下落していく。

葛城山
奈良県と大阪府の境に位置する960mの山。
今は、ツツジの花の名所として知られる。

## ◆履中天皇《りちゆうてんのう》の孫《まご》オケ・オ(ヲ)ケ兄弟王《きょうだいおう》が発見《はっけん》される——二皇子《におうじ》の舞《まい》

＊＊＊＊＊＊＊＊＊＊＊＊

皇子《おうじ》オオハツセ(のちの雄略天皇《ゆうりやくてんのう》)は、王位継承《おういけいしょう》のライバルだった従兄弟《いとこ》のイチノベノオシハを狩場《かりば》で射殺《しやさつ》した。

凶報《きょうほう》を受《う》けて、イチノベノオシハの御子《みこ》、オケ(のちの仁賢天皇《にんけんてんのう》)・オ(ヲ)ケ(のちの顕宗天皇《けんぞうてんのう》)の兄弟王《きょうだいみこ》はすぐさま逃亡《とうぼう》した。その途中《とちゅう》、食糧《しょくりょう》を奪《うば》われる災難《さいなん》に遭《あ》ったが、身分《みぶん》を隠《かく》し馬飼《うまか》い・牛飼《うしか》いとなって播磨《はりま》の国《くに》(兵庫県《ひょうごけん》)に身《み》を潜《ひそ》めた。

＊＊＊＊＊＊＊＊＊＊＊＊

山部《やまべ》の連小楯《むらじおたて》が播磨《はりま》の国《くに》(兵庫県《ひょうごけん》)の長官《ちょうかん》として赴任《ふにん》したときのこと、小楯《おたて》は、志自牟《しじむ》(三木市志染町《みきししじみちょう》)に豪邸《ごうてい》を構《かま》える豪族《ごうぞく》の新築祝《しんちくいわ》いに招待《しょうたい》された。

宴《えん》たけなわになったころ、その場《ば》の全員《ぜんいん》が、順番《じゅんばん》に舞《まい》を披露《ひろう》することになった。そのとき、火焚《ひた》き役《やく》の少年二人《しょうねんふたり》が竈《かまど》のそばにいたが、やがて少《しょう》年《ねん》たちに順番《じゅんばん》が回《まわ》ってきた。

ところが、その一人《ひとり》が、「兄《にい》さん、先《さき》に舞《ま》いなさいよ」と譲《ゆず》ると、兄《あに》のほうもまた、「おまえから先《さき》に舞《ま》いなさい」と言《い》って、互《たが》いに譲《ゆず》り合《あ》ったので、その場《ば》にいた人《ひと》たちは譲《ゆず》り合《あ》うような柄《がら》でもないと大笑《おおわら》いした。


❖爾《ここ》に山部連小楯《やまべのむらじをたて》、針間国《はりまのくに》の宰《みこともち》に任《よ》さされし時《とき》に、其《そ》の国《くに》の人民《おほみたから》、名《な》は志自牟《しじむ》が新室《にひむろ》に到《いた》りて楽《うたげ》しき。

是《ここ》に盛《さか》りに楽《うた》げて酒酣《さけたけなは》なるに、次第《つぎて》を以《も》ちて皆《みな》儛《ま》ひき。故《かれ》火焼《ひたき》の少子二口《わらはふたり》、竈《かまど》の傍《へ》に居《ゐ》たる、其《そ》の少子等《わらはども》に儛《ま》はしむ。

爾《ここ》に其《そ》の一少子《ひとりのわらは》、「汝兄《なせ》先づ儛《ま》ひたまへ」と曰《い》へば、其《そ》の兄《あに》も、「汝《な》弟《おと》先づ儛《ま》ひたまへ」と曰《い》ひき。かく相譲《あひゆづ》る時《とき》に、其《そ》の会《つど》へる人等《ひとども》、其《そ》の相譲《ゆづ》れる状《さま》を咲《わら》ひき。


結局《けつきょく》、兄《あに》が先《さき》に舞《ま》い、そのあと弟《おとうと》が舞《ま》うことになったが、その弟《おとうと》が声《こえ》を朗々《ろうろう》と長《なが》く引《ひ》いて、こんな歌詞《かし》を謡《うた》った。

物部《もののふ》の 我《わ》が夫子《せこ》が 取《と》り佩《は》ける 大刀《たち》の手上《たがみ》に 丹画《にか》き著《つ》け
其《そ》の緒《お》には 赤幡《あかはた》を載《かざ》り 赤幡《あかはた》立《た》てて見《み》れば い隠《かく》る 山《やま》の三尾《みお》の
竹《たけ》を掻《か》き苅《か》り 末押《すえお》し靡《なび》かすなす 八紘《やつお》の琴《こと》を調《しら》べたるごと
天《あめ》の下治《したし》らし賜《た》びし 伊耶本和気《いざほわけ》の 天皇《すめらみこと》の御子《みこ》 市辺《いちのべ》の押歯王《おしはのみこ》の
奴《やっこ》末《すえ》

〔雄々《おお》しき武人《ぶじん》のわが君《きみ》が、腰《こし》に帯《お》びたる大刀《たち》の柄《つか》。柄《つか》には赤《あか》き朱《しゅ》を塗《ぬ》りて、緒《お》には赤《あか》き布飾《ぬのかざ》り、陣《じん》に立《た》てたる赤旗《あかはた》に、見《み》れば隠《かく》れる山《やま》の峰《みね》。峰《みね》に生《は》えたる竹《たけ》の本《もと》、根本《ねもと》から刈《か》り、その先《さき》を地《ち》に敷《し》きなびかす、そのように。八紘《はちげん》の琴《こと》を巧《たく》みに奏《かな》でる、そのように。世《よ》を治《おさ》めたる大君《おおきみ》の、イザホワケの大君《おおきみ》(履中天皇《りちゅうてんのう》)の、皇子《おうじ》なるイチノベノオシハの王《おう》、その子《こ》なるぞ、このわれは。〕

❖爾《ここ》に遂《つひ》に兄儛《あにま》ひ訖《を》はりて、次《つぎ》に弟儛《おとま》はむとする時《とき》に、詠《ながめごとし》 為たまひつらく、

物部之《もののふノ》　我夫子之《わがせこガ》　取佩《とりはケル》　於二大刀之手上《たちノたがみニ》一　丹画著《にかきつケ》
其緒者《そノをニハ》　載二赤幡《かざりあかはたヲ》一　立二赤幡《たテテあかはたヲ》一　見者《みレバ》　五十隠《いかくル》　・山三尾之《やまノみをノ》
竹矣訶岐苅《たけヲかきかり》　末押縻魚簀《すゑおシなびカスなす》　如《ごと》レ調《しらべタル》二八緒琴《やつをノことヲ》一　所三治《しラシ》二賜《たビシ》天下《あめノした》一
伊耶本和気《いざほわけノ》　天皇之御子《すめらみことノみこ》　市辺之《いちノべノ》　押歯王之《おシはノみこノ》　奴末《やつこすゑ》

と曰《の》りたまひつ。

これを聞《き》いた小楯《おたて》の連《むらじ》は、びっくり仰天《ぎようてん》、床《とこ》から転《ころ》げ落《お》ちた。すぐさま、その場《ば》から人々《ひとびと》を追《お》いはらい、二人《ふたり》の皇子《おうじ》を左右《さゆう》の膝《ひざ》の上《うえ》に乗《の》せ、皇子《おうじ》たちのこれまでの悲運《ひうん》に号泣《ごうきゆう》した。

それから、国中《くにじゆう》の人々《ひとびと》を集《あつ》めて仮《かり》の宮殿《きゆうでん》を造《つく》り、二皇子《におうじ》を住《す》まわせるとともに、早馬《はやうま》の使者《ししや》を朝廷《ちようてい》に送《おく》った。

二皇子《におうじ》の叔母《おば》、飯豊王《いいとよのみこ》は知《し》らせを聞《き》いて大喜《おおよろこ》びし、さっそく二人《ふたり》を葛城《かずらき》（奈良県《ならけん》）の角刺《つのさし》の宮《みや》（新庄町忍海《しんじようちようおしみ》）に引《ひ》き取《と》った。

❖爾《ここ》に即《すなは》ち小楯連《をたてのむらじ》聞き驚《おどろ》きて、床《とこ》より堕《お》ち転《まろ》びて、其《そ》の室《むろ》の人等《ひとども》を追《お》ひ出《い》だして、其《そ》の二柱《ふたはしら》の王子《みこ》を、左右《ひだりみぎり》の膝《ひざ》の上《うへ》に坐《ま》せまつりて、泣《な》き悲《かな》しみて、人民《たみども》を集《つど》へて、仮宮《かりみや》を作《つく》り、其《そ》の仮宮《かりみや》に坐《ま》せまつり置《お》きて、駅使《はゆまづかひ》を貢上《たてまつ》りき。是《ここ》に、其《そ》の姨飯豊王《みをばいひとよのみこ》、聞《き》き歓《よろこ》ばして、宮《みや》に上《のぼ》らしめたまひき。

## 兄弟王の系譜

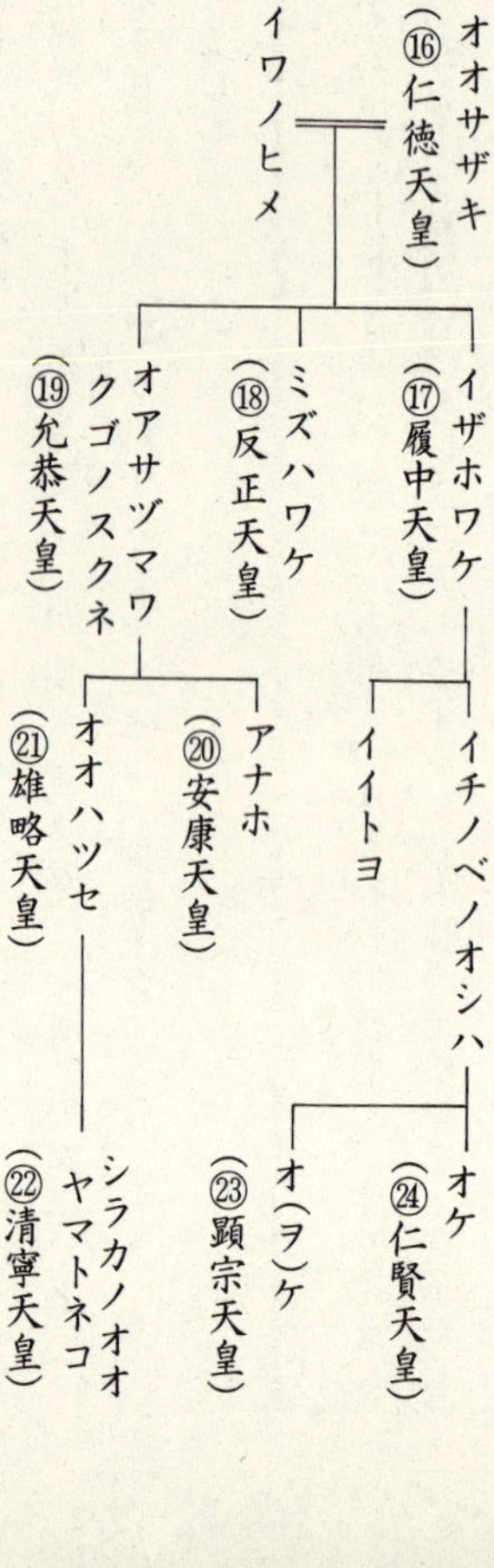

✽この二皇子発見のニュースは、当時の政界に激震を走らせたようだ。『日本書紀』にも、すこぶる丁寧な記事が載っていて、関心の高さがよくわかる。

清寧《せいねい》天皇には御子《みこ》がなかったので、崩御《ほうぎょ》後、雄略天皇の皇統は絶えた。そこで後継者を探したところ、かつて雄略天皇に殺害されたイチノベノオシハ王の妹、飯豊王《いいとよのみこ》が候補にあがった。彼女は女帝として君臨したというよりも、次の天皇が正式に即位するまでの中継ぎをする役（一説に「なかつすめらみこと」）をつとめたとみられる。

発見の知らせに喜んで、すぐに二皇子を引き取るところが好ましい。皇子の姉とする説もあるが、やはり悲劇の幕を引くには叔母のほうがふさわしいだろう。ヤマトタケルの心の傷をいやすのも叔母のヤマトヒメだった。

なお、祝宴の舞のときもそうだったが、皇位継承でも兄弟王は譲り合った。自ら皇子の身分を明かした弟の勇気を讃えて、兄は皇位を譲り、弟が先に即位した。これが顕宗《けんぞう》天皇である。

★太安万侶《おおのやすまろ》の墓誌《ぼし》が出土した

一九七九（昭和五十四）年一月二十日朝、奈良市《ならし》此瀬町《このせちょう》の農家で茶畑の整備をしていたところ、木棺《もっかん》が発見された。さらに、人骨の間から長さ二十九センチ、幅六センチ、厚さ一ミリの銅板《どうばん》が見つかった。

銅板には四十一文字の銘文《めいぶん》が刻まれ、内容から太安万侶の墓誌と判明した。銘文には「左京四條四坊《さきょうしじょうしぼう》　従四位下《じゅしいのげ》　勲五等《くんごとう》　太朝臣安万侶《おおのあそみやすまろ》　以　癸亥年《みずのといのとし》七月六日《しちがつむいかに》卒之《しゅっす》　養老七年十二月十五日乙巳《ようろうしちねんじゅうにがつじゅうごにちきのとみ》」とあった。

養老七（七二三）年七月六日に死亡し、十二月十五日に埋葬したことになるが、『続日本紀《しょくにほんぎ》』では七月七日の死亡とあり、一日ずれる。死亡届の日や用いた暦《こよみ》による換算のずれが原因とみられ、墓誌そのものは本物と断定された。

火葬された安万侶の骨を診断した結果、小柄な体格で、歯の一部に歯槽膿漏《しそうのうろう》があったという。あまり頑健なタイプではなかったらしい。

『古事記』序文には「民部卿《みんぶのきょう》」（民部省長官）とあったが、墓誌にはなく、死亡時は散位《さんに》で役職を辞していたようだ。また、従四位《じゅしい》は貴族のランクでは中級である。

なお、安万侶は天武帝の功臣（将軍）多品治《おおのほむじ》を父に持ち、氏族の宗家として氏《うじの》長《かみ》をつとめた。太氏は彼の改姓らしく、死後には多氏にもどった。墓は国指定の史跡、墓誌は国の重要文化財。付録「史跡案内」二八九ページ参照。

# 『古事記』直系譜

| | 神名 |
|---|---|
| ① | イザナキノミコト（伊耶那岐命）／イザナミノミコト（伊耶那美命） |
| ② | アマテラスオオミカミ（天照大御神） |
| ③ | アメノオシホミミノミコト（天忍穂耳命） |
| ④ | ホノニニギノミコト（番能邇邇芸命） |
| ⑤ | ホホデミノミコト（穂穂手見命・火遠理命・山幸彦） |
| ⑥ | ナギサタケウガヤフキアエズノミコト（波限建鵜葺草葺不合命） |

| | 天皇（漢風諡号） | 名　敬称略 |
|---|---|---|
| ⑦ 初代 | 神武（じんむ）天皇 | カムヤマトイワレビコ（神倭伊波礼毗古） |
| 第2代 | 綏靖（すいぜい）天皇 | カムヌナカワミミ（神沼河耳） |
| 第3代 | 安寧（あんねい）天皇 | シキツヒコタマデミ（師木津日子玉手見） |
| 第4代 | 懿徳（いとく）天皇 | オオヤマトヒコスキトモ（大倭日子鉏友） |
| 第5代 | 孝昭（こうしょう）天皇 | ミマツヒコカエシネ（御真津日子訶恵志泥） |
| 第6代 | 孝安（こうあん）天皇 | オオヤマトタラシヒコクニオシヒト（大倭帯日子国押人） |

| | | |
|---|---|---|
| 第7代 | 孝霊（こうれい）天皇 | オオヤマトネコヒコフトニ（大倭根子日子賦斗邇） |
| 第8代 | 孝元（こうげん）天皇 | オオヤマトネコヒコクニクル（大倭根子日子国玖琉） |
| 第9代 | 開化（かいか）天皇 | ワカヤマトネコヒコオオビビ（若倭根子日子大毗毗） |
| 第10代 | 崇神（すじん）天皇 | ミマキイリビコイニエ（御真木入日子印恵） |
| 第11代 | 垂仁（すいにん）天皇 | イクメイリビコイサチ（伊久米伊理毗古伊佐知） |
| 第12代 | 景行（けいこう）天皇 | オオタラシヒコオシロワケ（大帯日子淤斯呂和気） |
| 第13代 | 成務（せいむ）天皇 | ワカタラシヒコ（若帯日子） |
| 第14代 | 仲哀（ちゅうあい）天皇 | タラシナカツヒコ（帯中津日子） |
| 第15代 | 応神（おうじん）天皇 | ホムタワケ（品陀和気） |
| 第16代 | 仁徳（にんとく）天皇 | オオサザキ（大雀） |
| 第17代 | 履中（りちゅう）天皇 | イザホワケ（伊耶本和気） |
| 第18代 | 反正（はんぜい）天皇 | ミズハワケ（水歯別） |
| 第19代 | 允恭（いんぎょう）天皇 | オアサヅマワクゴノスクネ（男浅津間若子宿禰） |
| 第20代 | 安康（あんこう）天皇 | アナホ（穴穂） |
| 第21代 | 雄略（ゆうりゃく）天皇 | オオハツセノワカタケ（大長谷若建） |

| | | |
|---|---|---|
| 第22代 | 清寧（せいねい）天皇 | シラカノオオヤマトネコ（白髪大倭根子） |
| 第23代 | 顕宗（けんぞう）天皇 | オ（ヲ）ケノミコノイワスワケ（袁祁王之石巣別） |
| 第24代 | 仁賢（にんけん）天皇 | オケ（意祁） |
| 第25代 | 武烈（ぶれつ）天皇 | オハッセノワカサザキ（小長谷若雀） |
| 第26代 | 継体（けいたい）天皇 | オオド（袁本杼） |
| 第27代 | 安閑（あんかん）天皇 | ヒロクニオシタケカナヒ（広国押建金日） |
| 第28代 | 宣化（せんか）天皇 | タケオヒロクニオシタテ（建小広国押楯） |
| 第29代 | 欽明（きんめい）天皇 | アメクニオシハルキヒロニワ（天国押波流岐広庭） |
| 第30代 | 敏達（びだつ）天皇 | ヌナクラノフトタマシキ（沼名倉太玉敷） |
| 第31代 | 用明（ようめい）天皇 | タチバナノトヨヒ（橘豊日） |
| 第32代 | 崇峻（すしゅん）天皇 | ハッセベノワカサザキ（長谷部若雀） |
| 第33代 | 推古（すいこ）天皇 | トヨミケカシキヤヒメ（豊御食炊屋比売） |

# 『古事記』通観――主要記事一覧

※本書の関連章段ページ

| 巻 | 主要記事 | ※ |
|---|---|---|
| 序文 | 第一段…天地創造、神世、および神武《じんむ》・崇神《すじん》・仁徳《にんとく》・成務《せいむ》・允恭《いんぎょう》天皇の事績紹介。<br>第二段…『古事記』の企画―壬申《じんしん》の乱。天武《てんむ》天皇、帝紀と旧辞《きゅうじ》の撰録を企画。稗田阿礼《ひえだのあれ》の誦習。<br>第三段…『古事記』の成立―元明天皇、太安万侶《おおのやすまろ》に撰録を命じる。国語表記の苦心。 | 13 |
| 巻 | ◆神々の誕生…天上界（高天原）と地上界（葦原中国《あしはらのなかつくに》）の成立<br>・別天神（五柱）…天之御中主神《あめのみなかぬしのかみ》、高御産巣日神《たかみむすひのかみ》、神産巣日神《かむむすひのかみ》、宇摩志阿斯訶備比古遅神《うましあしかびひこじのかみ》、天之常立神《あめのとこたちのかみ》。―すべて独神。<br>・神世七代…国之常立神《くにのとこたちのかみ》から伊耶那岐神《いざなきのかみ》・伊耶那美神《いざなみのかみ》までの十神。最初の二神は独神、後の十神は男女一対の対偶神。男女二神を一代とみなし、全十二神を七代とする。 | 22 |
| | ◆伊耶那岐命《いざなきのみこと》と伊耶那美命《いざなみのみこと》国土の修理固成を命じられ、天《あめ》の浮橋《うきはし》に立ち、淤能碁呂島《おのごろじま》を | 27 |

## 上

作る。島での聖なる結婚。

◆日本列島（大八島《おおやしま》）と神々の誕生
・国生み―十四島。神生み―三十五神。
・火神（火之迦具土神《ほのかぐつちのかみ》）の出産で伊耶那美命が黄泉《よみ》へ去る。伊耶那岐命、火神を斬る。死体に神々が生まれる。
○伊耶那美命の御陵―出雲国《いずものくに》（島根県）と伯伎国《ほうきのくに》（鳥取県）の境にある比婆山《ひばやま》（不明）。

31

◆伊耶那岐命の黄泉の国訪問と禊祓《みそぎはらえ》
・二神の出会い―伊耶那岐命、禁忌を破り、死体をのぞき見る。
・二神の闘争―黄泉醜女《よもつしこめ》、黄泉の軍隊の追撃。桃の呪力《じゅりょく》。黄泉比良坂《よもつひらさか》で二神の誓言。
・伊耶那岐命の禊祓―神々の誕生…阿曇《あずみ》の祖神、墨江大神《すみのえのおおかみ》。三貴子の誕生…天照大御神《あまてらすおおみかみ》・月読命《つくよみのみこと》・建速須佐之男命《たけはやすさのおのみこと》。

37

◆天照大神と須佐之男命
・三貴子の分治―須佐之男命の涕泣《ていきゅう》と神界追放。
・須佐之男命の昇天―天照大御神の武装待機。
・天《あめ》の真名井《まない》の誓約《うけい》―五男神と三女神の誕生。宗像《むなかた》三女神。

46

巻

◆天の石屋戸《いわやと》

・須佐之男命の乱行—天照大御神、天の石屋戸にこもる。八百万《やおよろず》の神、神楽を催し、天宇受売《あめのうずめ》の、舞踏で大御神を誘い出す。須佐之男命、天上界から追放さる。

62

◆須佐之男命の大蛇《おろち》退治

・五穀の起源—須佐之男命、大気都比売《おおげつひめ》（穀物の女神）を殺す。死体に五穀が生じる。

・八俣《やまた》の大蛇退治—櫛名田比売《くしなだひめ》と結婚。蛇身から神剣を発見する。須佐之男命の系譜。

72

◆大国主神《おおくにぬしのかみ》（大穴牟遅神《おおなむちのかみ》）

・稲羽の素兎《しろうさぎ》を救う—八上比売《やかみひめ》と結婚。

・兄弟神の迫害—𧏛貝比売《きさがいひめ》と蛤貝比売《うむがいひめ》の火傷《やけど》治療。

・根の国訪問—数々の試練に耐えて、須佐之男命の娘須世理毘売《すせりびめ》と結婚。

80

◆大国主神（八千矛神《やちほこのかみ》）

・八千矛神と沼河比売《ぬなかわひめ》との問答歌—求愛。

・妻須世理毘売との問答歌—嫉妬《しっと》。大国主神の系譜。

## 上

◆大国主神の国作り

・少名毗古那神《すくなびこなのかみ》の協力。三輪《みわ》の大物主神《おおものぬしのかみ》の助力。大年神《おおとしのかみ》の系譜。

◆葦原中国の平定―国譲り

・天菩比神《あめのほひのかみ》の派遣―大国主神になびき、失敗。

・天若日子《あめのわかひこ》の派遣―大国主の娘と結婚し、失敗。天若日子、雉《きじ》の使いを射殺すが、天上界から返し矢を受けて死す。

・建御雷神《たけみかずちのかみ》の派遣―大国主神の息子、事代主神《ことしろぬしのかみ》と建御名方神《たけみなかたのかみ》の服従。

・大国主神の国土譲渡―神殿贈与の交換条件。

91

◆邇邇芸命《ににぎのみこと》、天降《あまくだ》る―天孫降臨

・天照大神の孫、邇邇芸命が葦原中国に降りる―猨田毗古神《さるたびこのかみ》の先導。五伴《いつとも》の緒の随行。

・三種の神器の遷座―八尺《やさか》の勾玉《まがたま》、鏡、草薙《くさなぎ》の剣《つるぎ》。

・伊勢神宮―中臣連《なかとみのむらじ》、忌部首《いみべのおびと》、猿女君《さるめのきみ》等の祖の祭祀《さいし》。

・日向《ひむか》の高千穂に降臨―大伴連、久米直《くめのあたえ》の祖の警衛。

・猿女君―猨田毗古神の名を継いだ天宇受売命。猨田毗古神がひらぶ貝にはさまれ海に溺《おぼ》れる話。海鼠《なまこ》の口裂けの由来。

99

## 上巻

・木花之佐久夜毗売《このはなのさくやびめ》（大山津見神《おおやまつみのかみ》の娘）との結婚―姉石長比売《いわながひめ》を拒否…天皇の寿命を限る。
一夜《ひとよ》妻…一夜孕《はら》み。疑惑を晴らすために、炎の産屋で出産―火遠理命《ほおりのみこと》の誕生。

107

◆火遠理命（山幸彦《やまさちびこ》）―穂穂出見命《ほほでみのみこと》

・山幸彦（弟）、海幸彦《うみさちびこ》（兄）から借りた釣り針をなくす―塩椎神《しおつちのかみ》の救援。
・海神の宮殿を訪問―豊玉毗売《とよたまびめ》と結婚。鯛《たい》の喉《のど》から釣り針発見。
海神、塩盈珠《しおみつたま》・塩乾珠《しおひるたま》を贈与。
・海幸彦（火照命《ほでりのみこと》）の服従―塩盈珠・塩乾珠の呪力で海に溺《おぼ》れ苦しむ…隼人舞《はやとまい》の縁起。
・豊玉毗売の出産―大鰐鮫《おおわにざめ》に変身。鵜葺草葺不合命《うがやふきあえずのみこと》の誕生。禁を破り、産室をのぞいた夫の火遠理命と離別。
・鵜葺草葺不合命、玉依毗売《たまよりびめ》（叔母。豊玉毗売の妹）と結婚―神倭伊波礼毗古命《かむやまといわれびこのみこと》（神武《じんむ》天皇）の誕生。鵜葺草葺不合命の系譜。
○高千穂宮（不明。宮崎県西臼杵郡《うすきぐん》高千穂町とも）で治世五百八十年。御陵―高千穂の山の西（不明。『日本書紀』では鹿児島県霧島市《きりしまし》溝辺町）

112

## 中　巻

◆神武天皇（神倭伊波礼毗古命）

・東征の道―日向から大和へ。槁根津日子《さおねつひこ》の参加。那賀須泥毗古《ながすねびこ》と激戦―兄五瀬命《いつせのみこと》の戦死。高倉下《たかくらじ》の霊剣。八咫烏《やたがらす》の先導。尾のある人の出迎え。

・久米歌―兄宇迦斯《えうかし》・弟宇迦斯《おとうかし》の抵抗。土雲《つちぐも》八十建《やそたける》を斬る。登美毗古《とみびこ》を討つ。兄師木・弟師木と苦戦する。

・邇芸速日命《にぎはやひのみこと》と登美毗古の妹登美夜毗売《とみやびめ》との結婚―物部連《もののべのむらじ》、穂積臣《ほづみのおみ》の祖。

・皇后選定―丹《に》塗り矢伝説…大物主神が丹塗り矢となって勢夜陀多良比売《せやだたらひめ》に生ませた娘、伊須気余理比売《いすけよりひめ》と結婚。世話役の大久米命の入れ墨した眼を不思議がる比売。

・当芸志美美命《たぎしみみのみこと》の謀反―神武天皇崩御後、異腹の皇子たちの皇位争い。当芸志美美命が父帝の妃伊須気余理比売を妻とし、妃の御子の殺害をはかるが、逆に討たれる。皇位の互譲。

○畝火《うねび》の白檮原宮《かしはらのみや》（奈良県橿原市《かしはらし》久米町）

御歳百三十七歳。御陵―畝火山北方の白檮尾の上（奈良県橿原市畝傍町《うねびちょう》）

◆綏靖《すいぜい》天皇（神沼河耳命《かむぬなかわみみのみこと》）―系譜

○葛城《かづらき》の高岡宮（奈良県御所市《ごせし》森脇）
御歳四十五歳。御陵—衝田崗《つきだのおか》（奈良県橿原市四条町）

◆安寧《あんねい》天皇（師木津日子玉手見命《しきつひこたまでみのみこと》）—系譜
○片塩の浮穴宮《うきあなのみや》（奈良県大和高田市三倉堂）
御歳四十九歳。御陵—畝火山のみほと（奈良県橿原市吉田町）

◆懿徳《いとく》天皇（大倭日子鉏友命《おおやまとひこすきとものみこと》）—系譜
○軽《かる》の境崗宮《さかいおかのみや》（奈良県橿原市大軽町）
御歳四十五歳。御陵—畝火山の真名子谷《まなごだに》の上（奈良県橿原市西池尻《いけじり》町）

◆孝昭《こうしょう》天皇（御真津日子訶恵志泥命《みまつひこかえしねのみこと》）—系譜
○葛城の掖上宮《わきがみのみや》（奈良県御所市池之内）
御歳九十三歳。御陵—掖上の博多山《はかたやま》の上（奈良県御所市三室）

◆孝安《こうあん》天皇（大倭帯日子国押人命《おおやまとたらしひこくにおしひとのみこと》）—系譜
○葛城の室の秋津島宮（奈良県御所市室）
御歳百十三歳。御陵—玉手の岡の上（奈良県御所市玉手）

◆孝霊《こうれい》天皇（大倭根子日子賦斗邇命《おおやまとねこひこふとにのみこと》）—系譜
○黒田の廬戸宮《いおとのみや》（奈良県磯城郡《しきぐん》田原本町黒田）

## 中

御歳百六歳。御陵―片岡の馬坂の上（奈良県北葛城郡王子町王子）

◆孝元《こうげん》天皇（大倭根子日子国玖琉命《おおやまとねこひこくにくるのみこと》）―系譜

○軽の堺原宮《さかいはらのみや》（奈良県橿原市大軽町）

御歳五十七歳。御陵―剣池の中崗の上（奈良県橿原市石川町剣池上）

◆開化《かいか》天皇（若倭根子日子大毘毘命《わかやまとねこひこおおびびのみこと》）―系譜

○春日《かすが》の伊耶河宮《いざかわのみや》（奈良市本子守町率川《いさがわ》）

御歳六十三歳。御陵―伊耶河の坂の上（奈良市油阪町）

◆崇神《すじん》天皇（御真木入日子印恵命《みまきいりびこいにえのみこと》）―系譜

・大物主神の祭祀―流行病の平癒。三輪山伝説…大物主神、活玉依毘売《いくたまよりびめ》に通う。

・将軍の派遣―四方の抵抗勢力の討滅。

・建波邇安王《たけはにやすおう》の乱―大毘古命（崇神天皇の伯父）の鎮圧。

・「初国《はつくに》知らしし天皇」―崇神天皇を称賛。

○師木《しき》の水垣宮《みずかきのみや》（奈良県桜井市金屋）

御歳百六十八歳。御陵―山辺道の勾之崗《まがりのおか》の上（奈良県天理市柳本町）

102

巻

◆垂仁《すいにん》天皇（伊久米伊理毗古伊佐知命《いくめいりびこいさちのみこと》）―系譜　142
・沙本毘古王《さおびこおう》の乱―妹沙本比売《さおびめ》と共謀。本牟智和気王《ほむちわけおう》の誕生。兄妹王の死。
・もの言わぬ本牟智和気王―出雲大神の祟《たた》り。祭祀によって完全治癒。
蛇霊の肥長比売《ひながひめ》と交わり、追いかけられて逃走する。
・丹波《たんば》の四女王―四姉妹のうち醜貌のため帰された妹二人が恥じて自ら命を断つ。
・時じくの香《かく》の木の実―勅命により常世《とこよ》の国から橘《たちばな》の実を持ち帰った多遅摩毛理《たじまもり》が、今は亡き天皇の御陵で絶命する。
○師木の玉垣宮（奈良県桜井市穴師）
御歳百五十三歳。御陵―菅原の御立野《みたちの》（奈良市尼辻町）

◆景行《けいこう》天皇（大帯日子淤斯呂和気命《おおたらしひこおしろわけのみこと》）―系譜　154
・小碓命《おうすのみこと》（倭建命《やまとたけるのみこと》）―兄の大碓命《おおうすのみこと》を殺す。　157
・倭建命の西征―熊曾建《くまそたける》・出雲建《いずもたける》を征伐する。　166
・倭建命の東征―父に愛されぬ嘆き。叔母ヤマトヒメの慈愛。野火の難から守った草薙の剣。　169
・弟橘比売《おとたちばなひめ》の入水―渡海作戦の成功、「あづまはや」の歌。御火　172

## 中

焼きの老人との筑波《つくば》問答歌。

・尾張の美夜受比売《みやずひめ》と結婚―問答歌。伊吹山《いぶきやま》の神―白猪《しろいのしし》。　178

・望郷の歌―「大和は国のまほろば」…重態に陥り、置き忘れた剣に心残しつつ死す。　185

・白鳥御陵―倭建命の霊魂が白鳥となる…妃・御子の悲嘆。系譜。　191

○纏向《まきむく》の日代宮《ひしろのみや》（奈良県桜井市穴師の北）

御歳百三十七歳。御陵―山辺の道の上（奈良県天理市渋谷町向山）

◆成務《せいむ》天皇（若帯日子命《わかたらしひこのみこと》）―系譜

・国造県主および国境の制定―大臣建内宿禰《たけしうちのすくね》。

○近つ淡海《おうみ》の志賀《しが》の高穴穂宮《たかあなほのみや》（滋賀県大津市坂本穴太町）

御歳九十五歳。御陵―沙紀《さき》の多他那美《たたなみ》（奈良市山陵町《みささぎちょう》）

◆仲哀《ちゅうあい》天皇（帯中津日子命《たらしなかつひこのみこと》）―系譜

・神功《じんぐう》皇后の神がかり―仲哀天皇の崩御。神託による新羅《しらぎ》親征。　200

鎮懐石《ちんかいせき》。年魚《あゆ》釣り。

・香坂王《かごさかおう》・忍熊王《おしくまおう》の乱―皇位争奪をはかり、皇后と皇太子（応神《おうじん》天皇）に鎮圧さる。

・気比大神《けひのおおかみ》の夢告―禊の夜、皇太子の改名を望む。海豚《いるか》の贈り

巻

物。
・酒楽《さかくら》の歌—皇后、皇太子の帰京を祝福する。
○穴門《あなと》の豊浦宮《とゆらのみや》（山口県下関市長府町豊浦）、筑紫《つくし》の訶志比宮《かしいのみや》（福岡市香椎《かしい》）
御歳五十三歳。御陵—河内の恵賀の長江（大阪府藤井市岡）

◆応神天皇（品陀和気命《ほむたわけのみこと》）—系譜
・三皇子の政治分担—異腹の三兄弟の皇位争奪を抑止する政策。末子相続。
・矢河枝比売《やかわえひめ》との結婚—蟹《かに》の歌「この蟹や　何処《いずく》の蟹」
・髪長比売《かみながひめ》への求愛—結婚を望んだ皇太子（仁徳《にんとく》天皇）に比売を譲る。
・国主《くず》の歌—吉野川渓谷の住む村民の歌謡。宮中の諸儀式で演奏。
・大陸文化の渡来—「論語」「千字文」の伝来。鍛冶・服飾・酒造技術などの導入。
・大山守命《おおやまもりのみこと》の乱—皇位をねらう大山守命を宇遅能和紀郎子《うじのわきいらつこ》が宇治川で討ち取る。
・宇遅能和紀郎子と大雀命《おおさざきのみこと》の互譲—和紀郎子の死により大雀命が皇位を継承する。
・天之日矛《あめのひぼこ》（新羅の王子）の渡来時の話—天之日矛、赤玉の変身

205

## 中

した美女と結婚。のち逃走した妻を追って但馬国《たじまのくに》に定住する。子孫に多遅摩毛理《たじまもり》がいる。

・秋山の神（秋山の下氷壮夫《したひおとこ》）と春山の神（春山の霞壮夫《かすみおとこ》）——伊豆志袁登売《いずしおとめ》をめぐる兄弟争い。審判を下す母の霊力。

○軽島の明宮《あきらのみや》（奈良県橿原市大軽町）

御歳百三十歳。御陵——川内《かわち》の恵賀《えが》の裳伏《もふし》の崗（大阪府羽曳野市誉田）

211

## 下巻

◆仁徳天皇（大雀命）——系譜

・開墾・治水事業に尽力——用水池・運河・堤防の整備…難波《なにわ》の堀江・茨田《まむた》の堤など。

・聖帝と讃えらる——高山から炊煙《すいえん》の乏しい民情を視察して減税措置を講じた。

218

・皇后石之日売《いわのひめ》の嫉妬——黒日売、故郷に逃げる…天皇との愛の二重唱。八田若郎女《やたのわきいらつめ》との浮気に憤り姿を隠す。天皇と仲直りさせるため蚕《かいこ》にかこつけた口子臣《くちこのおみ》の苦心。

・速総別王《はやぶさわけおう》と女鳥王《めどりのみこ》の恋物語——天皇の意向を無視し、二人で秘密結婚。反逆罪で死刑。

・雁《かり》の卵——天皇の治世の恒久を寿《ことほ》ぐ建内宿禰の祝歌。

・枯野という船——巨木から造船。廃材で作った琴の音は七つの里に響

223

巻

いた。

○難波の高津宮（不明。大阪市東区の難波宮址か）

御歳八十三歳。御陵—毛受《もず》の耳原（大阪府堺市堺区大仙町）

◆履中《りちゅう》天皇（伊耶本和気王《いざほわけのおう》）—系譜

・墨江中王《すみのえのなかつおう》（皇弟）の謀反—水歯別命《みずはわけのみこと》（皇弟）の計略により、墨江中王は暗殺され、事件は鎮圧さる。天皇を救出した阿知直《あちのあたえ》の出世、暗殺の下手人曾婆加里《そばかり》の非運。

○伊波礼《いわれ》の若桜宮（奈良県桜井市池之内）

御歳六十四歳。御陵—毛受（大阪府堺市西区石津ヶ丘町）

◆反正《はんぜい》天皇（水歯別命）—系譜

・天皇は身長九尺二寸半（約2・8《メートル》）、歯の長さは一寸（約3《センチ》）もあり、上下が揃って珠を貫いたようであった。

○多治比《たじひ》の柴垣宮《しばかきのみや》（不明。大阪府松原市上田か）

御歳六十歳。御陵—毛受野（大阪府堺市堺区北三国ヶ丘町）

◆允恭《いんぎょう》天皇（男浅津間若子宿禰王《おあさづまわくごのすくねのおう》）—系譜

・足の持病で皇位継承を辞退—周囲の強い勧めで即位。のち新羅国王の援助で病気治癒。

・氏姓の混乱を正す—天皇政治の基盤を整備。

## 下

・軽太子《かるのたいし》と軽大郎女《かるのおおいらつめ》の醜聞―同母兄妹の相姦《そうかん》事件。軽太子の捕縛、伊予《いよ》流刑。二人の心中死。
○大和の遠つ飛鳥宮《あすかのみや》（不明。奈良県）
御歳七十八歳。御陵―河内の恵賀の長枝（大阪府藤井寺市国府）

◆安康《あんこう》天皇（穴穂御子《あなほのみこ》）―系譜
・大日下王《おおくさかおう》冤罪《えんざい》事件―妹と皇弟を結婚させる勅命を拒否したと中傷され、天皇は不敬により王を成敗し、その妻を皇后とした。
・目弱王《まよわおう》の弑逆《しいぎゃく》―実父大日下王を殺し母を奪った安康天皇を暗殺した。七歳。匿《かく》まってくれた大臣とともに、政府軍の包囲する中で自害した。
・市辺押歯王《いちのべのおしはのおう》の横死―従兄弟の大長谷王《おおはつせおう》（雄略《ゆうりゃく》天皇）に狩場で殺害された。市辺王の二人の御子（のち顕宗《けんぞう》・仁賢《にんけん》天皇）は急報により播磨国《はりまのくに》に逃亡する。
○石上《いそのかみ》の穴穂宮（奈良県天理市田町）
御歳五十六歳。御陵―菅原の伏見岡（奈良市宝来町古城）

◆雄略《ゆうりゃく》天皇（大長谷若建命《おおはつせのわかたけのみこと》）―系譜
・白犬の結納品―鰹魚木《かつおぎ》を上げた不敬の償いに志幾《しき》の大県主《おおあがたぬし》から献上された白犬を、若日下部王《わかくさかべおう》に求婚の品として贈っ

## 巻

・赤猪子《あかいこ》の純愛物語―求婚した天皇に忘れられたものの、八十歳になるまで待ち続けた女に、天皇は心から謝罪し、償いの品を贈った。

・吉野川の舞姫―舞い姿の美しさを愛でる天皇の讃歌。

・蜻蛉島《あきづしま》と阿岐豆野《あきづの》―地名の起源を説いた歌謡。天皇の腕に食いついた虻《あぶ》を蜻蛉が捕らえた。

・葛城山《かづらきやま》の怪事件―猪に襲われた話と、一言主神《ひとことぬしのかみ》と問答する話。王威を顕彰する説話。

・袁杼比売《おどひめ》への求婚歌―比売が逃げ込んだ丘を金鉏《かなすき》で掘り返したいと熱唱する。

・天子称賛の歌物語―宮中の酒宴歌。天皇・皇后・三重の采女《うねめ》・袁杼比売の四重唱。

○長谷の朝倉宮（奈良県桜井市の黒崎・岩坂の間）

御歳百二十四歳。御陵―河内の多治比《たじひ》の高鷲《たかわし》（大阪府羽曳野市島泉）

◆清寧《せいねい》天皇（白髪大倭根子命《しらかのおおやまとねこのみこと》）―系譜

・清寧天皇には皇后も御子もいなかったので、崩御後の天皇空位の期間、市辺忍歯王の妹、飯豊王《いいとよのみこ》が代行した。

・市辺忍歯王の二遺子、祝宴で本名を名乗る—二皇子発見の急報が飯豊王に伝えられた。

・悲劇の舞台となった歌垣—美女大魚《おうお》をめぐり、平群氏《へぐりし》の志毘臣《しびのおみ》と皇子袁祁命《お(を)けのみこと》が歌垣で争い、意祁《おけ》・袁祁兄弟王によって志毘臣は討たれた。

・皇位を譲り合う兄弟王—弟の袁祁命が先に即位した。顕宗天皇。

○伊波礼の甕栗宮《みかくりのみや》（奈良県桜井市池之内）

御歳・御陵—記載なし。三十九歳（『神皇正統記』）。河内坂門原陵（『日本書紀』。大阪府羽曳野市西浦）

# 下

◆顕宗《けんぞう》天皇（袁祁王之石巣別命《お(を)けのみこのいわすわけのみこと》）—系譜

・置目老媼《おきめのおみな》という称号—天皇の実父で殺害された市辺王の、遺骸の埋葬場所を記憶していた老女に授けた。天皇はこの老女を宮中に住まわせて世話した。また、逃走の途中、食糧を盗んだ猪甘《いかい》の老人を処刑し、一族の膝《ひざ》の筋を切った。

・雄略天皇の御陵に復讐《ふくしゅう》する—実父を殺した雄略天皇を深く恨み、御陵の破壊を命じたが、兄の意祁王に諫《いさ》められ、御陵の端の土を掘るにとどめた。王威顕彰の説話。

○近つ飛鳥宮（不明。奈良県）

御歳三十八歳。御陵—片岡の石坏岡《いわつきのおか》の上（奈良県香芝市北今）

246

巻

◆仁賢《にんけん》天皇（意祁王《おけおう》）―系譜
○石上の広高宮（奈良県天理市）
御歳・御陵―記載なし。五十歳（『水鏡』）。埴生坂本陵（『日本書紀』）。大阪府藤井寺市青山）

◆武烈《ぶれつ》天皇（小長谷若雀命《おはつせのわかさざきのみこと》）―系譜
○長谷の列木宮《なみきのみや》（奈良県桜井市出雲か）
御歳―記載なし。十八歳（『水鏡』）。御陵―片崗の石坏崗（奈良県香芝市北今）

◆継体《けいたい》天皇（袁本杼命《おおどのみこと》）―系譜
・竺紫君石井《つくしのきみいわい》（筑紫国造《つくしのくにのみやつこ》磐井《いわい》）の乱―新羅征討の妨害。物部荒甲《もののべのあらかひ》・大伴金村《おおとものかなむら》を長とする派遣軍により平定。
○伊波礼の玉穂宮（奈良県桜井市池之内）
御歳四十三歳。御陵―三島の藍陵（大阪府茨木市太田）

◆安閑《あんかん》天皇（広国押建金日王《ひろくにおしたてかなひのおう》）―系譜
○勾の金箸宮（奈良県橿原市曲川町）
御歳―記載なし。七十歳（『日本書紀』）。御陵―河内の古市の高屋村（大阪府羽曳野市古市）

◆宣化《せんか》天皇（建小広国押楯命《たけおひろくにおしたてのみこと》）―系譜

## 下

○檜坰《ひのくま》の廬入野宮《いおりののみや》（奈良県高市郡明日香村檜前）
御歳・御陵―記載なし。七十三歳（『日本書紀』）。御陵―身狭桃花鳥坂上《むさのつきさかのうえ》陵（『日本書紀』。奈良県橿原市鳥屋町）

◆欽明《きんめい》天皇（天国押波流岐広庭天皇《あめくにおしはるきひろにわのすめらみこと》）―系譜
○師木島の大宮（奈良県桜井市金屋）
御歳・御陵―記載なし。八十一歳（『神皇正統記』）。御陵―檜隈坂合陵（『日本書紀』。奈良県高市郡明日香村平田）

◆敏達《びだつ》天皇（沼名倉太玉敷命《ぬなくらのふとたましきのみこと》）―系譜
○他田宮《おさだのみや》（奈良県桜井市戒重《かいじゅう》か）
御歳―記載なし。六十一歳（『神皇正統記』）。御陵―川内《かわち》の科長《しなが》（大阪府南河内郡太子町）

◆用明《ようめい》天皇（橘豊日王《たちばなのとよひのおう》）―系譜
○池辺宮（奈良県桜井市安倍）
御歳―記載なし。四十一歳（『神皇正統記』）。御陵―石寸《いわれ》の掖上《わきみが》（奈良県桜井市池之内か）から科長の中陵（大阪府南河内郡太子町春日）に改葬。

◆崇峻《すしゅん》天皇（長谷部若雀天皇《はつせべのわかさざきのすめらみこと》）―系譜

## 下巻

○倉椅《くらはし》の柴垣宮（奈良県桜井市倉橋）

御歳―記載なし。七十二歳（『神皇正統記』）。御陵―倉椅崗の上（奈良県桜井市倉橋）

◆推古《すいこ》天皇（豊御食炊屋比売命《とよみけかしきやひめのみこと》）

○小治田宮《おわりだのみや》（奈良県高市郡明日香村雷か）

御歳―記載なし。七十五歳（『日本書紀』）。御陵―大野崗の上（奈良県橿原市和田か）から科長の大陵《おおみさざき》（大阪府南河内郡太子町山田）に改葬。

# 解説

## 『古事記』――関係者と作品紹介

### ○天武天皇《てんむてんのう》の決意――『古事記』の企画

壬申の乱《じんしんらん》（六七二年）は、古代日本を根底から揺さぶる激震だった。結果しだいでは東西の二か国に分裂しかねない危険すらあった。乱に勝利した天武天皇（第四十代天皇）は、中央集権国家を確立するために、軍隊と法律と史書を整備する必要を痛感した。

軍の中央統制と法の制定は急速に進んだ。兵器などのハード類や、先進の中国から導入できる律令《りつりょう》などは、渋滞もなく着々と整備されていった。

遅れたのは歴史書というソフトの編集である。歴史書とはいっても、諸氏族の系譜を天皇家のもとに一元化して、天皇政治を正当化する目的をもっている。たやすく諸氏族が資料の提供・改変に応じるはずもない。しかも、資料の取捨選択には、それ相応の歴史観・政治観が要求された。

このとき天武天皇はみずから勇断を下して、若き舎人《とねり》の稗田阿礼《ひえだのあれ》と『古事記』の編集に着手したのである。それは、諸氏族に伝わる系譜（帝紀《ていき》）と古い伝承（旧辞《きゅうじ》）を収集して、天皇家のもとに統合することだった。

『古事記』が完成すれば、政治の根本聖典として、天皇家に対抗する諸氏族を管理・統制でき、当然ながら、皇位継承をめぐる争乱を回避できる。天皇と阿礼は昼夜に励んで完成をめざした。だが、天武天皇は業半ばにして崩御《ほうぎょ》した（六八六年）。

### ○稗田阿礼《ひえだのあれ》が記憶したもの——原『古事記』の誦習《しょうしゅう》

さて、天武天皇が『古事記』編集のために、資料を校定した結果を記憶させた稗田阿礼とはどんな人物だろうか。『古事記』序文の第二段は彼の横顔をこう伝える。

——ちょうどその時に、天皇直属の秘書官（舎人）がおりました。氏《うじ》は稗田、名は阿礼。二十八歳でした。生まれつき頭脳明敏で、一度見ただけ、一回聞いただけで、すべて完全に記憶できました。そこで、天皇は、阿礼にみずから指導して、皇室の系譜（帝皇《ていこう》の日継《ひつぎ》）と祖先の伝承（先代の旧辞）の内容と朗読の仕方を記憶させたのです。——

時《とき》に舎人《とねり》有《あ》り、姓《うじ》は稗田《ひえだ》、名《な》は阿礼《あれ》。年《とし》は是《こ》れ廿八《にじゅうはち》。人《ひと》となり聡明《そうめい》にして、目《め》に度《わた》れば口《くち》に誦《よ》み、耳《みみ》に払《ふ》るれば心《こころ》に勒《しる》す。すなはち阿礼《あれ》に勅語《ちょくご》して、帝皇《ていこう》の日継《ひつぎ》と先代《せんだい》の旧辞《きゅうじ》とを誦《よ》み習《なら》はしめたまひき。

（『古事記』序文）

阿礼は、天皇の最も近くで最も信頼され、天皇の私的な極秘任務を遂行する立場にあったのである。阿礼は、天武天皇が校定した内容（原『古事記』）を暗唱するとともに、漢字の読み方および発声の仕方（節回し）について、天皇から直接に指導を受けた。

いささか語弊はあるが、彼は一種の録音・再生装置として用いられたのである。今ならパソコンで簡単に保存できるが、当時こうした記憶力抜群の人間は、いろんな分野で重用されたに違いない。いわゆる語部《かたりべ》もこうした人間であったろう。

しかし、たんに記憶力だけで選抜されたのではない。阿礼の出身が記憶力以上に重要な資格条件だった。稗田の家系はアメノウズメを祖とする猿女《さるめ》である。猿女は宮中の鎮魂祭《ちんこんさい》などで神楽舞《かぐらまい》に奉仕した女性である。この秘儀に奉仕する家には、皇室の系譜にまつわる伝承が歪曲《わいきょく》されずに伝わっていた。これが阿礼を『古事記』編集に起用した最大の理由であった。

ちなみに、阿礼が男性か女性かという問題が、今なお最終解決を見ない。男性説は舎人に女性はいないという歴史的根拠に立ち、女性説は稗田姓がアメノウズメを祖とする猿女の出身であることに論拠を置いている。

一見どちらでもよさそうだが、それによっては『古事記』の本質が左右されかねないからやっかいである。『古事記』の伝承を読めば女性優位の意識が取り出せるものの、それがそのまま女性説を立証できるわけではない。問題の解決はまだ先送りの感がある。ただ、解決の鍵を握る人物の一人、女帝元明天皇《げんめいてんのう》の周辺をもっと調査する必要があるのではないか。天皇家の一員として艱難辛苦《かんなんしんく》を乗りこえる経験を味わい、女の力というものの意味を知り抜いた女性だからだ。

### ○遺業を継いだ元明天皇《げんめいてんのう》――『古事記』の完成

『古事記』の序文によると、『古事記』成立の年時は和銅五（七一二）年、女帝元明天皇（六六一～七二一。第四十三代天皇。在位七〇七～七一五）の勅命によって編纂《へんさん》された。

元明天皇は天智天皇《てんちてんのう》の第四皇女である。天武天皇の子で、自分のいとこにあたる草壁皇子《くさかべのおうじ》と結婚したが、皇位継承を目前にして夫の皇子は二十八歳の若さで早世してしまう。新たに即位したのが、天武天皇の皇后であり、元明天皇の姉にあたる持統天皇《じとうてんのう》(第四十一代天皇。在位六九〇～六九七)であった。

この持統天皇の後を継いだのが、元明天皇と草壁皇子の子、文武天皇《もんむてんのう》(第四十二代天皇。在位六九七～七〇七)である。だが、不幸は重なり、夫に続いて、息子の文武天皇も二十五歳という短命で崩御した。こうした悲運にもめげず、亡き子を継いで即位したのが元明天皇なのである。しかも彼女の後を継いだのは自分の娘、元正天皇《げんしょうてんのう》(第四十四代天皇。在位七一五～七二四)であった。

元明天皇は、いわば息子と娘の間に立って皇位の受け渡しをしたことになる。強烈な母親意識が彼女の胸中に燃え盛っていたであろう。亡き夫に代わって、一家を皇室の正系として位置づける使命を一身に課したに違いない。

そのとき彼女が伝家の宝刀としたのが、亡夫の父、天武天皇の志である。天武天皇は天皇家を中心に体制の秩序を確立しようという意志を持っていた。そのためには、諸氏族に伝承されていた「帝紀」「旧辞」の決定版を制作する必要があった。

元明天皇は、舅《しゅうと》にあたる天武天皇の遺志を継いで、『古事記』を完成させることを決意した。それは同時に、自分の一家を皇位継承の正系に位置づけることになるからである。

## ○太安万侶《おおのやすまろ》とはどんな人物か――『古事記』撰録者《せんろくしゃ》

元明天皇が、亡夫の父天武帝の遺業を継いで、『古事記』の撰録を命じたのが太安万侶である。

太安万侶がすぐれた学者官僚であったことは、『古事記』序文の文章力を見てもすぐにわかる。唐の漢文体を模倣《もほう》したというが、模倣だけではあれほどの文章は書けない。やはり高い文章表現力の持ち主であった。

それ以上に、安万侶には日本語に対する鋭敏な問題意識があった。漢文に通じていればこそだったが、序文には日本語を漢文で表記する方法を求めて苦心惨憺《くしんさんたん》する姿が映っている。

また、安万侶は『日本書紀』の編纂にも参画したといわれ、『古事記』撰録者に選ばれる資格条件を十二分に満たしている。当時、国の内外に向けて急務であった歴史書の編集を、安万侶は全面的に統括する立場にあったのかも知れない。

それにしても、どうして安万侶と阿礼なのか、この二人を結びつけるどんな縁があるのか。学者官僚と神事を奉仕する家系の出身者とがペアとなったのは、偶然の一言ですまされるのかという疑問がわく。

これを解く重要な鍵が提供された（西郷信綱《さいごうのぶつな》氏）。『古事記』（神武記）によれば、安万侶は「忌人《いわいびと》」を祖とする家系の出なのである。忌人は神事に奉仕し、皇室を守護する職である。とすれば、阿礼の家系とぴったり重なるではないか。このペアは偶然ではなく、なるべくしてなったのだ。もちろん、ペアを組むよう命じたのは元明天皇である。

ちなみに、平安時代以降、多《おお》（太《おお》）氏が宮中で神楽を奉仕し、雅楽の家となったのも、以上のような先祖代々の家系がはぐくんだ職掌だとされる。

## ○『古事記』は何と読むのか

書名は文字どおり「古くからの事を記したもの」という意味で、古事は神代《かみよ》から推《すい》古《こ》天皇《てんのう》までの系譜（帝紀）と伝承（旧辞）からなる。一般に「こじき」と音読するが、作品の中で書名の読みが指定されてはいないため、本居宣長《もとおりのりなが》のように「ふることぶみ」と読む意見もある。こちらは研究者の間に広く受け入れられているが、どちらとも決めかねる場合には音読するという慣習があり、それに従って「こじき」と音読しているのが現状である。

あれほど読みに神経質な安万侶が、どちらとも読める書名にすることとじたい首を傾《かし》げたくなる。あるいは、そうなることを承知の上で『古事記』としたのかも知れない。諸氏族のそれぞれに伝わる『古事記』と同質のものになり、普通名詞扱いになる。そうなれば、天皇家のという権威をむきだしにせず、諸氏族の系譜を天皇家のもとに統合する意図を隠すことができるからだ。もっとも、序文に天武・元明の両天皇を登場させる安万侶に、それほどの深謀遠慮があったかどうかはわからない。

それよりも、天皇家の『古事記』も、他の氏族の『古事記』と、ほんらい同等・同格なのだという意識が根底にあって、それが書名になったとも考えられる。つまり、天皇の権威を絶対化する以前の氏族意識が、そのまま書名に反映しているとも言えそうだ。

## ○『古事記』はどんな性格か

『古事記』は上・中・下の三巻からなる。上巻は序文と神代の物語（神話）、中・下巻は人代の物語（歴史伝説）を載せている。

巻の区分であるが、上巻を神話が占めるのも、中巻が人皇初代の神武天皇《じんむてんのう》から始まるのも自然である。しかし、中巻が応神天皇《おうじんてんのう》で終わり、下巻が仁徳天皇《にんとくてんのう》で始まることについては、さまざまな議論がある。

有力な意見に天皇像の変化がある。儒教《じゅきょう》の影響により、神道的天皇（応神天皇）から儒教的天皇（仁徳天皇）に変化したが、その境界で中・下巻に分けたという。また、下巻を推古天皇で閉じたのは、その後の舒明天皇《じょめいてんのう》（天武帝の父）以降を今（現代）と時代認識しているためであるという。

さて、これまでも述べてきたように、『古事記』は系譜部分と伝承部分の二部構成になっている。系譜部分には天皇の続柄・名・皇居・年齢・治世年数・后妃・皇子・皇女・事績・御陵などを記してある。伝承部分には神話・伝説・説話および歌謡などを収めてある。

系譜は『古事記』を心柱のように貫いているが、神々の名を記した神統譜と歴代天皇を記した皇統譜があり、二つは連続している。この接続部にあって、両者を媒介しているのが天孫降臨の神話である。天神から天孫へ、そして天皇へと途絶えることなく系譜は脈々と続く。してみると、『古事記』は、ある名言を借りれば、「天皇の、天皇による、天皇のための書」と言い換えることができそうである。

なお、系譜にまつわる神話・伝説・記事のたぐいは、『古事記』通観（二五六〜二七四ページ）に表覧化してまとめておいたので、参照していただきたい。

# 付録

## 『古事記』探求情報

### ◆もっとくわしく勉強したい方に

○本文・注釈書

『古事記』日本思想大系、青木和夫・石母田正・小林芳規・佐伯有清、岩波書店、一九八二

『古事記』新潮日本古典集成、西宮一民、新潮社、一九七九

『古事記』講談社学術文庫（上中下）、次田真幸、講談社、一九七七〜八四…現代語訳付

『新訂 古事記』角川文庫、武田祐吉（中村啓信 補訂・解説）、角川書店、一九七七…現代語訳付

『古事記注釈』全四冊、西郷信綱、平凡社、一九七五〜七六

『古事記全註釈』七冊、倉野憲司、三省堂、一九七三〜八一
『古事記・上代歌謡』日本古典全集、荻原浅男・鴻巣隼雄、小学館、一九七三…現代語訳付
『古事記・祝詞』日本古典文学大系、倉野憲司・武田祐吉、岩波書店、一九五八

## ○研究案内書・辞典・現代語訳

『日本神話必携』〈別冊國文學〉、學燈社、一九八二
『古事記』鑑賞日本古典文学、上田正昭・井手至編、角川書店、一九七八
『講座日本文学・神話』二冊〈解釈と鑑賞別冊〉、稲岡耕二・大林太良編、至文堂、一九七七
『日本神話の源流』講談社現代新書、吉田敦彦、講談社、一九七六
『日本の神々』中公新書、松前健、中央公論社、一九七四
『古事記の世界』岩波新書、西郷信綱、岩波書店、一九六七
『日本神話事典』大林太良・吉田敦彦、大和書房、一九九七
『古事記事典』尾畑喜一郎編、桜楓社、一九八八

『日本伝奇伝説大事典』乾克己・小池正胤・志村有弘・高橋貢・鳥越文蔵編、角川書店、一九八六
『口語訳 古事記』〔完全版〕、三浦佑之、文藝春秋、二〇〇二
『新釈 古事記』ちくま文庫、石川淳、筑摩書房、一九六九
『古事記物語』岩波少年少女文庫、福永武彦、岩波書店、一九五七

※『古事記』の研究書は厖大な数にのぼるので割愛したが、タイトルに『古事記』とあるほか、上代・古代・神話・伝説・古代歌謡、また『日本書紀』の研究書・論文等の中で論じられることが多い。

## ○絵画・写真・図版資料

『古事記』(「図説日本の古典」1)、神田秀夫・坪井清足・黛弘道、集英社、一九八九
『古事記』(現代語訳日本の古典)、梅原猛、学習研究社、一九八〇

◆インターネットで調べたい方に（アドレスは二〇〇二年七月現在のもの）

・古事記学会
http://www.rs.kagu.sut.ac.jp/~kyoyo/saitoh/kojiki/
・三浦佑之氏のホームページ
http://homepage1.nifty.com/miuras-tiger/side.html
・古事記へようこそ……本文ファイル
http://www3.tok2.com/home/ishioh/kojiki/index.htm
・古事記の世界……古事記小話。リンク集
http://homepage1.nifty.com/Nanairo-7756/menu.htm
・「古事記正解」……「国宝真福寺本古事記」。学説批判と論考
http://www.neonet.to/kojiki/

## ◆『古事記』史跡案内

（駅名は最寄り駅）

### ◎近畿・関西

○太安万侶《おおのやすまろ》の墓《はか》――奈良県奈良市此瀬町《このせちょう》（近鉄奈良駅からバス）
一九七九（昭和五四）年、太安万侶の火葬墓から銅板の墓誌が発見された。墓は国指定の史跡、墓誌は国の重要文化財。コラム（二五一ページ）参照。

○小杜神社《こもりじんじゃ》――奈良県磯城《しき》郡田原本町多《たわらもとちょうおお》（近鉄橿原《かしはら》線笠縫《かさぬい》駅下車）
付近一帯は多《おおの》氏の本拠地。多神社の南に小杜神社があり、安万侶を祭神としている。

○売太《めた》神社――奈良県大和郡山市《やまとこおりやま》稗田町《ひえだちょう》（JR線郡山駅下車）
稗田阿礼とともにアメノウズメ・サルタビコを祭る。ウズメの子孫猿女君《さるめのきみ》がこの地に定住して稗田姓を名乗ったという。

○天武天皇陵《てんむてんのうりょう》（檜隈大内陵《ひのくまおおうちのみささぎ》）――奈良県高市《たかいち》郡明日香《あすか》村野口《のぐち》（近鉄吉野線飛鳥駅下車）
円墳《えんぷん》・野口皇ノ墓古墳《のぐちおうのはかこふん》。皇后の持統天皇と合葬されている。

○元明《げんめい》天皇陵（奈保山《なほやま》の東陵《ひがしのみささぎ》）——奈良県奈良市奈良阪町《ならざかちょう》（近鉄奈良線奈良駅からバス）

平城山《ならやま》東部の陵墓地帯にあり、二重周濠《にじゅうしゅうごう》をもった前方後円墳《ぜんぽうこうえんふん》。

○大神神社《おおみわ》——奈良県桜井市《さくらい》三輪《みわ》（JR桜井線三輪駅下車）

大物主神《おおものぬしのかみ》を祭る。酒造の神としても有名。御神体は三輪山。境内に大物主神の子孫オオタタネコを祭る大直禰子《おおたたねこ》神社がある。

○神武《じんむ》天皇陵（畝傍山《うねびやま》東北陵《うしとらのすみのみささぎ》）——奈良県橿原市畝傍町（近鉄南大阪線畝傍御陵前駅下車）

○石上神宮《いそのかみじんぐう》——奈良県天理市《てんり》布留《ふる》町（JR・近鉄桜井線天理駅からバス）

剣の威霊フツミタマ・フツシミタマ、鎮魂の霊力フルミタマを祭る。拝殿は国宝。

○八咫烏神社《やたがらすじんじゃ》——奈良県宇陀《うだ》市榛原《はいばら》区高塚《たかつか》（近鉄大阪線榛原駅からバス）

神武東征で道案内に功あった八咫烏（タケツヌミの化身）を祭る。

○橿原《かしはら》神宮——奈良県橿原市久米《くめ》町（近鉄南大阪線橿原神宮前駅下車）

初代天皇の神武天皇が政務を執った橿原宮の跡とされる。神武天皇と皇后（ヒメタタライスズヒメ）を祭る。

○山辺《やまのべ》の道《みち》——奈良市から奈良盆地の東辺、大和高原の西麓《せいろく》を初瀬《はせ》街道《かいどう》まで南北に通じる約三十五キロの古道。日本最古の官道といわれる。沿道に崇神《すじん》天皇陵・景行《けいこう》天皇陵があるほか、石上《いそのかみ》神宮・大神《おおみわ》神社など古社寺が多く、また大和三山を展望できるなど景観にすぐれ、大和青垣国定公園《やまとあおがきこくていこうえん》の指定を受けている。

○日本武尊白鳥陵《やまとたけるのみことはくちょうりょう》
・大阪府羽曳野《はびきの》市古市《ふるいち》（近鉄南大阪線古市駅からバス）
大鳥《おおとり》神社——大阪府堺市西区《さかいしにしく》鳳北町《おおとりきたまち》各丁（JR阪和線鳳駅下車）
・奈良県御所《ごせ》市冨田《とみた》（JR和歌山線玉手駅下車）
・三重県鈴鹿《すずか》市上田《うえだ》町（JR関西本線加佐登《かさど》駅下車）

○一言主《ひとことぬし》神社——奈良県御所《ごせ》市（近鉄御所駅からバス）
雄略《ゆうりゃく》天皇と問答した葛城大神《かづらきのおおかみ》（一言主神）を祭る。

○神功《じんぐう》皇后陵（狭城盾列池上陵《さきのたたなみのいけのえのみささぎ》）——奈良県奈良市山陵《みささぎ》町（近鉄京都線平城駅下車）

○月読《つきよみ》神社——京都市西京区松室山添《まつむろやまぞえ》町（阪急電鉄嵐山《あらしやま》線松尾駅下車）
松尾《まつお》大社《たいしゃ》の境内にある摂社。

○八坂《やさか》神社——京都市東山区祇園町《ぎおんまち》北側（京都駅からバス）
スサノオとクシナダヒメを祭る。もと祇園社《ぎおんしゃ》といい、スサノオは疫病《えきびょう》を防ぐ神

（牛頭天王《ごずてんのう》）として祭られた。祇園祭り・おけら参りなどで有名。

○オノコロ島——イザナキ・イザナミの男女神が降り立った淡路島《あわじしま》の一画。

・自凝島神社《おのころしま》——兵庫県南あわじ市榎列《えなみ》

・おのころ神社——兵庫県南あわじ市沼島《ぬしま》

○大山祇神社《おおやまづみ》——愛媛県《えひめ》今治市《いまばり》大三島町《おおみしま》宮浦《みやうら》（竹原港・今治港から乗船。バスの便も）

祭神はオオヤマツミ（大山祇神）。武人の崇敬厚く、国宝・重要文化財の武具の大半を所蔵する。日本総鎮守三島大明神。大三島神社。「国宝の島」とも。

○黄泉《よも》つ比良坂《ひらさか》——島根県八束郡《やつか》東出雲町《ひがしいずも》（JR山陰本線揖屋駅《いや》下車）

現世と黄泉《よみ》の国（死の国）との境「黄泉つ比良坂」と伝えられる。また、黄泉の国の入口「黄泉之坂（口）」とされるのが「猪目洞窟《いのめどうくつ》」（島根県平田市猪目町…出雲大社から）。

○伊勢《いせ》皇大神宮《こうたいじんぐう》—三重県伊勢市（外宮《げくう》—JR近鉄伊勢駅下車／内宮《ないくう》—近鉄宇治山田駅からバス）

皇室の御祖先を祭る。外宮から内宮へと参拝するのがしきたりとされる。

・豊受大神宮《とようけだいじんぐう》（外宮）—豊受大神《とようけのおおかみ》（食物神）を祭る。鰹木《かつおぎ》九本、千木《ちぎ》外削《そとそ》ぎ。

・皇大神宮（内宮）―天照大御神《あまてらすおおみかみ》を祭る。御神体は三種《さんしゅ》の神器《じんぎ》の一つ、八咫鏡《やたのかがみ》。鰹木十本、千木内削《うちそ》ぎ。

○猿田彦《さるたひこ》神社――三重県伊勢市宇治浦田《うじうらた》（近鉄宇治山田・JR伊勢市駅からバス）
天孫降臨の折、道案内したサルタビコを祭る。「道の神」として信仰があつい。境内の佐瑠女《さるめ》神社はアメノウズメを祭る。

○熊野本宮《くまのほんぐう》大社――和歌山県田辺《たなべ》市本宮《ほんぐう》町本宮（大阪発紀勢本線田辺駅、名古屋発紀勢本線新宮駅からバス）
ケツミミコ（家津美御子）の大神《おおかみ》（＝タケハヤスサノオ）を祭る。ケは木の意ともいい、豊かな山林の地にふさわしい。平安末期以降、新宮《しんぐう》・那智《なち》と合わせて熊野三山《くまのさんざん》と称され、熊野信仰の中心地として絶大な崇敬を集めてきた。八咫烏《やたがらす》は熊野大神の神使。

## ◎九州

○宗像《むなかた》大社――福岡県宗像郡玄海町田島《げんかいまちたしま》（JR鹿児島本線東郷駅からバス）
辺津宮《へつみや》（玄海町）・中津宮《なかつみや》（大島《おおしま》）・沖津宮《おきつみや》（沖ノ島《おきのしま》）の総称。辺津宮はイチキシマヒメ、中津宮はタギツヒメ、沖津宮はタゴリヒメの三女神を祭る。天照大御神が天《あめ》の安《やす》の河原《かわら》の誓約《うけい》で生んだ宗像三神である。航海安全・交通安全の神として信仰厚い。国宝・重要文化財が多く、「海《うみ》の正倉院《しょうそういん》」と讃えられる。

○香椎宮《かしいぐう》――福岡県福岡市東区香椎（西鉄香椎宮前駅下車）

仲哀《ちゅうあい》天皇と神功皇后《じんぐうこうごう》を祭る。皇后自身が造営したと伝える。香椎廟《かしいびょう》。

○宇佐《うさ》神宮（宇佐八幡《うさはちまん》）――大分県宇佐市南宇佐（JR日豊本線宇佐駅からバス）

全国八幡宮の総本社。伊勢神宮に次ぐ社格を誇る。祭神は応神《おうじん》天皇（八幡大神）・比売大神《ひめおおかみ》（宗像三女神《むなかたさんじょしん》）・神功皇后。本殿は国宝。

○天岩戸《あまのいわと》神社――宮崎県西臼杵《にしうすき》郡高千穂《たかちほ》町岩戸（高千穂鉄道高千穂駅からバス）

祭神は天照大御神、天岩戸と称される洞窟《どうくつ》が御神体。天の安の河原や天《あま》の香具山《かぐやま》がある。同名の神社は奈良県の天ノ香久山《あまのかぐやま》の南麓《なんろく》（橿原市南浦町）にもある。

○霧島《きりしま》神宮――鹿児島県霧島市霧島田口（JR日豊本線霧島神宮駅からバス）

天孫降臨の地。ニニギノミコトほか六神を合祀する。創建時の社殿は高千穂山頂にあったという。明治以前は霧島神社。

○高千穂《たかちほ》神社――宮崎県西臼杵郡高千穂町三田井《みたい》（高千穂鉄道高千穂駅下車）

天孫降臨の地。ニニギノミコトほか五神を高千穂皇神《たかちほのすめがみ》として合祀する。重要無形民俗文化財「高千穂夜神楽《よかぐら》」。

○宮崎神宮――宮崎県宮崎市神宮（JR日豊本線宮崎神宮駅下車）
祭神は神武《じんむ》天皇。明治以前は神武天皇宮（神武天皇社）と称していた。
○鹿児島神宮――鹿児島県霧島市隼人町内《はやとちょううち》（JR日豊線隼人駅下車）
ホホデミ（山幸彦《やまさちびこ》）とトヨタマビメを祭る。宝物にホホデミが海神から授けられたという潮満珠《しおみつたま》・潮干珠《しおひるたま》一対がある。古来、大隅正八幡《おおすみしょうはちまん》（国分正八幡《こくぶしょうはちまん》）と称された。
○隼人塚《はやとづか》（熊襲塚《くまそづか》）――鹿児島県霧島市隼人町（JR日豊本線隼人駅下車）
隼人族の慰霊塔《いれいとう》。和銅《わどう》元（七〇八）年の建立と伝える。
○熊襲《くまそ》の穴――鹿児島県霧島市隼人町（JR肥薩《ひさつ》線日当山《ひなたやま》駅下車）
熊襲の住居跡とされる。

◎東海・関東

○熱田《あつた》神宮――愛知県名古屋市熱田区神宮（名鉄神宮前駅下車）
祭神は天照大御神、御神体は三種の神器の一つ草薙《くさなぎ》の剣《つるぎ》（天《あめ》の叢雲《むらくも》の剣《つるぎ》）。ヤマトタケル、ミヤズヒメを合祀する。山神の征伐《せいばつ》に出かけたヤマトタケルは、草薙の剣をミヤズヒメに預けてきたために山神の魔力に倒れてしまった。その死を悼《いた》んだミヤズヒメは熱田に神社を建立して草薙の剣を納めたと伝える。

○富士山本宮浅間大社《ふじさんほんぐうせんげんたいしゃ》——静岡県富士宮市宮町《ふじのみやしみやちょう》（JR身延《みのぶ》線富士宮駅下車）

祭神はコノハナノサクヤビメ（富士の山霊）。全国浅間神社の総本宮。

○浅間《あさま》神社——山梨県笛吹《ふえふき》市一宮《いちのみや》町一ノ宮（JR中央線山梨市駅下車）

祭神はコノハナノサクヤビメ（富士の山霊）。古来、武将の崇敬が厚い。

○焼津《やいづ》神社——静岡県焼津市焼津（JR東海道本線焼津駅からバス）

祭神はヤマトタケル。敵の放った野火を、ヤマトタケルが剣で草を薙《な》ぎ払って難を逃れたという伝説に由来する。焼津の地名もこれに基づく。同じ伝承をくむ草《くさ》薙《なぎ》神社（清水《しみず》市草薙）もある。

○諏訪《すわ》大社

全国諏訪神社の総社。諏訪湖を挟んで南に上社《かみしゃ》、北に下社《しもしゃ》がある。古来、武人の崇敬が厚い。「御神渡《おみわた》り」「御柱祭《おんばしらさい》」でも有名。

・上社——本宮《ほんみや》は長野県諏訪市中洲《なかす》宮山《みややま》、前宮《まえみや》は茅野《ちの》市宮川《みやがわ》小町屋《こまちや》（JR中央線上諏訪駅からバス）

祭神は本宮がタケミナカタ（建御名方）、前宮がヤサカトメ（八坂刀売）。

・下社——長野県諏訪郡下諏訪町（JR中央線下諏訪駅下車）

祭神は秋宮がタケミナカタ、春宮がヤサカトメ。

○走水《はしりみず》神社——神奈川県横須賀《よこすか》市走水（京浜急行電鉄馬堀海岸《まぼりかいがん》駅からバス）

祭神はヤマトタケルとオトタチバナヒメ。東国征伐のためにヤマトタケルが走水の海峡を渡ろうとしたが、荒波に妨げられたので、オトタチバナヒメが海神をなだめるために海に身を投じたという哀話を伝える。

○鹿島《かしま》神宮——茨城《いばらき》県鹿嶋《かしま》市宮中《きゅうちゅう》（鹿島臨海鉄道大洗《おおあらい》鹿島線鹿島神宮駅下車。東京駅発高速バス〈JRバス関東、関東鉄道、京成電鉄〉）

祭神は、国譲りに功あり、神武天皇を守護したとされるタケミカズチ（武甕槌）の神。フツヌシの神・アメノコヤネの命（藤原氏の祖神）を添えて祭る。古来、軍神の誉れ高く武人の崇敬厚い。秘蔵の霊剣フツノミタマは国宝。

○香取《かとり》神宮——千葉《ちば》県佐原《さわら》市香取（JR成田線佐原駅からバス。東京駅発高速バス〈JR東関東、関東鉄道〉）

祭神はフツヌシ（イワイヌシ）の神。武神であり、鹿島の祭神タケミカズチと並んで朝廷の東国経営に功績があった。国宝・海獣葡萄鏡《かいじゅうぶどうきょう》。

○氷川《ひかわ》神社——埼玉《さいたま》県さいたま市大宮《おおみや》区高鼻《たかはな》町（JR線大宮駅・東武大宮駅下車）

全国の氷川神社の総本社。スサノオ・クシナダヒメ・オオナムチ（大国主神《おおくにぬしのかみ》）を祭る。ヤマトタケルが東国平定を祈願したと伝える。

◎山陰

○出雲《いずも》大社――島根県出雲市大社《たいしゃ》町杵築東《きづきひがし》（JR山陰本線出雲市駅からバス）

祭神はオオクニヌシ（大国主神）だが、他に多くの神々を合祀する。巨大な三本の鰹木《かつおぎ》を載せた本殿（国宝）は迫力満点。「火継ぎ」の神事をはじめ、祭礼の数は年間七十回を越える。

国譲りの神話によれば、オオクニヌシが国土を譲渡した代償として、天照大御神が宮殿を造営したことに由来する。歴代、天照大御神の子アメノホヒの命の子孫が祭主を務めてきた。

○八俣《やまた》の大蛇《おろち》にちなんだ史跡

・「八俣大蛇公園」「八本杉（大蛇の頭を埋葬）」「八口《やくち》神社（酒壷《さかつぼ》を祭る）」「天《あま》が淵《ふち》（大蛇の住みか）」「温泉《おんせん》神社（アシナズチ・テナズチを祭る）」――JR木次《きすき》線木次駅下車

・「稲田《いなだ》神社（クシナダヒメ誕生地）」「船通山《せんつうざん》（スサノオと大蛇の激闘地）」「鳥上《とりかみ》滝（天叢雲剣出顕之地《あめのむらくものつるぎしゆつげんのち》）」「鬼上《おにがみ》神社（岩船《いわふね》）」――JR木次線横田《よこた》駅下車

○八重垣《やえがき》神社——島根県松江《まつえ》市佐草《さくさ》町（JR山陰本線松江駅からバス）
スサノオと妻のクシナダヒメを祭る。クシナダヒメにちなんだ旧跡が多く、二神を描いたとする壁画（重要文化財）もある。

○稲佐浜《いなさのはま》——島根県出雲市大社町杵築北（出雲大社から）
国土の譲渡を迫ったタケミカズチの「否《いな》、然《さ》」（イエスかノーか）が地名の起源。神在月《かみありづき》（旧暦十月）に八百万《やおよろず》の神々がここに上陸するという。

○美保《みほ》神社——島根県松江市美保関《みほのせき》町美保関（JR線松江駅からバス）
コトシロヌシ（事代主神《ことしろぬしのかみ》）とミホツヒメ（三穂津姫命《みほつひめのみこと》）を祭る。美保が崎はコトシロヌシが釣りを楽しんだ名勝地。国譲りにちなんだ神事がある。

○白兎《はくと》神社——鳥取県鳥取市白兎（JR山陰本線鳥取駅からバス）
因幡の白兎神を祭る。近くには白兎海岸と呼ばれる白砂青松の美観が広がる。

○気比《けひ》神宮——福井県敦賀《つるが》市曙《あけぼの》町（JR北陸本線敦賀駅からバス）
祭神はイササワケ（御食津大神《みけつのおおかみ》）のほか六柱を合祀する。古代より朝廷の尊崇厚く、多くの特殊神事を伝える。大鳥居は重要文化財。北陸総鎮守。

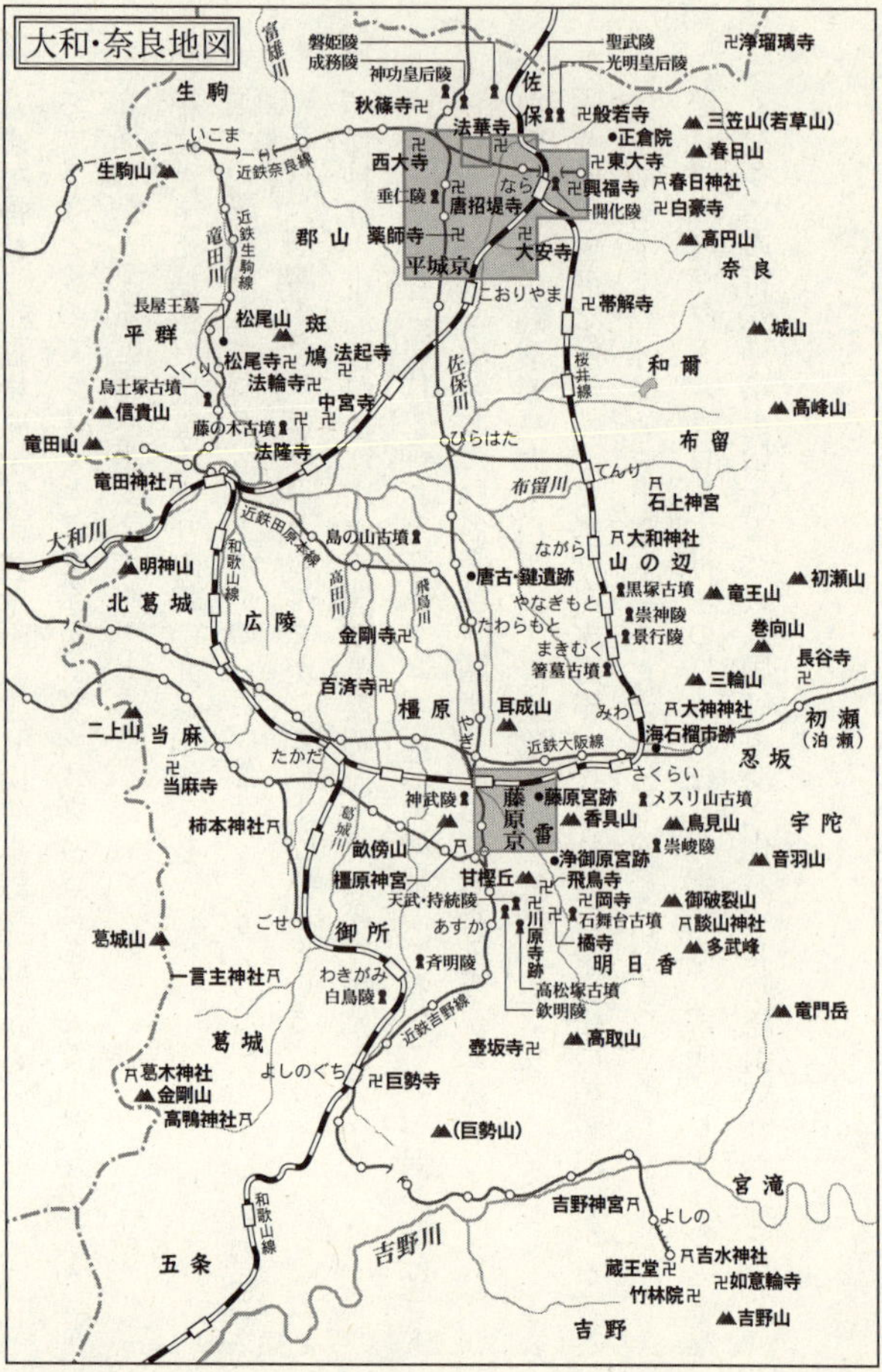
大和・奈良地図
生駒
富雄川
磐姫陵
成務陵
神功皇后陵
聖武陵
光明皇后陵
浄瑠璃寺
秋篠寺
佐保
般若寺
三笠山(若草山)
正倉院
春日山
いこま
法華寺
西大寺
東大寺
近鉄奈良線
春日神社
生駒山
垂仁陵
なら
興福寺
唐招堤寺
開化陵
白毫寺
近鉄生駒線
竜田川
郡山
薬師寺
大安寺
高円山
平城京
奈良
こおりやま
長屋王墓
帯解寺
松尾山
斑
平群
城山
鳩
法起寺
和爾
へぐり
松尾寺
法輪寺
桜井線
鳥土塚古墳
佐保川
信貴山
中宮寺
高峰山
藤の木古墳
竜田山
ひらはた
布留
法隆寺
てんり
竜田神社
布留川
石上神宮
近鉄田原本線
大和川
島の山古墳
大和神社
和歌山線
ながら
明神山
唐古・鍵遺跡
山の辺
高田川
飛鳥川
初瀬山
北葛城
黒塚古墳
竜王山
やなぎもと
崇神陵
広陵
たわらもと
巻向山
金剛寺
景行陵
まきむく
長谷寺
箸墓古墳
百済寺
三輪山
橿原
みわ
大神神社
二上山
当麻
耳成山
初瀬
(泊瀬)
やぎ
近鉄大阪線
海石榴市跡
たかだ
忍坂
さくらい
当麻寺
神武陵
藤原京
藤原宮跡
メスリ山古墳
雷
葛城川
香具山
鳥見山
宇陀
柿本神社
畝傍山
崇峻陵
浄御原宮跡
音羽山
橿原神宮
甘樫丘
飛鳥寺
天武・持統陵
岡寺
御破裂山
ごせ
川原寺跡
石舞台古墳
談山神社
あすか
御所
葛城山
橘寺
多武峰
斉明陵
明日香
一言主神社
わきがみ
白鳥陵
高松塚古墳
欽明陵
竜門岳
近鉄吉野線
葛城
高取山
壺坂寺
葛木神社
よしのぐち
巨勢寺
金剛山
高鴨神社
(巨勢山)
宮滝
吉野神宮
よしの
和歌山線
吉野川
五条
吉水神社
蔵王堂
如意輪寺
竹林院
吉野山
吉野

ビギナーズ・クラシックス 日本《にほん》の古典《こてん》

# 古事記《こじき》

角川書店《かどかわしょてん》＝編

平成14年 8月25日　初版発行
令和3年 7月30日　40版発行

発行者●青柳昌行

発行●株式会社KADOKAWA
〒102-8177　東京都千代田区富士見2-13-3
電話　0570-002-301（ナビダイヤル）

角川文庫 12586

印刷所●株式会社暁印刷
製本所●本間製本株式会社

表紙画●和田三造



●お問い合わせ
https://www.kadokawa.co.jp/（「お問い合わせ」へお進みください）
※内容によっては、お答えできない場合があります。
※サポートは日本国内のみとさせていただきます。
※Japanese text only

Printed in Japan
ISBN 978-4-04-357410-0　C0193

◇◇◇

# 角川文庫発刊に際して

角川源義

第二次世界大戦の敗北は、軍事力の敗北であった以上に、私たちの若い文化力の敗退であった。私たちの文化が戦争に対して如何に無力であり、単なるあだ花に過ぎなかったかを、私たちは身を以て体験し痛感した。西洋近代文化の摂取にとって、明治以後八十年の歳月は決して短かすぎたとは言えない。にもかかわらず、近代文化の伝統を確立し、自由な批判と柔軟な良識に富む文化層として自らを形成することに私たちは失敗して来た。そしてこれは、各層への文化の普及滲透を任務とする出版人の責任でもあった。

一九四五年以来、私たちは再び振出しに戻り、第一歩から踏み出すことを余儀なくされた。これは大きな不幸ではあるが、反面、これまでの混沌・未熟・歪曲の中にあった我が国の文化に秩序と確たる基礎を齎らすためには絶好の機会でもある。角川書店は、このような祖国の文化的危機にあたり、微力をも顧みず再建の礎石たるべき抱負と決意とをもって出発したが、ここに創立以来の念願を果すべく角川文庫を発刊する。これまで刊行されたあらゆる全集叢書文庫類の長所と短所とを検討し、古今東西の不朽の典籍を、良心的編集のもとに、廉価に、そして書架にふさわしい美本として、多くのひとびとに提供しようとする。しかし私たちは徒らに百科全書的な知識のジレッタントを作ることを目的とせず、あくまで祖国の文化に秩序と再建への道を示し、この文庫を角川書店の栄ある事業として、今後永久に継続発展せしめ、学芸と教養との殿堂として大成せんことを期したい。多くの読書子の愛情ある忠言と支持とによって、この希望と抱負とを完遂せしめられんことを願う。

一九四九年五月三日

# 角川ソフィア文庫ベストセラー

## 新版 古事記
現代語訳付き
中村啓信 訳注

八世紀初め、大和朝廷が編集した、文学性に富んだ天皇家の系譜と王権の由来書。訓読文・現代語訳・漢文体本文の完全版。語句・歌謡索引付き。

## 新版 万葉集 (一)〜(四)
現代語訳付き
伊藤 博 訳注

日本最古の歌集。全二十巻に天皇から庶民まで多種多様な歌を収める。新版に際し歌群ごとに現代語訳を付し、より深い鑑賞が可能に。全四巻。

## 新版 竹取物語
現代語訳付き
室伏信助 訳注

竹の中から生まれて翁に育てられた少女が、多くの求婚者を退けて月の世界へ帰ってゆく、という現存最古の物語。かぐや姫の物語として知られる。

## 新版 伊勢物語
現代語訳付き
石田穣二 訳注

後世の文学・工芸に大きな影響を与えた、在原業平を主人公とする歌物語。初冠から終焉までの一代記の形をとる。和歌索引・語彙索引付き。

## 新版 古今和歌集
現代語訳付き
高田祐彦 訳注

日本人の美意識を決定づけた最初の勅撰和歌集の一一〇〇首に、訳と詳細な注を付け、原文と訳・注が見開きでみられるようにした文庫版の最高峰。

## 新版 落窪物語 (上)(下)
現代語訳付き
室城秀之 訳注

『源氏物語』に先立つ笑いの要素が多い長編物語。母の死後、継母にこき使われていた女君に深い愛情を抱く少将道頼は、女君を救い出し復讐を誓う。

## 新版 蜻蛉日記Ⅰ・Ⅱ
現代語訳付き
川村裕子 訳注

美貌と歌才に恵まれ権門の夫をもちながら、蜻蛉のようにはかない身の上を嘆く二十一年間の内省的日記。難解とされる作品がこなれた訳で身近に。